雑記帖のアメリカ

足立康

慶應義塾
大学出版会

雑記帖のアメリカ／目次

Ⅰ　雑記帖のアメリカ

III　アメリカと私

IV　文芸評論二題

I

雑記帖のアメリカ

ロイ・ビーンのこと

アメリカ西部史を漫歩していると、ときどきいかにも不可解な人間像に出くわしてとまどうことがある。私のような単細胞の日本人は、彼らの人気の拠って来るゆえんがもうひとつ理解しきれないような気がする一方、自分の常識を越えたあたりにこそ独特な魅力が感じ取れて、そのような人物たちを生み出した時代と土地に、ほとんど羨望の念に似た見果てぬ夢を馳せてしまう。

ウェスト・テキサスの人気者「ロイ・ビーン判事」などは、さしずめその筆頭に位する人物の一人であろう。最近の硬派の雑誌をざっと眺めただけでも、毎号美しい写真で知られるテキサス州の広報誌『テキサス・ハイウェイ』二〇〇〇年一月号が巻頭記事で彼を大きく取り上げているのは当然だが、一九九八年六月の『スミソニアン・マガジン』誌もおよそ一〇ページにわたって写真入りで彼の略伝を紹介するなど、ロイ・ビーンは単なる一地方の人気者を超えて、いわば一種の民衆の英雄として生きつづけていることが感じ取れる。

もちろん、「判事」とはいうものの、ロイ・ビーンは法律家としてはずぶの素人で、もともと

ロイ・ビーン

メキシコとの国境に近いテキサスの片田舎でうらぶれた一生を送った一介の酒場の親父にすぎない。残されている写真によれば、およそ知性とは縁もゆかりもなさそうな田舎者の老人で、いかにも頑固そうな顔にはニコチンに染まった見るからに不潔な不精髭を生やし、かろうじて太鼓腹を隠しているうす汚れたシャツの裾はいつも尻の上にだらりと垂れている。

そんな男が人気者にまつりあげられたのは、「ジャージー・リリー」という彼の酒場のなまぬるいビールが格別に美味だったからではない。私たちの常識ではまったく信じられないことだが、酔っ払いに怪しげな酒を売りつけたその同じ場所で「法と正義」を執行すること、つまり、裁判をおこなうことを商売にしていたからである。粗末な掘っ立て小屋の酒場の屋根に掲げた看板には、「アイス・コールド・ビール」と並んで、「ピコス川以西の法」「判事ロイ・ビーン」という大きな文字がれいれいしく書かれてあった。

しかし、多くの証言によれば、その酒場兼法廷には、法律書はいつもたった一冊しかなく、それも『テキサス州法典一八七九年改訂版』と決まっていた。ロイによれば、「州から毎年新しい法典を送って来るが、みんな焚きつけに使っちまう」からだったが、判決を読み上げるとき、彼がそれをさかさまに持っていた（つまり、実は彼は読み書きができなかったのではないか）という証言もあるので、唯一の法律書も本来の目的のために用いられていたかどうかはわからない。

西部の人気者の常で、彼の前半生については、ほら話めいた冒険談がいろいろと伝えられてはいるものの、一八二五年ごろケンタッキーに生まれたらしいということ以外、正確なことはほとんどわからない。彼自身の書いた手紙によれば、実名はロイ・ビーンではなく「ロイ・ブーン」であり、ケンタッキー開拓の先達で、西部の英雄として名高いダニエル・ブーンの縁続きになるというが、たぶんそれをまともに受け取る者はいない。いずれにしても、ティーン・エイジャーのころ、二人の兄とともに西部に移住し、およそ三〇年後にテキサスの古都、サン・アントニオに住み着くまで、兄の酒場の用心棒をつとめたり、密貿易の片棒を担いだりしながら、ニュー・メキシコとカリフォルニアで気ままな無頼の生活を送っていたらしい。

後年の彼の風貌から推してにわかには信じ難いことだが、青年時代はたいそうな二枚目で、女出入りから争いが絶えなかったという話もある。刺繡入りのズボンとソンブレロに身を固め、ベルトには二挺拳銃、ブーツにはブーイ・ナイフをぶちこんだいっぱしの伊達男だったロイ・ビーンが、女性の奪い合いから人を殺めて投獄されたあげく、首尾よく脱獄に成功したとか、決闘騒ぎの果てに縛り首にされかかり、間一髪でメキシコ人の美女に一命を救われたとか、若かりしころの彼をめぐる眉唾ものの逸話にはこと欠かない。

しかし、後年のロイの頸部に何らかの欠陥があり、意のままに首を左右に動かすことができなかったことと、そのためにともすると横目を使いがちだった彼が、はなはだ目つきの悪い男と見なされていたことは事実である。少なくとも土地の人々の間では、それがかつて絞首刑にされかかったときの後遺症で、彼がいつも首にバンダナを巻いていたのも、ただカウ・ボーイの風習を真似ていたのではなく、縛り首の縄の痕を隠すためだったのだと広く信じられていたらしい。

「判事」として歴史に登場するまでの約二〇年を過したテキサス州のサン・アントニオでは、住んだ土地が彼の名にちなんで「ビーンヴィル」と呼ばれるようになるなど、一種の成功をおさめはしたものの、相変わらず詐欺まがいの怪しげな生業をつぎつぎと試みたようである。その間、メキシコ女性のヴァージニア・チャベスとの間に二男二女をもうけたが、妻と離別した後は生涯結婚することなく、子供たちと共に暮らした。

サン・アントニオからさらに三〇〇キロ西方に移住したとき、ロイ・ビーンはすでに五六歳になっていたといわれる。一八八二年、ガルヴェストン＝ハリスバーグ＝サン・アントニオ鉄道がテキサス州のサン・アントニオとエル・パソ間の八五〇キロに鉄道を敷設することになったので、その約三〇〇〇人の労務者を相手にひと儲けしようと企んだのだった。ふつうなら静かに隠居生活を楽しむ年ごろになって、人生最後の冒険に乗り出した点も、フロンティア・マンとしてのロイの人気の原因のひとつかもしれない。

彼はしばらくの間ヴィネガルーン（そのあたりに多いサソリを意味するスペイン語からそう呼ばれた）という鉄道労務者のテント村のテントで酒を売りつけていたが、やがて鉄道が完成し、彼らがその地を去った後は、蒸気機関車の水補給基地のひとつとなった少し西方のラングトリーの駅前の掘っ立て小屋で、「ジャージー・リリー」と呼ばれる酒場を開店した。

酒場の名は、当時大スターだったジャージー島生れのイギリス女優、リリー・ラングトリーの名前にちなんだものだった。『ロンドン・イラストレイテッド・ニューズ』誌で彼女の写真を一目見て以来、ロイにとってリリーが永遠の憧れの女性になったからだったといわれる。もっとも、彼が泥酔した放浪の看板屋に罰として二日間の重労働を課し、酒場の看板を書かせたところ、看板屋は彼女の名のスペルを間違えて、「Lily」を「Lilly」と書いてしまったために、残念ながら、以後その綴りが酒場の名前として定着する結果となった。

リオ・グランデ川とピコス川の合流点にほど近く、ウェスト・テキサスの荒野の一角に位置するラングトリーの町は、最盛期で人口はせいぜい三〇〇、現在は約二〇を数えるにすぎない寒村で、「ジャージー・リリー」は機関車に水を補給するために停車している間の列車の乗客をその主な顧客としていた。なにしろ、サボテンに覆われたそのあたりの広大な丘陵地には、ヤマネコやガラガラ蛇やサソリがうようよしているばかりか、夏の気温は日陰でも摂氏四〇度近くに達し、水は「笑顔と同じように乏しかった」ので、喉の乾きに耐えられない乗客がつい酒場の看板の誘惑に耐えられなかったとしても不思議はない。

ジャージー・リリー

そこがどれほど無法の地であったかは、鉄道工事がおこなわれていたころ、正式に記録されたものだけでも、この小さな町で二年間に二三件の殺人事件が発生したことを見れば明らかだろう。

ある早朝、列車が一五分間停車するというので、一人のセールスマンがラングトリーの駅に下り立ち、そこに下りた者が誰でもするように、目の前の「ジャージー・リリー」に歩み入ろうとして、ロイ・ビーンと朝の挨拶を交わしてから、あたりを見まわしながらいった。

「このあたりで上等の葡萄が取れるとは知らなかったな」

「葡萄だって？ ここじゃ、取れねえ。いったい何だってそんなことを思いついただね？」

「だって、ほら、そこの床に転がっているじゃないか」

すると、ロイは「そりゃ、葡萄じゃねえ。人間の目玉だ。昨夜ここで果し合いがあったもんでね」と平然と答えたという。

「ピコス川以西に法はなく、エル・パソ以西に神はいない」といわれた荒っぽい土地柄にふさわしく、「判事」自身の酒場も必ずしも品行方正な社交場ではなかったようだ。ガラスを氷に見せかけてごまかしたので、冷えているはずもないビールを売りつけ、客がなまぬるいと文句をいうと、「夏のテキサスに氷があるはずがねえ」とすごんだとか、高額紙幣で酒代を受け取ると、ことさらぐずぐずと計算に手間取り、列車の発車時間の迫った客はやむなくつり銭をあきらめざるを得なかったとか、いわば軽犯罪的なごまかしはどうやら日常茶飯事だったらしい。なぜか彼はいつも客の持ち金の額を知っていて、金持ちの客と見ると、泥酔させて列車に乗り遅れさせ、翌日法外な酒代を要求したりと、まれには暴力バーまがいの手口も用いたといわれる。

しかし、一般に信じられているところと違って、ロイ・ビーンは好き勝手に「裁判業」を開業した自称判事だったわけではなく、テキサス・レンジャーの推薦もあって、テキサス州ヴァル・ヴェルデ郡とピコス郡の治安当局によって合法的に任命された（一時選挙に落選した時期もあったが）正規の治安判事だったことは確かである。つまり、メキシコ人や中国人を含む移動労働者集団の間で犯罪が多発し、治安を安定させるために迅速な裁判の必要に迫られていた一方、正規の裁判所があるフォート・ストックトンまで三〇〇キロも離れていた当時の状況下では、五〇の坂を越えた海千山千のロイ・ビーンがそのあたりではもっとも信頼し得る人材と見なされたのだろう。

要は、一八八〇年代のその地方が一種の無法地帯で、そこでは法と無法のすれすれの世界を生きていたロイ・ビーンのような「判事」でさえじゅうぶんに機能し得たばかりか、一般大衆に歓迎される存在だったことであろう。ワイアット・アープやワイルド・ビル・ヒコックのような西部劇でおなじみの保安官たちを挙げるまでもなく、アメリカ西部では、法と無法の間を自由に往き来した民衆の英雄は少なくない。たぶん、万事を自らの手で作り上げて行く民主主義的な社会秩序が成立する過程には、その根底に一種の無法状態が内包されているのだろう。

ラングトリーでは、ロイが判事に任命されて後は、彼の意志が法そのものと見なされるようになったが、「工事現場がこんなに静かだったことはねえ。なにしろ、この四時間、まだ一人も殺された者はいねえんだ」と啖呵を切ったそうだから、それが西部特有の大ぼらだったとしても、ビーン判事の効力は絶大だったように思われる。

たった今まで酔っぱらい相手に酒を売っていた親父が、しばしば彼自身も酔っぱらったまま、突然染みだらけのエプロンをはずしたかと思うと、汚れたアルパカのコートをあわただしく身にまとい、「静粛に！　静粛に！　ただいまから開廷！　開廷前にもう一杯やりてえ奴は、バーへ進み出て、注文すること！」と大声をあげれば、それが神聖な裁判の始まりだった。法廷は酒場、裁判官は酒樽に腰掛けているのだから、もちろん陪審員はそこにい合わせた客たちで、彼らが休廷時間に飲み物を楽しんだことはいうまでもない。

「俺の訴訟記録はテキサスでいちばんきれいだぞ。まっさらで、何にも書いてねえからな」というのがロイ・ビーン判事の自慢だったので、正式の記録のあるはずもなく、したがって事実は知りようもないが、ロイ・ビーン判事の「迷」裁判ぶりはさまざまに伝説化されて、面白おかしく今日に伝えられている。

たぶん、もっとも人口に膾炙しているのは、いわゆる「首吊り判事《ハンギング・ジャッジ》」としてのロイ・ビーンであろう。「吊るしちまえ！　裁判は後まわしだ」が口癖で、ろくろく審議もしないまま、酒場の裏の「縛り首の木《ハンギング・トリー》」まで罪人を引きずって行く極悪無道の裁判官というイメージである。だが、それもどうやら西部的なほら話のひとつらしく、土地の人々は少し異なったロイ像を語り伝えている。

彼らによれば、罵詈雑言は彼のもっとも得意とするところだったが、実際にはロイ・ビーン判事は一人として吊し首に処したことはなかった。有名な「ハンギング・トリー」も、実は酒場の裏に生えているありふれた貧弱な一本のメスキートの木で、その細い枝はとうてい人間の体重に耐えることはできなかった。それに、荒れ果てた広大なその地帯では、絞首刑よりもさらに恐れられた刑罰は追放だった。馬も食物も水も与えられずに砂漠に追いたてられようものなら、特別の幸運に恵まれないかぎり、それは確実に残酷きわまる苦悶と死を意味したので、ロイとしては、あえて自分の手を汚す必要はなかったとも考えられる。

一九世紀アメリカ最後のフロンティアの裁判官として、ロイ・ビーン判事の判決は実利と、一抹のコモン・センスと、そして、若干の偏見に支配されていたといえるかもしれない。俗説によれば、彼の判決は死刑か、さもなければ罰金のいずれかだったそうだが、彼のような辺境の「判事」の場合、罰金はすなわち自分の収入を意味したので、その貪欲ぶりをからかい半分に伝えている話は少なくない。列車に乗りこんで、喧嘩している男たちから罰金を取りたてたときには、車掌に向かって、「何しろこの俺の法廷は独立採算になっているのでな」と弁解したという。ビールを売ったつり銭がないと、客に「騒乱罪」を科し、その分を罰金として取りたてるのも朝飯前だった。「罰金は二ドル。金を払ったらとっとと出て行け。二度とこの法廷に来るんじゃねえ。これが俺の判決だ」が決り文句で、法廷（つまり、酒場）でロイに向かって罵詈雑言を吐こうものなら、たちまち罰金刑を科され、しかも、罰金の額はしばしば被告の飲み代と同じ金額だったらしい。

死体から罰金を取りたてたこともあった。ピコス川の近くで発見された死体を検死したとき、そのポケットに四〇ドルとピストルがあることを知ったロイは、ピストルを隠し持っていた罪で、死んだ男に四〇ドルの罰金を申し渡したのだった。馬泥棒の二〇歳の若者に一度死刑を宣告しておきながら、彼がペンシルヴァニアに住んでいる母親に宛てた遺書の封筒に「四〇〇ドル在中」と書いたのを目にしたとたん、たちまち三〇〇ドルの罰金刑に減刑したこともあった。

検死官としても、彼はさまざまな話題の主となった。例えば、ある日、ピコス川に架けられた鉄道橋が崩壊し、一〇人の労務者が一〇〇メートル下の谷底まで転落する事故が発生した。変死体一体について五ドルの検死料を目当てに、ロバに乗っていやいや谷底まで下ってきたロイは、あっという間に検死をすませ、たちまち帰途に着こうとしたばかりか、まだ三人の男たちに息が残っていたにもかかわらず、全員の死を宣告し、さらに一五ドルの追加料金を取りたてた。それを見咎められても、ロイは「どうせ三人ともすぐに死ぬんだ」と平然とうそぶいていたという。

彼のような「判事」は結婚を承認することはできたが、離婚させる権限は与えられていなかったので、離婚を希望する者は七五キロ離れたデル・リオの地方裁判所まで出頭しなければならない取り決めになっていた。しかし、そんな取り決めはどこへやら、ロイはあるとき二組のメキシコ人の夫婦を離婚させ、同時にそれぞれのカップルを取り換えて、その場で再婚させ、離婚代として一カップルにつき五ドル、結婚代として一人二ドルを取りたてたりしたという。離婚と結婚をかねて、一カップルにつき一〇ドル請求したと書いている伝記もあるが、いずれにしろ、そのような彼の取り計らいは、彼と離婚希望者の双方にとって有益だったことは間違いない。

もちろん、ロイの気ままな裁定に、すべての者が納得したわけではない。サン・アントニオの詐欺師がロイの判決を不服として、控訴するといきまいたことがあったが、ロイは彼のいい分にじっと耳を傾けた後、おもむろに六連発ピストルをバーの上に置き、「本法廷は控訴は認めねえ。それが判決だ」と一言いった。

この場合は、それで万事けりがついたが、ラングトリーの敵をサン・アントニオで取られたこともあった。例によってロイ・ビーンにつり銭をだましとられたあるウイスキーのセールスマンが、たまたまサン・アントニオに出かけていた彼と再会した折りのことだった。セールスマンは「私は昨日ラングトリーを通って来たばかりだが、あなたがペットとして可愛がっている熊のブルーノが死んでしまって、みんな大騒ぎをしていた。ついては、ブルーノの毛皮を譲ってもらえまいか」とことば巧みにもちかけたのである。すっかりいっぱい食わされたロイは、「至急ブルーノの毛皮を送れ」と電報を打ったので、留守を守っていた息子のサムは、半信半疑ながら、父親の指示に従うべく、とうとうブルーノを殺してしまったという。

ロイ・ビーン判事をめぐる逸話の多くは、荒っぽいながらも、アメリカのフロンティア独特のユーモアを感じさせるが、中にはとうてい滑稽や愉快で片づけられないものもある。例えば、一八九八年一月、息子のサムがアップショウというおとなしい家族持ちの五十男とささいなことで諍いとなり、彼を射殺してしまったときもそうだった。アップショウが買ったメキシコ製の毛布についてサムがしつこくけちをつけたので、ついにたまりかねたアップショウが彼を平手打ちにしたのを見たロイは、「ビーン家の者をひっぱたいた奴は生かしておけねえ。撃て、サム、奴を撃ち殺せ！」と息子をけしかけたという。

ケンタッキー生れのロイの南部的な家族愛に基づいた行為だったという解釈もあるようだが、三月にサムがデル・リオで正式の裁判にかけられたとき、彼は陪審員を買収することで息子の無罪放免を勝ち取った。もっとも、その代償として、彼も大きな報いを受けた。買収のために財産のほとんどを失ったばかりか、裁判で留守をしていた間に、「ジャージー・リリー」が何者かの放火によって全焼してしまったのだった。

今日の視点から見ると、中国人労働者に対する彼の偏見は、もっとも悪名高い部分であろう。

アメリカの鉄道敷設労働者としては、アイルランド人と中国人がよく知られているが、テキサスでも例外ではなく、この二つの人種グループは絶えず対立的な関係にあり、多くの中国人がそのために命を落としたといわれる。だが、かりそめにも「判事」でありながら、圧倒的に弱者の立場にあった中国人労働者について、ロイは決して同情的だったとはいえない。

例えば、一八八四年六月二日の『エル・パソ・デイリー・タイムズ』紙によると、一人のアイルランド人が中国人を殺害した廉で連行されてきたとき、ロイ・ビーン判事は「使い古された数冊の法律書をくまなく検討した結果、結局、犯人を無罪放免とし、『中国人殺害を犯罪と認めるいかなる法も見出せない』と述べた。」

もっとも、東洋人に対する偏見と蔑視は、単にロイ・ビーンのみならず、当時の西部ではごく一般的だったことはいうまでもない。ロイ自身、自分の酒場の周辺にはおよそ二〇〇人もの屈強な白人の男たちがいるのだから、万が一にも彼がアイルランド人を中国人殺しで有罪にしたら、彼自身がリンチされるだろう、と述べたという記録もあるほどで、つまり、彼は世の常識に従ったにすぎなかったと思われる。一方、もともとメキシコ領だった所で、メキシコ人の多い南西部という土地柄のせいか、ロイがメキシコ人には同情的だったという者は少なくない。近隣の貧しいメキシコ人に惜しげもなく施しをおこなったり、晩年の利益の大部分を彼らのために費やしたという証言もある。

しかし、単なるテキサスの片田舎の判事の名を、少なくとも一時期アメリカ中に轟かせたのは、ボブ・フィッツシモンズとアイルランドのチャンピオン、ピーター・ヘイハーの間で闘われたヘヴィー級ボクシング世界選手権試合であろう。一八九〇年代のアメリカでは、ボクシングは素手で殴り合う野蛮な競技と見なされ、文明化を急ぐ西部諸州の大部分はこのスポーツを非合法化していたが、多くのファンが胸を躍らせて大試合を待っていることを知っていたダラスのプロモーター、ダン・スチュアートが、何とかして世界選手権試合を実現させようとしたのだった。だが、問題は試合をおこなう場所で、それまで寛容そうに見えたアーカンソーとテキサスの州議会も、計画を知ると急遽ボクシング禁止法を決議し、ニュー・メキシコ准州でも連邦政府の横槍で実現を阻まれたばかりか、メキシコ政府もそれに同調する始末だった。

ところが、一八九六年の二月、テキサス州エル・パソ市の近くのいずれかの地で試合がおこなわれるらしいという噂が流れ、スポーツ記者や何百人もの熱心なファンたちがそこに集まってきた。そして、二一日の深夜、警戒に当たっていたテキサス・レンジャーの裏をかくかのように、彼らを乗せて密かにエル・パソを出発した列車が、翌二二日午後一時三二分に到着した先が、誰ひとり予想しなかった片田舎のラングトリーだったのである。

もちろん、笑顔で乗客を出迎えたのはロイ・ビーン判事その人であり、いっさいは彼とプロモーターの間で秘密裏に取り決められたことだった。列車を下りた客たちはまず「ジャージー・リリー」で一杯やってから、急ごしらえの階段と仮橋を通ってリオ・グランデ川を渡ると、アメリカの官憲の管轄外となるメキシコ側の河川敷にしつらえられたリングに向かってぞろぞろと移動した。仮設の競技場は塀で円形に囲まれていたが、一人二〇ドルの入場料を払わなかった大部分の観客たちも、土手の上に腰を下ろして、大いに楽しく観戦することができた。

試合そのものは四時四五分に開始され、フィッツシモンズがわずか九五秒で相手をノック・アウトして、あっけなく終了した。だが、ロイ・ビーンはこの出来事でまんまと一儲けしたばかりでなく（ちなみに、そのとき彼はビールを一本一ドルで売りつけたという）、生来の自己顕示欲をじゅうぶんに満足させることができた。連邦政府や州政府の権威にたてつき、フロンティア・マンの意気を示して見せたことで、彼の名がいちはやく知れ渡ったことはいうまでもない。

しかし、若かりしころの伝説を別にすれば、無法者と女性の取り合わせでは陳腐すぎるせいか、荒っぽい西部男としては不思議なほど、ロイ・ビーンをめぐるなまめかしい逸話はまったく伝えられていない。もしかすると、そこには、有名女優のリリー・ラングトリーと彼とのあまりに不釣合いなプラトニック・ラヴの滑稽さとうら悲しさとを強調したいという伝記作家たちの作為も、若干働いているのかもしれない。

事実は、彼女の写真に惚れこんだものの、書き送ったたくさんのファン・レターに返事のないことに業を煮やしたロイが、いささかごますりめいたほらを吹いたことから、この不自然な恋物語が始まったようである。酒場に彼女の名をつけたことは嘘ではなかったが、「ラングトリー」

という町名はそもそもその地域を測量した鉄道会社の技師の名前にちなんだものだったにもかかわらず、ロイはそれも彼女を称えて自ら命名したのだと、まことしやかに手紙に書いたのだった。自分の名前を冠した町が生れたことを知らされて、さすがの大女優も大いに名誉に感じ、ようやく彼に返事を書いたというわけである。

それを受け取った日は、ロイの全生涯でもっとも記念すべき、誇らしい日となった。彼は近隣の人々を酒場に呼び集めると、得意満面で封筒を見せびらかし、自分と大女優との特別な関係を誇示したが、その内容は彼にとってあまりに神聖に思われたので、彼以外に文面に目を通すことを許された者はいなかった。そのときリリーは感謝のしるしとして、ラングトリーの町の広場に噴水式水飲み器《ウォーター・ファウンテン》を寄付することを申し出たといわれている。広く信じられているところでは、それが実現しなかったのは、ロイが彼女に次のように書き送ったからだった。「このラングトリーの連中が飲みたがらないものがあるとしたら、それは水でしょう。」西部では、人々は酒しか口にしないという意味である。

リリー・ラングトリーへのロイの入れこみ方は尋常ではなく、酒場にはいつも彼女の写真が飾られていたばかりか、彼女をほめたたえた馬泥棒を無罪放免にしたかと思うと、今度は反対に、彼女をそしるような軽口をたたいた酔漢に一〇ドルの罰金を科したりする始末だった。一八八八年四月、リリー・ラングトリーがサン・アントニオで公演をおこなったときには、もちろんロイは盛装して汽車に乗りこみ、劇場の最前列の席で観劇し、芝居がはねた後で楽屋に彼女を訪ねる手筈になっていた。ところが、いざそのときになると、突然日頃の彼らしからぬ羞恥心に捕らわれて、とうとう会わずに帰ってしまったらしく、彼は千載一遇の機会をむざむざと失ったばかりか、純情きわまる西部男の好例として嘲笑の的にされる結果となった。それにも懲りず、一八九六年の火事で酒場を再建したとき、近くに新築した自分の住居にいつの日かリリーが来て歌ってくれるという夢を托して、それを「オペラ・ハウス」と名づけたという。

彼はついに生涯、リリー・ラングトリーに相まみえることはなかったが、彼女はロイの一途な思いを無にはしなかった。一九〇四年一月、彼の死の一〇ヶ月後、彼女はニュー・オーリーンズからサン・フランシスコへ向かう途中、ラングトリーで特に途中下車して、町の人々の大歓迎を受けた。着飾って総出で駅に出迎えた彼らから、たぶん彼女はロイ・ビーンの現実の生きざまをいろいろと聞かされたに違いない。彼が死体から罰金を取り立てたことや、列車の乗客からつり銭をだまし取ったことや、「判事」とは名ばかりの無教養なならず者だったことを知って、いったい彼女はどう思ったのだろうか。それとも、彼らはすでに伝説化しつつあったロイ・ビーン判事に対する愛情をこめて、町の名物男の自慢話を面白おかしく物語っただけだったのだろうか。

そのとき、リリー・ラングトリーは自分の名と切っても切れない縁で結ばれたこのテキサスの田舎町に、小学校の校舎の建設代金として一〇〇ドルを寄贈したという。そのお礼に、新任の判事は彼女にロイ愛蔵のピストルを一丁と彼が可愛がっていたペットの熊を贈ったが、熊はたちまち砂漠へと逃れ去った。住民たちはその土地に生えているリサレクション・プラント（復活草）

を贈った。一度枯死したように見えても、水を与えれば生きかえる砂漠の不思議な植物である。
リリーはその自伝に、「短くはありましたが、忘れがたい訪問でした」と書き記している。

ラングトリーに限らず、西部の田舎町では、しばしば判事は必ずしも法律に明るくない人物の仕事で、大酒飲みも少なくなく、彼らは自らの権威を確立するために、躊躇なく杖や、拳や、ピストルを使った。カリフォルニアの鉱山町で判事をつとめたリチャード・バリーは、法廷の権威を疑うような質問をしたというだけで弁護士を投獄したそうだし、アーカンソー州フォート・スミスのアイザック・パーカーは、一七二人に死刑判決を下し、そのうち八八人に刑を執行したといわれ、「ハンギング・ジャッジ」として、並の殺人鬼以上に恐れられた。唯一の有効な法といえば荒々しい自然そのものしかあり得ない時代が長くつづいたアメリカ西部で、「ピコス川以西の法」を自称したロイ・ビーンは、そのような判事たちの最後の一人だったのであろう。

それにしても、ロイ・ビーンの名声は相変わらず衰えを見せないようだ。有名なタイム・ライフ社の全一六巻の『オールド・ウェスト』シリーズでも、『ガン・ファイターズ』の巻で、彼は他の有名なガンマンたちと当然のように肩を並べている。彼の生涯については、子供向きのものも含めて、すでに少なくとも四冊のかなり本格的な伝記が書かれ、もっとも最近のものは一九九六年に出版されている。

大衆的な人気も大したもので、彼を主人公とした映画は一九四〇年と一九七二年に製作され

(ポール・ニューマン主演の後者は日本でも公開された)、一九九三年にはテレビ映画『Street of Laredo』が彼の名をいっそう高からしめた。映画では、撃ち合いの果てに、ロイがリリー・ラングトリーの足元で撃ち殺される劇的な結末となっているものもあるが、実際の彼は、一九〇三年三月一六日、子供たちに看取られながらラングトリーの自宅のベッドで病死し、今はデル・リオ市の墓地に眠っている。

テキサス州の民話の一部となった彼を州当局も放っておくはずがなく、一九三六年、テキサス独立一〇〇周年を記念するフェアのグラウンドに「ジャージー・リリー」のレプリカが作られた。今日でも、ラングトリーにある州立の「ロイ・ビーン・ヴィジター・センター」はますます盛況で、毎年八万人の観光客がそこを訪れるという。

ラッセルとウェスタン・アート

一八八六年から八七年にかけて、アメリカ西部はまれに見る厳冬に見舞われた。“the Great Die-Up” として知られるこの年の寒さで、各地の牧畜業は甚大な損害を被った。モンタナでも気温はしばしば零下四〇度近くまで下がり、二一万頭とも三六万頭ともいわれる多数の牛が凍死するありさまだった。ヘレナ市のルイス・コフマンという男はユティカに近い「OH牧場」に約五〇〇〇頭の牛を託している投資家だったが、大切な自分の牛の安否を気づかって、牧童たちに状況の報告を求める手紙を書いた。

だが、返事の代わりに、彼はグレイと黒の単色で描かれた一枚の葉書大の水彩画を受け取った。牧童の一人がありあわせの紙に描いたもので、そこには痩せさらばえた一匹の牛（尻の“—《バー》R”ブランドはコフマンの所有であることを示す）が、深い雪のなかで今にも倒れんばかりによろめいている姿が描かれていた。牛の背には雪が降り積もり、角はよじれ、目は虚ろで、尻尾はどうやら先端を噛み切られてしまったようだが、犯人はあきらかに彼の死を待ちかまえている飢えた

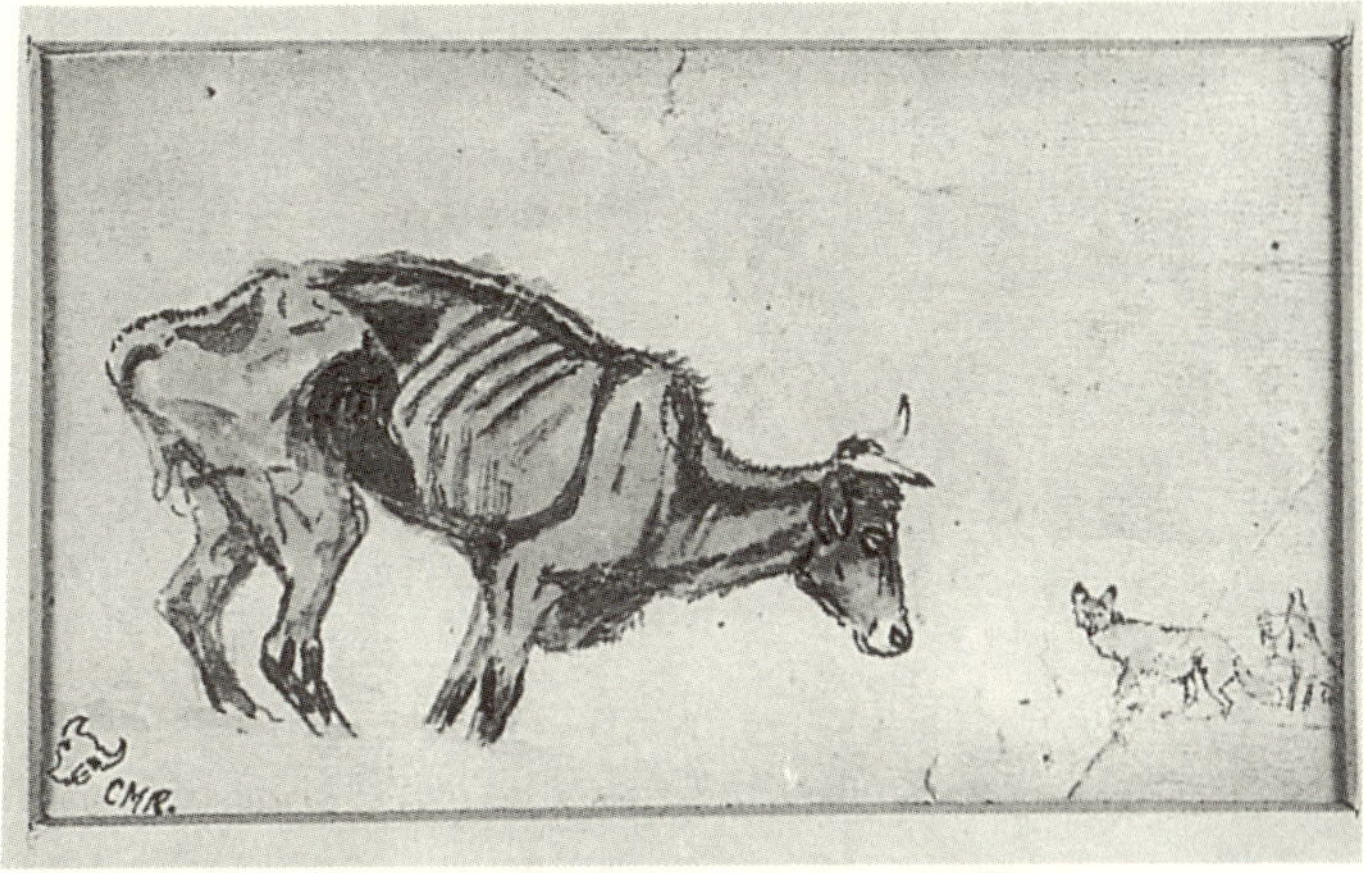

コフマンが受け取ったラッセルの水彩画
(バッファロー・ビル・ヒストリカル・センター所蔵)

狼たちに違いなかった。

五〇〇〇頭の牛の群の最後の一頭を描いて、いかなる言葉にも増して雄弁に絶望的な牧場の現状を物語っているこの小品は、間もなく地元の新聞に取りあげられたばかりか、その冬の惨状を訴える絵はがきとして複製されるにいたって、作者チャーリー・ラッセル（一八六四～一九二六）の名は一躍世に知られるところとなった。

アカデミックな美術教育とはまったく無縁のまま、もっぱら牧童の生活に憧れて、家出同様にモンタナに住み着いた少年時代以来、生涯のほとんどすべてをその地で過ごした文字通りの「カウ・ボーイ・アーティスト」の天才ぶり躍如の逸話である。その後ラッセルは知悉した牧童や先住民の生活をはじめ、絶滅しつつあった動物たちや、すでに伝説化した実在の民衆の英雄たちなど、およそ考えられるあらゆる西部的な主題を描きつづけたが、この「春風を待つ（Waiting for a Chinook）」（一九〇三年にまったく同じモチーフで20¼×20インチの彩色の水彩が制作された）は、きわめて素朴な小品ながら、正確な記録性と明快な物語性を備えているという点で、ウェスタン・アートを代表する作品のひとつと呼ぶことができよう。

ハイ・ブラウな美術作品と違って、ウェスタン・アートはまず第一に、東部では想像もつかない西部の大自然と、そのなかの人間の生活の諸相を、誰にも理解できるリアリズムの手法でありありと描き出すことによって、多くの庶民に愛されてきた。西部の歴史が生んださまざまな人物像と彼らの物語を巧みに映像化して、西部に対する人々の想像力を否応なくかき立てたことも、ウェスタン・アートが果たしてきた主要な役割のひとつであった。

西部を描きつづけてきた画家たちは、かならずしもラッセルのような生粋の西部人だったわけではなく、また、ウェスタン・アートが西部を神話化することによって、非現実的な誤った西部像を定着させてしまったという批判もなくはない。しかし、それがアメリカ独特の民衆の芸術であることを否定する者はない。

丘の上の墓

サカガウィアの墓は、激しい日光のふりそそぐ荒涼とした丘の上に、ひっそりと立っていた。墓石に刻まれた文字に目を落とすと、命日の「一八八四年四月九日」とともに、彼女の埋葬に立ち会った聖職者の名前をはっきりと読み取ることができた。

アメリカ合衆国ワイオミング州は、有名なイエローストーン国立公園で知られているが、サカガウィアが晩年の日々を過ごしたウィンド・リヴァーの先住民（インディアン）居留地は、観光客でごったがえすイエローストーンから、南東へ約二五〇キロ離れた荒れ果てた丘陵地帯である。彼女が葬られているフォート・ワシャキーの先住民墓地のあたりには、いわゆるインディアン民芸品を商ううらぶれたギフト・ショップ以外、観光地らしい華やかな雰囲気はまったくない。私がそこを訪れたのは、一九九二年の夏が過ぎ去ろうとしていたころのことだった。

サカガウィアの墓所のおおよそのありかは、ありふれたロード・マップにも一応は記載されているが、あまり訪れる者もないらしく、それを示す道路標識がほとんどなかったために、たどり

サカガウィアの墓

つくまでかなりの試行錯誤を必要とした。そのせいもあってか、緑ひとつない丘の上の墓前にたたずみ、おりからウィンド・リヴァー山脈を吹き抜けてきた一陣の突風に身をさらすと、私はもうそれだけで旅の目的を果たし終えたような錯覚におちいった。

アメリカの国土は、わが国の約二五倍といわれる。だが、いうまでもなく、合衆国が独立当初から現在の領土を保有していたわけではなく、金銭を支払ったり、条約を結んだり、戦争を起こしたりした結果、建国後わずか半世紀で、今日の領土のほぼ大部分を獲得することに成功したのだった。独立宣言の起草者、トマス・ジェファソンは、たぶん建国期のアメリカのもっとも重要な人物だが、急速な領土拡張の先鞭をつけたのも、また第三代大統領時代の彼であった。彼の一大決断によって、一八〇三年、合衆国はフランスのナポレオンから、当時「ルイジアナ地方」と総称された広大な土地を購入し、一挙に国土を二倍以上に拡大したのである。

しかし、ミシシッピ川からロッキー山脈にいたるその地域は、まだまったくの未知の土地であったため、ジェファソンはそのような新領土と、さらにそのかなたに太平洋まで拡がっている人跡未踏の地に関する情報を求めて、アメリカ史上最初の探検隊を西方に派遣した。メリウェザー・ルイスとウイリアム・クラークに率いられたいわゆる「ルイス＝クラーク探検隊」である。一八〇四年にセント・ルイスを出発した彼らは、およそ二年の歳月を費やして、アメリカ人として初めてアメリカ大陸横断に成功したばかりか、さまざまな貴重な情報を持ち帰り、その後のいかなる政府派遣探検隊も及ばないほどの業績を残した。

サカガウィアは、ルイス＝クラーク探検隊を成功に導いた秘密兵器として、広く知られている先住民女性である。当時フランス系カナダ人猟師の一六歳の幼な妻だった彼女は、生後間もないジーン・バプティスト（愛称ポンピー）を連れて、夫ともども、ガイド兼通訳として探検隊と行動をともにしたのだった。逆境にあっても常に冷静で、文明世界から遠く離れた隊員たちをかいがいしく世話し、大自然のなかで生きのびるノウ・ハウを彼らに伝授したサカガウィアの目覚ましい働きは、なかば伝説化して今日に語り伝えられている。ガイドとしての彼女の能力については、疑問を呈する研究者もいるが、先住民諸部族間の複雑な言語環境にあって、彼女がきわめて有能な通訳であったこと、そして、何よりも、赤子をともなった女性である彼女の存在自体が、いわば平和の象徴として、探検隊の友好的な意図を先住民たちに納得させる重要な機能を果たしたことについては、疑いをさしはさむ余地はない。

だが、実は、驚くべきことに、サカガウィアの名は、ルイス＝クラーク探検隊の栄光の影に隠れて、ほぼ一世紀のあいだ、ごく一部の関係者を除いて、完全に忘れ去られていたのだった。肝心のウイリアム・クラークさえ、彼女が一八一二年に死んだと誤認し、それを記録にとどめたほどである。

今世紀初頭、サカガウィアがにわかに注目を浴びるようになったのは、女権拡張運動《フェミニズム》との関係においてである。一九〇二年、彼女を主人公とした歴史小説『征服』を発表したエヴァ・エメリ・ダイが、国家的大事業に貴重な貢献をしながら、その後は然るべき報酬さえ与えられなかった彼女の働きを、同性の立場から称揚したのだった。今日では、幼児を背負った彼女の銅像は、ざっと数えただけでも、オレゴン州ポートランド市、ノース・ダコタ州ビスマーク市、ワイオミング州コウディ市などで見ることができるが、それらはすべてこの書以後に建てられたものである。

しかし、ダイの作品は虚実取り混ぜたフィクションであり、女権運動家たちは探検隊後のサカガウィアの生涯について、必ずしも真実を究めようとしたとは思えない。彼女がオクラホマのコマンチ族とともに暮らした一時期を除いて、その生涯の事実の大部分が明らかにされるのは、一九二〇年代のチャールズ・イーストマンによる細密な調査を待たなければならなかった。

彼によれば、フランス人の夫の暴力から逃れたサカガウィアは、やがてオクラホマでコマンチ族の男と再婚し、子ももうけ、二度目の夫と死別後の日々をウィンド・リヴァーで過ごしたらしい。晩年のサカガウィアはまれに見る美しい老女だったそうだが、一八八四年四月九日、八十年余の数奇な生涯を閉じるまで、彼女は毎春、山頂の解けかかった雪の間に乱れ咲く白い花々を愛でるのを常とした。彼女によれば、可憐な野生の花々は、生きている人々を喜ばせようと、あの世から戻ってきた幼い子供たちの霊であるという。

シンシア・パーカーの砦

一九九一年秋から約一年間、客員研究員としてアメリカのテキサス大学に滞在する機会を与えられた私は、ときどき愛車を駆って、西部史やテキサス史ゆかりの地をめぐる旅行をこころみた。そんな旅の途上、「フォート・パーカー」に立ち寄ったのは、九二年の四月のことである。州のなかでは早くからアングロ・サクソンの入植がおこなわれた東テキサスのハイウエイを逸れて、ナヴァソタ川沿いの平地を数マイル西へ進むと、前方の立木の間から、丸太づくりのフォート（砦）が姿をあらわす。

およそ二エーカー（約八一〇〇平方メートル）もあろうかと思われる長方形の敷地の周囲は、先端を鋭く尖らせたシダーの丸太を連ねて、三メートル半ほどの高さの塀がぐるりと取り囲み、外敵を寄せつけない。内部には何軒かの丸太小屋が配されているが、その外壁はおのずから塀の一部をかたちづくるような構造になっている。敷地の両端に建てられたいわゆる「ブロックハウス」の二階には銃眼が穿たれ、眼下の敵をねらい撃つことができる。

一八三三年、幼いシンシア・アン・パーカーは、祖父ジョンの率いる集団の一員として、家族とともにイリノイからそこへ移住した。祖父がバプティスト系の宗教指導者だったので、ふつう、彼らの移住も宗教的使命感によるものだったことが強調されるが、たぶん彼らにとっての最大の魅力は、まだメキシコ領だった当時のテキサスでは、移住者に広大な土地が無料で提供されたことにあった。

フォート・パーカーの住人たちは、昼は砦の周辺の開拓に従事し、夜は頑丈な門扉と塀の内側で安らかな時を過ごした。人が出入りする時を除いて、昼も夜もかならず門扉を閉めるという規則が定められ、最初は厳格にそれを守っていた人々も、平穏な日々に慣れるにつれて、いつのまにか日中は門を開き放しにする習慣にそまってしまったようである。

しかし、当時のテキサスの白人開拓者と先住民（インディアン）との関係は、それほど安穏なものではなかった。一八三〇年代に東方の先住民がミシシッピ川以西へ追いやられた後も、ミシシッピ西方に位置するテキサスのアメリカ人たちは、絶えず脅威にさらされていた。当時のテキサスはまだメキシコ領であり、さらにその後、約十年間のテキサス共和国時代を経て、合衆国の一州となってからも、先住民たちは長い間テキサスを連邦政府との協定に該当しない地域と見なし、襲撃をくりかえした。ハリウッド製の西部劇が作り上げたイメージと違って、一九世紀のアメリカで、先住民と白人開拓民との抗争がもっとも激しかった地域は、オレゴン・トレイル沿いの大草原ではなく、むしろテキサスだったのである。

テキサスのメキシコからの独立の動きが本格化した一八三五年一〇月には、フォート・パーカーでもテキサス・レインジャー（テキサス特有の一種の自警組織）に参加することが提案され、シンシアの父親、サイラス・パーカーはブラゾス川とトリニティ川の間の地域の部隊の隊長となった。サイラスと彼の部隊は、メキシコ人との戦いもさることながら、敵対的であろうとなかろうと、出会ったすべての先住民を殺戮することを公言してはばからなかったので、パーカー一族が特に先住民の敵意の的となっていたとしても不思議はない。

コマンチ、カイオワ、カドゥの諸族の戦士数百名が、突然フォート・パーカーに姿をあらわしたのは、一八三六年五月一九日の午前九時ごろのことだった。最初は白旗を掲げ、牛肉と水を要求しただけだった彼らも、砦の男たちが畑仕事に出払い、内部にはほとんど女子供しか残っていないことを知ると、態度を一変させて砦の中になだれこみ、およそ半時間あまり、略奪と狼藉のかぎりをつくしたといわれる。

襲撃者の数に比べて、氏名の判明している白人の死者はわずか五名にすぎなかったので、はたしてこれが巷間伝えられているような「虐殺」であったかどうか、疑問が残らないわけではないだが、そのときの襲撃で、シンシア・アン・パーカーが祖父母と父親を一度に失ったばかりでなく、彼女自身、コマンチに拉致されたことは否定するべくもない事実である。シンシア九歳のときのできごとで、不幸にして彼女はついに生前ふたたび母親とも相まみえることはなかった。

そのとき、シンシアの他、彼女の六歳の弟ジョンを含む四人の白人がかどわかされたが、いずれも筆舌につくせない虜囚生活の辛酸をなめはしたものの、早い者は約三ヶ月後、もっとも遅かったジョンも、約六年後には、身代金と引き換えに白人社会に復帰した。

結局、フォート・パーカーの虜囚の中で、最後まで行方が知れなかったのは、シンシア・アン・パーカーただ一人であった。その後、一八四〇年春に、ある軍人がカナディアン河畔のコマンチのキャンプで彼女とことばを交わしたとか、さらにその五年後には、オクラホマで彼女を買い戻そうとする努力がなされたとも伝えられているが、いずれも確証はない。シンシアがふたたび白人の目にふれるまでには、実に二五年という長い年月を必要としたのである。

一八四〇〜五〇年代、テキサスにおける先住民問題はますます熾烈さを加えたが、彼らが次第に劣勢となった結果、一八五九年六月には、テキサスの先住民居留地の人々をことごとくオクラホマに移すことが決定された。しかし、居留地に入ることを断固として拒否していた西テキサスのコマンチ、とりわけ首長ピタ・ナコナに率いられた戦士団は、その決定に対して果敢な抵抗をこころみた。彼らの襲撃があまりに執拗なので、たまりかねたテキサス側は、志願兵と正規兵から成る六〇名の特別部隊を編成し、ローレンス・サリヴァン（サル）・ロス大尉を隊長に任命して、ピタ・ナコナを討伐することになった。その結果おこなわれたのが、一八六〇年一二月一八日のいわゆる「ピース・リヴァーの戦い」である。

サル・ロス大尉の報告によれば、その日の早朝、小さなコマンチのキャンプを発見した彼らは、敵に気づかれる前にいち早く奇襲をかけ、大勝利をおさめたということになっている。ロスは騎

シンシア・アン・パーカー

馬で逃亡しようとした一人のコマンチを首尾よく射殺したが、それが目指す首長ピタ・ナコナであったという。しかし、最近の信頼すべき研究によると、サル・ロスの報告はどうやら真実とは遠く、その日キャンプにいたのは、実は、女子供ばかりで、彼のいわゆる「大勝利」も、少なくともフォート・パーカーの「大虐殺」を凌ぐ一方的な殺戮であったらしい。しかも、ロスが仕留めたという首長もどうやら別人で、ピタ・ナコナが一八七〇年代まで生きのびたという有力な証言が複数記録されている。

当時の西部ではごく平凡な「戦闘」にすぎなかった「ピース・リヴァー」が今でも記憶されているのは、それにもうひとつの挿話が関わっていたからに他ならない。ロスの部下が一人のコマンチ戦士を追跡したところ、驚いたことに、それが腕に幼児をかかえた女性で、しかも、「アメリカーノ（わたし、アメリカ人）！」と叫んだというのである。彼女こそ、今はコマンチ女性として「ナドゥア」「プレロック」「ノラー」等の名で呼ばれ、首長ピタ・ナコナの妻となって、三人の子（二人という説もある）をもうけたシンシア・アン・パーカーその人であった。

四半世紀ぶりに白人の前に姿をあらわしたシンシア・アンは、すでにまったく英語を忘れ果てていたが、さっそく呼び寄せられた伯父、アイザックが、「もしこれが私の姪なら、シンシア・アンという名のはずだが」とつぶやいたとたん、彼女は立ち上がって自分の胸を叩きながら、「ミー・シンシア・アン！」と叫んだという。

すでに三四歳になっていたシンシアは、その後、二歳の娘、トプサナー（英語名プレイリー・フラワー）とともに、伯父アイザック、実弟サイラス、実妹オーリナに次々と引き取られた。南北戦争が勃発した一八六一年の春には、州都オースティンを訪れ、テキサスの連邦離脱を決議した州議会を見物し、州議会も彼女と娘の養育費として、合計五〇〇ドルの年金と一リーグの土地を与えることを決めた。

しかし、白人の親戚縁者の善意にもかかわらず、シンシアはコマンチの生活を懐かしむあまり、ときに逃亡をこころみるなど、ついにふたたび白人社会に同化することはなかった。コマンチの友人たちに会わせるという約束も、南北戦争のために果たされないまま、一八六三年一二月、トプサナーが五歳で死んだ後、彼女は急激に生気を失っていったという。彼女の没年には二説あり、正確な日時は特定されていないが、たぶん、一八七〇年にインフルエンザで落命したとする説が正しい。

かつて、テキサス人たちは、彼女の悲劇は、幼くして文明社会から「野蛮人」の手に奪い去られたことだったと考え、シンシアをはじめ、彼女と同じような運命をたどった白人女性たちのために涙を流した。しかし、今日では、多くのこころある人々は、シンシアの真の不幸は、愛する夫や子供たち、そして、すでに彼女自身のものに他ならなかった先住民の文化から、文明の名に

スター・ハウス

おいて、むりやり引き離されたことにあったと考えているようである。

シンシア・アン・パーカーの物語には、二つの後日談がある。その第一は、「ピース・リヴァーの戦い」の「英雄」、サル・ロスが、たぶんその「戦果」ゆえに、後にテキサス州知事まで出世したことだが、第二は、シンシアがコマンチの間に残してきた彼女の長男、クオナーについてである。

コマンチ最後の偉大な首長と呼ばれ、勇猛果敢な抵抗をつづけたクオナーは、ついに力尽きて降伏してからは、みずから母親のパーカー姓を名のり、実業家として成功した後も、終生コマンチの誇りを捨てず、先住民と白人双方の尊敬と信望を一身に集めた。シオドア・ルーズヴェルト大統領とも親交のあった彼は、何度もワシントンに足を運んで、先住民の福祉厚生のために大きな功績を残した。

一九九二年の五月、私はオクラホマ州ロートン市に彼の事跡を訪ねた。「スター・ハウス」と呼ばれた彼の邸宅はまだ現存するが、地図に記されていないばかりか、市の係員も、近所の住民たちもその存在を知らず、そこにたどりつくには、たまたま通りかかった警官の好意にすがって、パトカーで先導してもらわなくてはならない始末だった。わかりにくかったのもそのはずで、カッシュ山中から現在の場所に移された「スター・ハウス」は、個人所有の遊園地の一部として長年客寄せに用いられた後、今では採算が取れないらしく、それも閉鎖されていたのである。

所有者の好意で、私はなかば朽ちかけた屋内に立ち入ることを許されたが、当時のありさまをしのばせる家具等が若干保存されてはいたものの、管理が行きとどかないために、家の名の由来である屋根の上の大きな黄色い星もすっかり色褪せて、まったく見る影もないありさまだった。

しかし、同市のフォート・シル陸軍基地の軍人墓地では、生前のクオナー・パーカーの手でテキサスから改葬された母シンシアと妹トプサナーの亡骸が、彼と並んで静かに眠っている。

クーパーのアメリカ

ジェイムズ・フェニモア・クーパー（一七八九〜一八五一年）の『モヒカン族の最後』は、一八二六年に出版され、今日では、アメリカ文学の古典のひとつといわれています。この物語の背景となっている時代は、独立以前のアメリカ、すなわち、合衆国がまだイギリスの植民地だった十八世紀半ばごろに設定されています。本文ではまったく説明されていませんが、ここに描かれている英仏間の戦争は、ヨーロッパ史ではふつう「七年戦争」と呼ばれているものの、いわばアメリカ版の戦いです。簡単にいえば、当時は、カナダはフランス領、そして、アメリカはイギリス領でしたから、それぞれの国の新大陸の植民地も、ヨーロッパの戦争にまきこまれざるをえなかったわけです。そのとき、カナダのフランス軍は、イギリス軍と戦うために、多くのインディアン部族と連合を結んだので、アメリカ史では、この戦争を「フランス人とインディアンの戦争（フレンチ・アンド・インディアン・ウォー）」と呼んでいます。

日本やヨーロッパでは、「古典」といえば、何百年、何千年もの昔から読みつがれてきた作品を意味するのがふつうです。それにくらべると、ジェイムズ・フェニモア・クーパーの『モヒカン族の最後』が発表されたのは、一八六二年のことですから、今からまだわずか一七〇年ほど前のことにすぎません。しかし、この作品をアメリカ文学の古典のひとつと呼ぶことに、異論をとなえる人はまずいないでしょう。太古の昔からつづいている日本などとくらべると、アメリカ合衆国は、たしかに若い国です。一七七六年に独立を宣言した合衆国が、国をあげてその二〇〇周年を祝ったのも、ほんのきのうのことのようにさえ感じられます。では、そのような若い国の「古典」は、しょせん、比較的最近のものということにならざるをえないでしょうか?

たしかに、アメリカ合衆国はヨーロッパ世界の一部のように見えながら、その過去には、古代も中世もなかったわけですから、したがって、ヨーロッパ諸国とちがって、口伝えで語りつがれてきた深遠な神話も、おもしろおかしい伝説も、愛と冒険でいっぱいの騎士物語も、あり得なかったことはたしかです。じっさい、クーパー自身、アメリカには小説家の創造力を刺激するような歴史的材料が不足しているので、小説を書きにくくてしかたがないと、自分の国の若さを嘆いたこともあったそうです。彼以外にも、自分の国の歴史の短さについて、おなじように批判的な意見を口にしたアメリカの知識人は、けっして少なくなかったといわれています。

わが国でも、アメリカ合衆国は、軍事力や経済力はともあれ、文化的にはまだまだ未熟な若輩にすぎないと考えられているらしく、古い日本と比較して、新しいアメリカの文化をかろんずるような議論を、ときどき耳にしないでもありません。しかし、現代に生きるわたしたちにとって、アメリカ合衆国は、ほんとうに歴史のない、新しい国なのでしょうか？　ただ建国以来の時間が比較的短いからといって、わたしたちはアメリカを、尊重するべき古い文化のない、若くて未完成な国であると、簡単にきめつけてしまってよいのでしょうか？　先住民のいわゆるインディアンは別として、アメリカには、ほんとうに古い文化が存在しないのでしょうか？

では、たとえば、一七八八年に成立したアメリカ合衆国憲法はどうでしょうか。現代の世界では、各国はそれぞれざまざまな成文憲法をもっていますが、じつは、合衆国憲法は、それらのなかで、現在おこなわれているもっとも古い憲法なのです。また、その憲法にもとづいて、すべての人が平等につくられていることを原則とし、昔の日本のような士農工商の差別のない民主主義社会を、たんなる机上の空論ではなく、じっさいにつくろうとしたという点でも、アメリカは世界でもっとも古い国です。時間の流れこそ短いものの、現在のわたしたちの最大の課題である民主主義という物差しではかると、アメリカは世界でもっとも古い国ということになります。

そう考えてくると、現代のわたしたちが何気なく楽しんだり、恩恵をこうむったりしているもののなかには、世界でもアメリカで最初に実現されたものが少なからずあることに、たぶん気づいていただけるでしょう。ここでは、そのような事象についていちいち論じている余裕はとうていありませんが、とにかく、あらためて自分の身のまわりを見まわしてみてください。若いひとたちの大好きなハンバーガーやフライド・チキンのようなファースト・フード、わたしたちの暮らしをどれだけ便利にしたかしれないモータリゼイションなどが、世界で最初に実現し、発展したのは、みんなアメリカ合衆国においてでした。プロ野球のように、自分がプレイするのではなく、選手のプレイを見て楽しむいわゆるスペクテイター・スポーツも、アメリカは世界でもっとも古い歴史をほこっています。わたしたちが生きているいわゆる大衆社会は、さまざまな情報をぬきにしてはあり得ませんが、映画、ラジオ、テレビなどのマス・コミュニケイションを、世界に先がけて発達させたのもアメリカでした。

要するに、国家としての誕生こそ新しく、その意味では、アメリカはたしかに若い国にちがいありませんが、いっぽう、わたしの考えでは、二一世紀の現代に生きているわたしたちの日常生活から逆算してみると、アメリカは世界でいちばん古い国ということもできるのです。

おなじように、『モヒカン族の最後』がアメリカの古典文学と呼ばれるのは、ただたんに書かれてから長い時間がすぎたからではありません。作者クーパーが、それ以前のヨーロッパ文学はもちろん、アメリカ文学にも描かれなかったアメリカ独自の題材にもとづいて、アメリカ独特の物語を創作したばかりか、二一世紀のわたしたちから見ると、かたちこそいろいろと変化したものの、まちがいなく現代にまで継承されている、ひとつの伝統を創始したからです。

『モヒカン族の最後』は、広大なアメリカの自然を背景として、そこにもともと住んでいたいわゆるアメリカン・インディアンと、あらたに進出してきたヨーロッパ人との対決の物語です。この作品が書かれて以来、アメリカ大陸の大自然を重要な素材として用いながら、そこに登場するさまざまなアメリカ人（あるときはインディアンと白人、また、あるときは、おなじ白人同士）の葛藤を描きだすアメリカ独自の「西部小説」が、つぎつぎと書かれるようになりました。一九世紀の後半になると、十セントで買える小説だというので、十セント貨幣の愛称「ダイム」にちなんで「ダイム・ノヴェル」と呼ばれた大衆文学が流行しましたが、そのなかでも「西部小説」はもっとも人気が高かったといわれています。そして、「西部小説」の人気が、二〇世紀になると、映画やテレビの「西部劇」に受け継がれたことはいうまでもありません。

アンカスやマグアのようなインディアンが主要な登場人物として活躍し、そして、彼らとともに、白人でありながら、かぎりなくインディアンに近い生活をいとなんでいる主人公のホークアイと、純粋に白人社会に属するコーラやアリスやダンカンが、さまざまな冒険と愛を共有する『モヒカン族の最後』は、アメリカ西部劇のもっとも早い典型をつくりあげました。手に汗をにぎらせる波瀾万丈の物語の展開はいうまでもなく、作中で、現代のわたしたち自身の生活に直接関係のあるさまざまな問題が示唆されているという点でも、『モヒカン族の最後』には、今日のすぐれた西部劇のほとんどすべての長所がふくまれています。そういう意味で、この作品は、「西部劇」の原型となった、世界で最初の「西部小説」のひとつと呼ぶことができるでしょう。

作者のジェイムズ・フェニモア・クーパーの生い立ちや、『モヒカン族の最後』をめぐる事情についてふれるまえに、いわゆる「西部」と、「アメリカン・インディアン」について、ひとことのべておかなければなりません。

今でも、アメリカの西部を舞台として、西部劇は毎年つぎつぎと作られ、ひとびとを楽しませていますが、日本では、その連想で、アメリカの「西部」とは、何となく、しばしばそれらの舞台となるあたりだと思われています。つまり、アメリカ合衆国の西半分、とくに、ミシシッピ川以西の大草原地方や、ロッキーとシエラ・ネヴァダの大山脈、および、それらの山脈にかこまれた大盆地といわれる地方です。しかし、『モヒカン族の最後』は、西部劇を創始した作品だというのに、その舞台になっているのは、カナダとの国境に近い、今日のニュー・ヨーク州の北部ですから、今では、そのあたりを「西部」と呼ぶひとはまずいません。いいかえると、今でこそ、もっとも西部らしい西部は、大草原と山岳地方だといっぱんに考えられていますが、この作品のできごとが設定されている時代には、ニュー・ヨークの北方も、まだ「西部」だったことがわかります。

すなわち、「西部」ということばがアメリカのどの地方を指すかは、時代とともに変化してきたのです。たとえば、ヨーロッパ系アメリカ人がまだ大西洋岸にしか住んでいなかった一七、八世紀には、アパラチア山脈の東側さえ、「西部」と呼ばれたこともありました。また、五大湖周辺の諸州が、ミシシッピ川の東側（つまり、北米大陸の東半分）に位置しているにもかかわらず、今日でも、ふつう「中西部」と呼ばれているのは、「西部」ということばが、たんなる地理上の用語ではなく、むしろ、歴史的、文化的な概念を意味することをよくあらわしています。

「西部」とは、アメリカ大陸の一定の地域というより、アメリカの歴史が始まって以来、絶えずアメリカ人の夢と希望をつなぎとめてきた、広大な西方の自然と文化の総体でした。つまり、「西部」とは、アメリカ人のこころの中で、つねにいきいきと息づいていた想像力そのものだったのです。そういう意味で、アメリカの歴史がつづくかぎり、「西部」はけっして消えさることはありませんし、また、おなじ理由から、アメリカにおいては、いわゆる「西部小説」や「西部劇」の人気も、たぶん永久におとろえることはないでしょう。

いわゆるインディアンについては、とっぴに聞こえるかもしれませんが、第一に、「アメリカン・インディアン」などと呼べるひとびとは、かつてこの世に存在したことがなかった、といっておかなくてはなりません。だいたい、「インディアン（インド人）」という呼び方は、コロンブスたちが、アメリカ大陸をインド（東洋）とまちがえたことに由来しています。さらに、「アメリカン・インディアン」と呼ばれるひとびとは、けっして単一の民族ではなく、そのなかには、さまざまな異なった文化や言語を持った多数の民族が含まれることに目を向けてください。

ちょうど、ヨーロッパやアジアにじっさいに生きているのは、ヨーロッパ人でも、アジア人でもなく、個々のフランス人、イギリス人、中国人、日本人、等々であるのとおなじことです。ヨーロッパ人、アジア人、という呼び方が、あくまでも抽象的な総称で、現実に生きているひとつひとつの民族、ひとりひとりの人間を指してはいないように、「アメリカン・インディアン」というのは、アメリカ先住民の全体を指す呼び名にすぎません。じっさいにこの世に生きていたのは、それぞれ異なった伝統と文化をほこるモヒカン人であり、ヒューロン人だったのです。

それが、十把ひとからげに、「インディアン」と呼ばれるようになったのは、ヨーロッパ人がアメリカ大陸に上陸して以来、彼らがたどった悲劇の歴史のせいであることはいうまでもありません。簡単にいえば、たいそう長いあいだ、アメリカの先住民は、ヨーロッパ系アメリカ人の発展にとって、石ころのような邪魔な存在と考えられていました。不幸なことに、先住民の文化は、ヨーロッパ文化とあまりに異質であったために、その価値はもちろん、先住民文化相互の相違も無視され、いちがいに野蛮なものと見なされてきたのでした。

しかし、『モヒカン族の最後』を読んでいただけばわかるとおり、アメリカには、この物語の登場人物たちのように、インディアンの文化に強い同感を抱いた白人たちも少なからずいたことを、忘れないでください。もちろん、今日から見ると、たとえば、ヒューロン族に対するホークアイの偏見や、悪漢マグアの描き方に見られるように、作者のインディアン観は、おのずから時代の制約のようなものを感じさせますし、また、ここに描かれている先住民の生活や風俗は、必ずしも事実通りではありません。しかし、同時に、新大陸に進出してきたヨーロッパ人によって、今にも力づくで絶滅させられそうだった先住民たちに対する強い哀惜の念が、この作品の全編をおおっていることも否定できません。

ヨーロッパ人が持っていない知恵や、自然についての本能を、ここに登場する先住民たちは、どれほどたくさん身につけていることでしょう。『モヒカン族の最後』は、一方では、誤った画一的なインディアン像を世にひろめたこともたしかですが、インディアン文化のすぐれた面に着目し、彼らを通じて、白人によって破壊されつつあった自然の尊さを、いちはやく指摘したという点も、見落としてはならないと思われます。

ついでに、本書の「インディアン」関係の用語について、ひとことおことわりしておきましょう。今日のアメリカでは、先住民の文化と伝統をより尊重するという立場から、「アメリカン・インディアン」ではなく、「先住アメリカ人（ネイティヴ・アメリカン）」という呼び方が、また、たとえば、モヒカン族、ヒューロン族のような「族（トライブ）」に代えて、「国（ネイション）」がしばしば用いられるようになりました。ほんらいなら、本書でも、それらの語を採用するべきかもしれませんが、日本語としてはまだじゅうぶんに定着しているとはいえませんし、また、この作品が一九世紀初期に書かれたことも考えあわせて、あえて従来通り、「インディアン」「族」等を用いることにしました。「チーフ」の訳語としての「酋長」についても、いろいろな意見があり得ますが、同じ理由からあえてそれを用いました。

ジェイムズ・フェニモア・クーパーが生まれたのは、すでに「西部」ではないニュー・ジャージーでしたが、まだ一歳のとき、彼は家族とともに、この作品の舞台に近い、今日のニュー・ヨーク州の北部に移り住みました。父親がそこに開いたクーパーズ・タウンという開拓村で、少年クーパーは「西部」をとことんまで経験したといわれます。その後、彼は大学をしくじったり、遠洋航海の船に乗りこんで、海員生活をおくったりしましたが、やがて名門の娘と結婚し、金持ちの大地主として、何不自由ない生活をおくるようになりました。そんなクーパーが小説を書くようになったのは、あるとき、妻にイギリスの小説を読んで聞かせながら、つい「こんなものならぼくにも書けそうだ」といったところ、「では、ほんとうに書いてみたらどう?」と、彼女にそそのかされたからだったそうです。

最初の作品は、イギリスを舞台とした失敗作でしたが、やがて、クーパーは、アメリカ人として、自分にもっとも適した独自の主題を発見し、それを物語に作りあげることで、たちまち脚光をあびるようになって行きます。そして、彼が自家薬籠中のものとした主題は、若いころにみずから親しく体験したアメリカ西部と、その延長ともいうべき海だったのでした。

ここでは、クーパーの海洋小説についてはふれませんが、彼は一八二三年から一八四一年にかけて、西部を舞台とした五部作を発表しました。文学史などでは、ふつう「革脚絆《かわきゃはん》物語(レザー・ストッキング・テイルズ)」と呼ばれますが、その五編の長編の中でも、これまでアメリカはもちろん、世界中の読者にもっともひろく愛読されてきたのが、この『モヒカン族の最後』なのです。もちろん、五編の共通の主人公は、『モヒカン族の最後』では、もっぱら「ホークアイ」というあだ名で呼ばれているナティ(ナサニエル)・バムポウそのひとに他なりません。

この五部作で、クーパーは、作品ごとにナティ・バムポウを異なったあだ名で呼びながら、主人公の二〇代から八〇代までを描いてみせました。もっとも、五編が発表された順序は、かならずしもナティ・バムポウの年齢にそっているわけではありません。たとえば、五部作の最初の作品では、七〇年代の主人公が（ちなみに、ここでは、年老いて、キリスト教に改宗したチンガチグックが登場し、インディアン・ジョンと呼ばれています）、また、最後に発表された作品では、反対に、二〇代のナティが描かれています。

『モヒカン族の最後』のホークアイの性格は、見かけほど単純ではありません。学校へも行かず、本も読まない彼は、一見、単純で素朴なひとがらそのもののように見えますが、作中で彼が何度も口にするように、じつは、彼には、ふつうの文明人には理解できない、大自然という本を読みきるりっぱな知性がそなわっているのです。また、宗教についても、自分はキリスト教徒ではないとしばしば明言しながら、彼の行動の節々には、白人社会の倫理や価値観を、どうやら否定しきってはいないようなようすが見て取れます。彼が射撃の名手でありながら、無益な殺戮を避け、インディアンと自分とのあいだに一線を画したり、戦いを身上とする男の中の男であるはずなのに、しばしば人間同士が戦う虚しさを示唆するのは、いったいなぜなのでしょうか。

コーラとアリスの姉妹も、なかなか魅力的な女性像です。一九世紀の欧米は、女性の生き方について、いわゆるヴィクトリア朝風の倫理が一世を風靡した時代でした。つまり、女性はあくまでもつつましく、でしゃばらず、男性のいうなりになって、家庭のなかにとじこもり、子どもを立派にそだてながら、宗教と道徳の守り手になるのが、もっと理想的とされたのです。しかし、そのような女性像と照らしあわせると、アリスは弱々しいながらも、少しお茶目すぎますし、男性にも引けを取らないほど理性的で、沈着なコーラは、当時のアメリカのいわゆる「ニュー・ウーマン」を浮き彫りにしているように見えます。とくに、黒人の血が混じっているコーラが、彼女をとりまくすべてのひとびとに愛され、尊敬されるという設定には、当時のアメリカの大きな社会問題だった黒人奴隷制についての、作者の人間的な見解をかいま見ることができます。

最後に書名について、ひとことふれておかなくてはなりません。本書の原題は、正確に翻訳すると、「モヒカン族の最後の人」の意味ですから、すなわち、アンカスを指していると考えられます。しかし、ながいあいだ、わが国では、この作品はふつう『モヒカン族の最後』と呼ばれてきましたし、また、「の人」を付さないほうが、日本語としての語呂もいいというのが、編集部と訳者の一致した意見でした。そのふたつの理由から、本書では、いくぶんあいまいではありますが、やはり『モヒカン族の最後』を採用させていただくことにしました。

ホークアイとダニエル・ブーン

ヘンリー・ナッシュ・スミスの『ヴァージン・ランド』といえば、アメリカ西部の象徴性と神話性を論じた名著ですが、その第六章では、『モヒカン族の最後』の著者、ジェイムズ・フェニモア・クーパーが取り上げられています。スミスによると、『モヒカン族の最後』の主人公、ホークアイ（ナティ・バムポウ）は、正確なモデルとはいえないものの、かなり類似性の高い実在の人物になぞらえて描かれているそうです。そして、ホークアイの原型ともいうべきその人物とは、他ならぬダニエル・ブーンだというのです。

ダニエル・ブーン（一七三四—一八二〇）は日本ではあまり知られていませんが、半ば伝説化したアメリカ西部の民衆の英雄で、民話やほら話にも登場する西部開拓の代表選手とも呼ぶべき人物です。たとえば、西部一の射撃の名人だった彼は、引き金を引く前に、一瞬にやりと笑う癖があり、動物たちもそれをよく知っていたので、彼が弾丸を発射しなくても、恐ろしげに微笑して見せるだけで、恐怖のあまり気を失って倒れてしまったといわれます。

ブーンのイメージは、昼なお暗い森の中をひとりさまよう孤独で勇敢な猟師ですが、アパラチア山脈以西に移住したひとびとの指導者でもあった彼は、とりわけ、ケンタッキーに最初の開拓村、「ブーンズボロ」を建設したことで知られています。インディアンに捕らえられた時には、族長に気に入られて、数ヶ月間彼の養子として暮らしたほどの野人でしたが、ブーンズボロを襲撃する計画を漏れ聞いて、急を報せるために逃亡し、三日三晩全速力で歩き続けたあげく、断固として村を守り通したことも有名です。

しかし、たぶん登記上の不備から、やがて彼はせっかくのケンタッキーの土地を失う羽目に陥ってしまいました。その時、ブーンはすでに六五歳でしたが、不運にもめげず、家族ともども家財をカヌーに積みこんで、オハイオ川を下り、ミシシッピ川を越えて、当時はまだスペイン領だったミズーリに移住しました。その後も自由奔放な猟師の暮らしを楽しんだ彼は、八六歳で死ぬまで、いつもさらに西方に移住することを夢見ていたといわれます。

イギリスの詩人、バイロンをはじめ、ダニエル・ブーンに言及した文人たちも多く、生前から伝記が書かれるなど、彼が象徴しているものについては、いろいろと論じられてきました。H・N・スミスによれば、ブーンは隣人が「わずか」一五〇キロ先に住みついたので、もうそんな狭苦しい所には住んでいられないと愚痴ったそうですが、彼は都会的なものを嫌悪し、文明から逃避しようとして、西へ西へと移住せざるを得なかったのでしょうか。それとも、むしろ逆に、原始林を畑に変え、荒野に文明をもたらした西部開拓の最先鋒だったのでしょうか。はたして、ホークアイはそのどちらなのでしょうか。

I ♡ TEXAS

ちょっと気恥ずかしいが、表題は「アイ・ラヴ・テキサス」と読んでいただきたい。若者たちのTシャツをはじめ、車のステッカーや街角の立看板など、ここテキサスのそこかしこに氾濫している他愛ないスローガンである。だが、こっそりと白状すると、実は、私自身、このことばを長年こころのなかでつぶやきつづけてきたような気もする。

幸か不幸か、もう私はそんなTシャツを身に着けた若者たちと喜怒哀楽をともにするほど若くはないし、陳腐なスローガンを鵜のみにできるような素朴な精神は、とうの昔に失ってしまった。だが、二〇年前、当地で四年半あまりの学生生活を送った若い頃の私は、この地方からほとんどかぎりない影響を受けたといってよい。そんなわけで、昨秋から一年間のテキサス再訪をこころみている私にとって、「I ♡ TEXAS」は、今にいたるまで若干の感傷をそそりつづける標語なのである。

テキサスの最大の魅力は、何といっても、まず光と空間である。広大な空と土地といいかえてもいい。快晴の日には、深海の紺青を張りつけたような大空から、豊かな日光が惜しげもなくふりそそぐ。しかし、この空はけっして単調な青一色に彩られているわけではない。冬期には、「ブルー・ノーザー」と呼ばれる冷たい北風が突然吹きこんできたかと思うと、ほとんど一時間足らずのあいだに万物が凍りついてしまったり、夏は夏で、空いっぱいにひろがったさまざまなかたちの雲の豪快な演技を楽しむことができる。四季を問わず、突如として雷鳴をともなった激しい嵐が襲ってくることもある。テキサスの空はかぎりない変化に富んでいて、見る者を飽きさせない。

いうまでもなく、テキサスはアメリカ合衆国の一州にすぎない。しかし、南北でいえば、合衆国の南端、東西でいえば、メキシコ湾に面してちょうど大陸の中央に位置し、アラスカを除けば、アメリカ最大の州で、その面積はわが国の全土より広い。したがって、一口にテキサスといっても、「ヒル・カントリー」と呼ばれる起伏に富んだ中央部や、森林と湖の豊かな北東部や、どこまでもひたすら平坦な南東部や、荒涼とした西部など、多様な地形が存在している。

だが、たぶんそこに共通しているのは、高層建築が建ち並ぶいわゆる「ダウンタウン」を別とすれば、特別な自然保護地域はいうまでもなく、都市の中でさえ、手つかずの豊かな自然が残されていることだろう。もちろん、昨今は御多分に漏れず、ここでも環境汚染問題がかしましく議論されていないわけではない。しかし、たとえば、日本ならそれだけで名物になってしまうかもしれないような古木が、ごくあたりまえの住宅地に、ごくありのままの姿で、鬱蒼と繁っている様子を目にして羨ましく思わないのは、よほどのへそまがりか、買い物だけに夢中の日本の観光客だけなのではなかろうか。

たぶん、広さと、豊かな自然そのものなら、北米大陸の他の地域にも、アフリカにも、オーストラリアにも、南米にもあるだろう。テキサスの魅力のひとつは、広大な空と土地のすみずみにまで、そこを生活の場として選んできたひとびとのきわめて強固な意志と決意が刻みこまれていることである。良くも悪くも、テキサン（テキサス人）たちは合衆国の中でも特有な彼らの歴史と文化に、格別な誇りを抱いているが、その激しい歴史意識が、風景のひとこまひとこまに浸透しているのではないかとさえ思われる。

しかし、私のような自意識過剰で、いつも他人の目を気にしている日本人には、テキサスの自然も歴史も、呆れかえってしまうほど、すべてがまったくあっけらかんとしているように見える。テキサス州議事堂はオースティン市のダウンタウンにあるが、その正面入口には常に六つの異なった国旗が飾られ、大きなドームのてっぺんから見下ろせる議事堂の中央の床にも、それらを象徴する六つのエンブレムがデザインされている。こうして彼らは、テキサスの領土がこれまで六つの異なった国々――フランス、スペイン、メキシコ、テキサス共和国、アメリカ合衆国、アメリカ連合国（南北戦争時の南部連合）――の覇権のもとに置かれてきたという複雑怪奇な過去を、あっけらかんと誇示しているのである。国民の愛国心をそそろうとして、まことしやかに「万世一系」などというへりくつを捏造し、みずからの同質性を強調しなければならないどこかの国とは、歴史意識と誇りの持ち方に、どこか根本的な相違があるように感じるのは私だけだろうか。

ハワイ州を別格とすれば、テキサスはアメリカの他のどの州とも違って、メキシコ領だったころに入植したアメリカ人が一八三六年に独立をかち取り、その後約十年の間、曲がりなりにも独立国だったことがある。テキサスにひるがえった六つの国旗を自慢する心理と矛盾するようだが、テキサンたちはそんなことは意に介せず、かつての「テキサス共和国」を特別な誇りのよりどころとしている。「アメリカ革命」と呼ばれる合衆国のイギリスからの独立になぞらえて、彼らがメキシコからの独立を「テキサス革命」と呼ぶことが、その何よりの証拠だろう。広大なテキサスの開拓に従事したパイオニアたちの汗と涙とともに、独立のために流された血を記憶にとどめながら、アメリカ独立期のさまざまな愛国的な故事と重ねあわせるようなかたちで、テキサス独自の英雄像がつくりあげられたように見える。

したがって、その頃を記念する事物は数多く、大切に保存され、テキサスの開拓と独立の英雄たちは、この州の多くの公園や、都市の通りにその名を残している。スティーヴン・オースティンは、一八二一年、まだメキシコがスペインから独立したばかりのころ、「オールド・スリー・ハンドレッド」と呼ばれる最初のアングロ・サクソン移民三百家族をひきいて、当時はまだメキシコ領だったテキサスに入植した指導者だが、州都オースティン市は彼にちなんで名づけられた。また、ダラス市とならんで州最大の近代都市ヒューストン市の名称は、テキサス共和国の初代大統領に選ばれた独立の英雄、サム・ヒューストンに由来している。テキサスがアメリカ合衆国に併合されてその一州となった一八四五年以降も、連邦上院議員や州知事をつとめたヒューストンは、当地ではほとんどジョージ・ワシントンと名声を競い合うほどの大物といっていい。ジョージ・ワシントンの住居だったワシントン郊外のいわゆる「マウント・ヴァーノン」に比べると、ハンツヴィル市に保存されているヒューストンのふたつの家は、その一軒が「ボート・ハウス」と呼ばれ、船をかたどっていることを別とすれば、ごく平凡なただの家屋にすぎないが、今でもそこを訪れるひとびとの列は絶えない。彼はヴァージニアの生まれで、テキサスに移住する以前に、すでにテネシーの州知事をつとめたほどの人物だったので、実は、彼にとって、テキサスはいわばその後半生をささげた第三の故郷にあたるわけだが、テキサンたちが彼に向ける尊敬のまなざしには、まったく変わりはないらしい。

テキサス共和国の最初の首府は、ワシントン・オン・ザ・ブラゾスに置かれた。「ブラゾス川のほとりのワシントン」という地名は、当然連想される合衆国の首府とも、ジョージ・ワシントン大統領とも直接の関係はなく、ある移住民が自分の故郷であるジョージア州のワシントンをしのんで名づけたものだという。赤茶けた水をなみなみとたたえたブラゾス川沿いの土地には、今日でも鄙びた田園風景がひろがっているが、その一角につくられたひろびろとした州立公園には、美しい大輪の白い花が芳香を放っているマグノリアの大木の下に、歴史博物館などの現代建築とならんで、テキサス共和国最後の大統領アンソン・ジョーンズの家と、いわゆる「インディペンデンス・ホール」が、当時のありさまをしのばせるように、ひっそりと立っている。

たぶん、「インディペンデンス・ホール」といわれて、誰しも思い出すのは、一七七六年七月四日、アメリカ合衆国の独立が宣言され、「自由の鐘」が打ち鳴らされた有名なフィラデルフィアの建物だろう。しかし、いうまでもなく、テキサスのそれは、一八三六年三月二日、テキサス共和国の独立宣言がおこなわれた建物のことである。フィラデルフィアの「インディペンデンス・ホール」も、合衆国の誕生を記念するにはあまりにも素朴な建物だが、テキサスのそれはさらに百倍ほども素朴きわまるしろもので、見るからにきゃしゃな細い柱と梁の間に粗削りの壁板を釘で打ちつけただけの、一見、物置か納屋かと見まがうばかりの簡素なほったて小屋にすぎない。中をのぞきこむと、日本式にいえば、およそ二〇畳ほどのがらんとした板張りの床には、樽の上に板を並べた机らしきものを囲んで、およそ十数脚の粗末な木の椅子が乱雑に置かれているだけだった。

どこの国の名所旧跡でも出くわす光景だが、私が訪ねたとき、たまたまそこでは地元の小学生たちの校外授業がおこなわれていた。高学年らしい十数人の小学生と女性の先生が立ち並んでいる前で、軍服のようなカーキ色の制服を身にまとった州の公園管理官が一席ぶっていたので、何気なく耳をかたむけているうちに、彼らの活発なやりとりについ引きこまれてしまった。

「ここでテキサス独立のための会議が開かれていたちょうどそのころ、ある大事な戦いがおこなわれていたんだが、それは何という戦いか、知っている人は？」と管理官が問うと、たちまち、「はい、はい、はい」と勢いよくたくさんの手があがり、

「『アラモの戦い』です」

ジョン・ウエイン主演の映画のおかげで、日本でもよく知られているが、それはアラモ砦（といっても、もともとはスペイン人が建てたミッションだが）にたてこもった一八〇人あまりのアメリカ人がメキシコの大軍にとり囲まれて、善戦のあげく、全員悲壮な戦死をとげた戦いで、「リメンバー・ザ・アラモ」のスローガンとともに、アメリカ人の愛国心を奮い立たせる結果を生んだ。

「では、そこで指揮をとっていたのは、誰かな？」

「デイヴィ・クロケット」

「ジョン・ブーイ」

このふたりとも、アラモで戦死したばかりでなく、もともと西部の英雄として有名なので、小学生たちはそう答えたわけだが、正解を知っている子はいなかった。

「いや、彼らはたしかにそこにいたことはいたが、指揮官はウィリアム・トラヴィスだったんだ」。ちなみに、現在のテキサス州都オースティン市はトラヴィス郡にあるが、その地名はもちろん彼に由来している。「さて、彼はそこから何度も真剣な手紙をここに集まっていた議員たちに送った。ほら、その手紙がここにある」

「それ、ほんもの？」

「いや、これはそっくりにつくったコピーだがね。サム・ヒューストンは、いきりたつ議員たちを押し止め、自分が救援に行くときっぱりいった。それで、どうなったと思う？」

「テキサスが勝ったんでしょう」

「いや、いや、とうとう間に合わなかったんだ。アラモの英雄たちは、ひとり残らず戦死してしまった。愛国心と自己犠牲は、大切なアメリカ的性格なんだよ。しかし、その後、間もなく、サン・ジャシントの戦いで、少数のテキサス軍が、数の上でははるかに優るメキシコ軍をさんざんにやっつけてしまった。ところで、当時のメキシコはたったひとりの人間が支配していた。それは誰で、そういう政治体制を何というのか、知っているかな？」

「はい、はい」と、またたくさんの手が上がり、

「サンタ・アナ」

「独裁政治」

「その通りだ。独裁制の下では、独裁者ひとりをやっつければ、それでかたがつく。民主主義とはそこが違うのさ。われわれがサンタ・アナを捕虜にしてしまったので、メキシコはテキサスの独立を認めざるをえなくなったんだ」

小学生相手とはいえ、「愛国心と自己犠牲はアメリカ的性格」等々、ちょっと単純すぎるとも思ったが、なかなか要を得た説明で、テキサンたちの歴史観の一端がかいま見えたような気がした。しかし、テキサス史の面白いところは、たとえばアラモの場合のように、勝利を語ると同時に、敗北の苦渋を語ることも忘れず、かっこいいところとかっこわるいところとを、包み隠さず

あっけらかんと認めていることだろう。

公園管理官は触れなかったが、アラモの敗北とサン・ジャシントの勝利のあいだには、たとえば、ゴリアドでメキシコ軍によるアメリカ人捕虜大量虐殺事件が起こったり、メキシコ軍の手に渡ることを恐れるあまり、せっかく作り上げた植民地のあらゆる建物を焼き払いながら（したがって、ワシントン・オン・ザ・ブラゾスのインディペンデンス・ホールも、実はレプリカである）、軍民ともどもルイジアナに向かって生命からがら逃げのびるという悲劇があったりしたことも、けっして忘れられてはいない。特に後者は、「ランナウエイ・スクレイプ」として知られ、ヒューストン将軍のこの作戦に対しては、当時すでに強い非難があったことも、ごくあたりまえの常識といってよい。つまり、サム・ヒューストンへの尊敬は尊敬として、彼を必要以上に神格化しようとはしないのである。ちなみに、南北戦争勃発当時、州知事だったヒューストンが、テキサスの合衆国からの離脱を支持した多数意見にあえて反対して、知事職を辞し、以後ふたたび公職につくことはなかったことも、これほどの英雄の生涯のできごととしては、特記に値する事実といえよう。

サン・ジャシントの戦いでサンタ・アナが大敗したのは、テキサス軍の反攻がメキシコ人の習慣の午睡（「シエスタ」と呼ばれる）の時間におこなわれ、しかも、彼がそのとき女色に溺れていたせいだといういいつたえも、まことしやかに伝えられている。彼をたぶらかしたのは、「イエロー・ローズ・オヴ・テキサス」として知られる二十二歳の混血女性だったそうだが、彼女は本名をエミリ・モーガンというテキサスの愛国者で、テキサス独立のために、わが身を犠牲に供したのだといわれる。つまり、テキサス史には、暴力や男っぽさばかりでなく、そこはかとない色気もちゃんとそなわっているのである。

私の考えでは、質素なインディペンデンス・ホールに見て取れるように、テキサスの過去は本質的に開拓民という庶民のものである。そんな歴史の体験の上に立って、昨今のテキサスは、かつて奴隷州であったばかりか、六本の国旗に象徴されるような複雑な人種関係が存在してきたという事実や、開拓時代の庶民が味わった苦しみなどをはっきりと認識した上で、よりよい未来を模索しつづけているように見える。それとも、そう考える私は、やはり少々「I ♡ TEXAS」にすぎるのだろうか。

テキサスのドラえもん

二〇年ぶりに、アメリカのテキサスで暮らしている。今回はわずか一年間の滞在予定だが、ここオースティン市はかつて四年半あまりの学生生活を送ったところなので、むかしなじみのひとびとを訪ねたり、訪ねられたり、思い出が染みこんでいる事物をめでたりしているうちに、数ヶ月があっという間に過ぎ去ってしまった感じで、われながら非生産的な日々である。だが、そうこうするうちに、長い不在の年月のあいだに起こったさまざまな変化が肌で感じられ、あらためて今昔の感に打たれることも少なくない。

多くの日本人にとっては、テキサスといわれても、たぶんどこまでもつづく荒涼とした草原や、乗馬のカウボーイがうろついているわびしい片田舎を思い浮かべるのがせいぜいだろう。しかし、もともと日本全土より広い領土と、合衆国のなかでも独特の歴史を誇っているこの州は、人種構成も複雑で、地理的にも西部と南部の特徴を同時にかねそなえているばかりではない。最近は、昔ながらの世界一広大な牧場が残っている一方で、いわゆるサン・ベルト地帯の中心のひとつとして、石油や、宇宙産業、ハイ・テク等の現代的産業がアメリカ各地から急激に人口を吸収している。ニューヨークやカリフォルニアとは違った意味で、テキサスは過去と現在のアメリカの一面を動的に反映している土地柄なのである。

ふつう、テキサスの冬は短く、「ブルー・ノーザー」と呼ばれる北風が吹きまくって、突然にすべてが凍りつく一時期を除けば、たいがいは広い青空からやわらかな日光のふりそそぐ日々がつづく。ところが、テキサスびいきの私のような者にとっても、この冬はとりわけ過ごしにくかったような気がする。何十年ぶりかの異常気象で、たれこめたまっ黒い雲から際限もなくしとしとと雨が降りつづいたかと思うと、ときおり激しい雷鳴をともなった豪雨が襲って来たりしたからである。おかげで、いつもは石づたいに歩いて渡れるクリークが氾濫して、洪水騒ぎが起こったりしたので、さすがの頑強なテキサンたちも風邪を引き、誰も彼もゴホン、ゴホンとあやしげな空咳をし始める始末だった。

御多分に漏れず、私も彼らからテキサス風邪をうつされて、数週間苦しんだが、この冬はそれに加えて、日本人にとっては、小さな体がますます小さくなるような思いをさせられることが多かった。昨年一二月のパール・ハーバー攻撃五〇周年記念行事をはじめとして、連日のジャパン・バッシングやら、それにも懲りずに繰り返される日本の政治家たちの放言やらが、わずか一、二ヶ月のあいだに次々とつづいたことである。幸か不幸か、私の周辺にいるアメリカ人たちは、いわゆる「ジャパン・ラヴァー」や、国際的な経験の豊かな知識人が多いせいか、過去現在の日本の行為で私個人が理不尽に攻撃されるようなことはまったくないが、彼らと会えば、現在の複雑な日米関係は嫌でも話題に上らざるを得なくなる。

それにつけても、彼らが意識しているいないにかかわらず、テキサンたちの日常生活に入りこんでいる日本は、まったくかつての比ではない。その昔、テキサスにやって来たばかりで、右も左もわからなかったころ、そんな私に親切につきあってくれた友人のスティーヴ・ダンワースと、大学のキャンパスを散策していたときのことを思い出す。たまたま目にふれた真紅のすてきなスポーツ・カーが「ダットサン」だったので、私は思わず足を止め、にわかにナショナリスト的な感情に駆られたものだった。周知のように、日本車がジャパン・バッシングの主要な対象になっている今では考えられないことだが、私がテキサスで日本車を目にしたのはそれが最初だったのである。今回、私のために現在のテキサスへの案内役を引き受けてくれたサニー・クリンゲンスミス夫人に教えられたように、インスタント・ラーメン、のり巻き、豆腐、ねぎなど、昔は東洋食品店に特別注文しなければ入手できなかったさまざまな品物も、今はごくふつうのグロサリー・ストアで取り扱っている。

しかし、ある理科系の建物の廊下に積み上げられた学生用の印刷物の表紙から、そこに描かれた生き物（?）に微笑みかけられたときは、ほんとうにびっくりした。何やら見知った顔だと思ったのもそのはずで、何とそれは懐かしの「ドラえもん」だったのである。いわば海賊版で、名前も「ディン・ドン」とドラのような重い鐘の音を思わせるものに変えられていたが、版権の問題はともあれ、どこかにアメリカ人の「ドラえもん」ファンがいるに違いなかった。

それがきっかけで、私はここの大学にも日本の「アニメ」（好事家のあいだでは、すでに定着した英語になっている）のファン・クラブがあり、『漫画人』という雑誌を読んだり、日本語版の「アニメ」を上演したりして楽しんでいることを知った。知人の紹介で昼食をともにしたクラブの副会長、ウォルター・エイモスは物理学専攻の大学院生だったが、彼の「アニメ」へのいれあげぶりを告白した長文の論文をここに紹介する余地がないのは残念である。

主要なヨーロッパ系言語以外では、日本語は今やもっとも人気のある言語のひとつで、昔はたった一クラスしかなかった授業も、現在は多数のティーチング・アシスタントたちを動員するまでになっている。いくつかある日本文学関係の授業のなかに、「カウボーイとサムライ」という面白そうな題目を見つけたので、担当者のリン・バースン教授に会ってみた。名古屋大学に学んだ経験があり、倉橋由美子について博士論文を書いたという彼女によると、そこでは文学というより、映画を素材に用いて、例えば「男らしさ」や「勇気」が日米ではどのように違うかなど、彼我の文化の相違を議論しあうのだということだった。リストには、「駅馬車」「荒野の七人」「シェーン」など、おなじみの西部劇とともに、「忠臣蔵」や「七人の侍」や「タンポポ」などが並んでいたが、学生たちのあいだでは、日本映画の人気は非常に高いそうである。『デイリー・テキサン』という大学新聞にも、日本関係の記事が出ない日はほとんどない。

だが、それにもかかわらず、大学院生を含めて学生数ほぼ四万五〇〇〇を数えるここの大学で、理科系や政治経済系はともかく、相変わらず日本史の教授はたった一人、日本文学の教授は二人だけという人文系のお寒い状況はどうしたことなのだろう。もっとも、英米文学の教授たちが満ちあふれている日本で、いつまでたっても英語国で通用するような英語教育ができないのに較べれば、まだましというべきなのかもしれない。

『人物アメリカ史』のこと

たぶん何かの雑誌の書評欄を見て取り寄せたのだと思うが、私が『人物アメリカ史（上・下）』（ロデリック・ナッシュ著、足立康訳、新潮選書、一九八九年刊）の原書（原題の直訳は『これらの初めから——アメリカ史への伝記的接近』となり、日本語としてはもうひとつ意味が鮮明ではない）を手にしたのはもう十年も前のことになる。当時津田塾大学のゼミのために学生たちと楽しく読めるアメリカ史のテキストを探し求めていた私は、一読してすっかり魅せられてしまった。学生たちの間でもたいそう好評で、私はできれば邦訳してわが国の読者に供したいと願うようになった。

本書はもともとカリフォルニア大学（サンタ・バーバラ）のロデリック・ナッシュ教授がアメリカの大学生のために書いた合衆国史の入門書だが、わが国の多くのいわゆる歴史教科書とはひと味もふた味も違っている。これは無味乾燥な単なる知識伝達の書ではなく、大学生はもちろん、一般の読書人もじゅうぶん楽しめる知的読物なので、歴史と文学の接点ともいうべき面白さや、そこかしこにちりばめられた著者のウィットが邦訳から伝わらないとしたら、その責はもっぱら訳者が負うべきである。一方、本書は決して著者の奇抜な史観や、奇を衒った新解釈を売り物にしているわけではない。ここには入門書に求められるスタンダードな情報もまんべんなく織りこまれているので、読者はいわば知的ゲームを楽しみながら、同時にアメリカ史の常識にも接することができる仕組みになっている。

原題の *From These Beginnings* は聖書の "from the beginning of the creation"（天地創造の初めから）という語句（欽定訳ではマルコ伝十章六節、十三章十九節、ペテロ後書三章四節）を思い出させる。アメリカ史は本書に取り上げた「これらの人々から始まる」というその含意は、「まえがき」に述べられている著者の基本的な立場、すなわち、「これまで自分をアメリカ人と見なして来た約五億の人々のだれでも、『人物アメリカ史』の主役となり得るのである。アメリカ人として、彼らのひとりひとりがすべてアメリカ史に影響を与え、また、影響されて来たのだから」を表している。

「歴史家にふさわしい研究課題は人である——法律や、条約や、選挙や、時代ではなく、愛したり、憎んだり、成功したり、失敗したりしながら、われわれ自身もそのひとりであるすべての人間とともに複雑な思考と感情の魅力を共有している人々なのである……伝記的方法を採用することによって歴史研究は生気を与えられる」と著者はいう。「まえがき」には「アメリカ史を物語る特定の十四人」を選定するに際しての著者の若干の苦心談も語られているが、そこにはおのずと一定の基準が設けられているように思われる。彼らがそれぞれの時代と分野で代表的アメリカ人であることはもちろんだが、それ以上に、彼らが同時代に果たした役割にかかわらず、現代人にとっての緊急の課題をおのずと問いかける人生を歩んだ人々なのである。したがって、ここに選ばれた十四人は、必ずしも通常の入門書で多くのページがさかれる人々とは限らない。例えば、誰でもその名を知っているフランクリン、ジェファーソン、マーク・トウェイン、キング牧師(もっとも、日本語で手軽に読める彼らの伝記はほとんど皆無に等しいが)も取り上げられるが、同時に、合衆国に抵抗するインディアン連合の結成を夢見たテクムシ、西部の山男ジム・ブリジャー、自然保護に生涯を賭けたギフォード・ピンショーといったアメリカ史の裏方たちにも、前者に引けを取らないじゅうぶんなスペースが与えられている。

彼らの波瀾万丈の人生とそれらが象徴する「アメリカ的経験の物語」を読み進めるにつれて、読者は人種問題、環境保護問題、工業化と都会化、そして、常に古くて新しい民主主義(昨今わが国ではアメリカン・デモクラシーについて語ることは流行らないようだが)等々について考えさせられる。ヘンリー・フォードを語る著者の口調はまことに軽妙で、読者がフォードのファンにさせられてしまうことは請け合いだが、この自動車王のなかに巣くっていた古さと新しさの奇妙な混淆は、現代史共通の強烈なアイロニーを感じさせる。ジェーン・アダムズの章では彼女の生涯をたどりながら、女性史、移民史、社会改良運動史、革新主義等が概説されると同時に、富と教養に恵まれた者たちが負うべき社会的責任の問題が問われている。

本書が一九六〇年代の反文化（カウンター・カルチャー）の旗手、ボブ・ディランで締めくくられていることに特別の意味を読み取るのは私だけだろうか。『人物アメリカ史』の十四人に寄せる著者の関心のあり方にはしみじみとした暖かい人間性が感じ取れるが、それはあのヒッピー世代が体験した激しい価値観の転換に同感した者に特徴的なひとつの傾向のように思われてならない。

ヴィクトリア・ウッドハル

心のままに愛すること

一八七一年一一月二〇日、ニューヨークのスタインウェイ・ホールにつめかけた三〇〇〇人の大聴衆を前に、ヴィクトリア・クラフリン・ウッドハルは会場のすみずみまで浸み透る美しい声で、かねてからの主張であるフリー・ラヴの原理を披露した。

「自分の愛する人を愛すること、長い期間であろうと短い期間であろうと可能なかぎり愛すること、そして、たとえ毎日であろうと自分のこころのままに愛する人を取りかえること、それは私の不可譲の基本的な自然権です！」

最後のあたりの言葉づかいはアメリカの独立宣言を思い出させるが、一八七一年（明治四）といえば、欧米でも多くの女性たちはまだ厳格なヴィクトリア朝風の道徳律の下でいわば男性の影としての生活に甘んじていた時代だったから、ウッドハルの演説はそれだけでひとつのスキャンダルであった。だが、彼女はこの時代にあって何ら臆するところなく、同時に二人の夫や恋人とともに暮らすなど、フリー・ラヴをみずから実践した。

「史上最初」のギネスもの

同じ年の五月、ある女性参政権運動の集会で彼女がおこなった演説も、これに負けず劣らず勇ましいものだった。もし議会が女性に市民としての正当な権利を与えることを拒否するなら、女性は憲法制定会議を開いて、新たな政府を樹立しなければならない、とウッドハルは説いた。

「私たち女性は、反逆するのです！　かつて南北戦争で南部が分離した以上に千倍も大規模に、この国から分離するのです！　私たちは、革命を企てているのです！　このインチキ共和国を転覆させ、それに代えて正義の政府を打ち立てるのです」

ヴィクトリア・ウッドハル

しかし、ヴィクトリア・ウッドハルには、単なる時代を先取りした女権拡張論者、自由恋愛主義者以上の何かがあった。彼女の名声の絶頂期は三〇代半ばのせいぜい四、五年間にすぎなかったが、その間の彼女の光り輝く燃焼ぶりは、尋常の人間の能力を超越した一種の神秘性を感じさせる。彼女を評して「ウーマン・オブ・メニー・ファースト」と呼ぶ者もあるほど、ウッドハルはその短期間にアメリカ女性として多くの「史上最初」の事績を残した。たとえば、史上最初の女性の株式仲買店を設立してウォール街に進出し、少なくとも一時は莫大な利益をあげたかと思うと、女性として初めて連邦議会の証言台に立ち、下院の司法委員会で女性参政権について堂々の論陣を張ったり、自分の発行する新聞にアメリカで最初の『共産党宣言』の英訳を掲載したり、あるいは、女権拡張運動の延長として、アメリカ合衆国大統領選挙に出馬した史上最初の女性候補者になったりした。

真実と自由と

ヴィクトリア・ウッドハルのこの異常な実行力の源泉がどこにあったかは興味深い謎だが、特異な前半生の経験と、彼女に魅了された多くの男たちの影響力にその一端をかいま見ることができるかもしれない。

もともと彼女の一家は怪しげな心霊術を施したり、不死の霊薬と称するものを売りつけたりしながら片田舎をめぐり歩いていた流れ者で、ヴィクトリアもごく幼いころから一種の霊媒として優れた能力の所有者だったといわれる。彼女がニューヨークに出てきたのも、古代ギリシャの雄弁家デモステネスの霊に導かれたからだったそうだが、多くの優れた男たちが彼女の生来の美貌と超自然的能力の虜にされたのである。嘘で固められた彼女の周辺には珍しく、一六歳のとき結婚した最初の夫は本物の医者だったし、妻子を捨てて彼女と結婚した二番目の夫は無学文盲の女霊媒を立派な女性闘士につくりあげた一流のインテリだった。その後も、彼女は億万長者のコーネリアス・ヴァンダービルト、ベンジャミン・バトラー下院議員、思想家で社会革命家の傑物スティーヴン・パール・アンドルーなどとの文字通りの霊肉の交わりから自分自身の思想を形成していった。

真実と個人の自由が彼女の二大原則だった。ウッドハルの新聞が当時のアメリカの最大の道徳的指導者で、奴隷解放運動や女性参政権運動の立役者でもあったヘンリー・ウォード・ビーチャー牧師（『アンクル・トムの小屋』の作者ハリエット・ビーチャー・ストウの弟）の不倫事件を暴露し、アメリカ社会に大きな衝撃を与えたことはよく知られている。それが落ち目になった自分の人気挽回策でもあったことは確かだが、彼女がこの宗教界の大物の象徴する道徳的世界に本質的なうさんくささを感じ取り、その偽善ぶりに純粋な怒りを燃やしたことも間違いない。もっとも、ビーチャー牧師の不倫の相手となったティルトン夫人の夫シオドア・ティルトンは、ウッドハルの伝記の作者であり、彼女の恋人のひとりともいわれる人物なので、フリー・ラヴの女闘士にふさわしく、話はややこみいっている。

ウッドハルはやがてイギリスへ渡り、名門で大金持ちのイギリス人と結婚して八八歳の天寿をまっとうした。その平穏で陳腐な後半生は、彼女の崇拝者と彼女自身に対する深刻な裏切りであるという者もなくはない。

大統領夫人——もうひとりの大統領

「アメリカのファースト・レディ（First Lady of the Land）」といえば、今日では合衆国大統領夫人を意味することに異論はあるまい。この語がいつごろから現在の意味で用いられるようになったかについては諸説あるが、それらを総合すると、一九世紀前半からいわば非公式な敬称として使われ始めていたようだ。ある事典によれば、これが一般化したのは、第四代大統領マディソン夫人ドーリーを主人公としたチャールズ・F・ナードリンジャー作の芝居「ザ・ファースト・レディ・オヴ・ザ・ランド」が上演された一九一一〜一二年以降のことだという。

いずれにしろ「ファースト・レディ」はアメリカ女性の持ち得る最高の称号であり、栄誉であるといえよう。最高の政治的権力から最短距離に位置する女性として、彼女は大統領一家のホワイト・ハウス生活のすべてをとりしきるばかりか、晩餐会やレセプション、舞踏会など大統領の公的な社交行事のいっさいをつかさどる。合衆国政府の長であると同時に合衆国国民の象徴でもある夫の大統領とともに、ファースト・レディはかずかずの政府要人や外国使節たちを歓待し、内政外交ともに万事支障なく進められるよう尽力する。大統領はその属する政党の代表でもあるから、彼女は与党の指導者たちと夫との関係が常に円滑に保たれるよう留意する。そして、夫のため、国のためにそうした努力を重ねることによって、ファースト・レディは全国民の絶えざる注視を一身に集めるアメリカ女性第一の大スターとなる。いわば、華やかな脚光を浴びるアメリカ社交界の中心であり、全アメリカ女性の憧れの的である。

しかし、実は、ことはそれほど結構ずくめでも、単純でもなさそうである。ファースト・レディたちの苦悩を示唆する証言は少なくない。

たとえば、初代大統領ジョージ・ワシントン夫人マーサは、ファースト・レディの暮らしを「ここ（大統領官邸）で私は非常に味気ない生活を送っています……まったく、国家の囚人にされたようだとしかいいようがありません」といい、夫が引退した時には、「ワシントン将軍も私も、まるでようやく学校から解放された子供のような気分でした」と肩の荷を下した安堵感を正直に告白している。

また、「肩書を持たない閣僚」といわれ、文字通り八面六臂の公的活躍をしたことで知られるフランクリン・ルーズヴェルト夫人エリナでさえ、ファースト・レディであることについて、「まるで私自身のすぐ外側に大統領の妻という誰か別人を立たせているような気持ちでした。ホワイト・ハウスを去るまで、私の生活と仕事はそんな風でした」と述べた。

最近のファースト・レディたちの中でもっとも派手な話題をふり撒いたジャックリーヌ・ケネ

ディも、ホワイト・ハウス入りするに当たって「私は第一に妻であり母親です。ファースト・レディであるのはそのつぎです」と胸中の懊悩を語ったと伝えられる。

栄光と名誉に輝くファースト・レディの座は、また同時に、どうやら苦悩と矛盾に満ちたいばらの座でもあるらしい。ホワイト・ハウス生活は公私の区別をつけにくく、本来私的であるべき事がらがおのずと政治的意義を帯びてしまうこと、民主主義国アメリカでは、ファースト・レディに高貴さとともに正反対の大衆性も求められること、夫の大統領の人気や政治スタイルと無縁ではあり得ない一方、彼女たち自身の個性もその評価を大きく左右すること等々、ファースト・レディは相互に矛盾する複数の役割を同時に演じ通さなくてはならない。しかも、その演じ方に依り頼むべき一定の法則があるわけではない。大統領自身は少なくともみずから進んでその地位を求めた人々だが、多くの場合、夫人たちは夫がたまたま大統領となった女性にすぎないので、それぞれの適性は千差万別であって当然である。また、大統領夫人は法律で定められた役職というわけでもないので、そもそも決まりきったファースト・レディ像のあり得るはずもない。あるとすれば十人十色ともいうべき歴代のファースト・レディたちの前例のみであり、彼女たちは、むしろその多様性そのものの中に伝統を読み取らざるを得ないのであろう。

マーサ・ワシントンがその伝統の最初の重要な形成者だったことは間違いない。大プランテイション主の娘として生まれた彼女は、ジョージ・ワシントンと結婚後、独立戦争の重要な戦闘で彼女が最初と最後の砲声を耳にしなかったものはなかったといわれるほど、大陸軍《コンティネンタル・アーミー》総司令

マーサ・ワシントン

官時代の夫と苦楽を共にしたことで知られる。

　初代大統領夫人となった五七歳のとき以来八年間、マーサはかつてただ一人の先例もない「最初《ファースト》のファースト・レディ」の重責を両肩に担うこととなる。ホワイト・ハウスはまだ建てられていなかったので、彼女はそこに住むことのなかった唯一のファースト・レディだが、その公的生活は、大統領職をほとんど帝王のごとき威厳ある地位と見なすフェデラリスト的思想にかなったものだった。あたかもヨーロッパの宮廷のような正式の儀礼をともなう大統領の謁見や晩餐会とは別に、「レディ・ワシントン」は毎金曜日に定期的なイヴニング・レセプションを取りおこない、新生アメリカ合衆国の威信を内外に示そうとした。しかし、貴顕たちは誰でも彼女に拝謁を許され、正式の盛装こそ要求されたが、その雰囲気はかなり非公式な気の置けないもので、いわば共和国の宮廷ともいうべき独自なスタイルが演出されたといわれる。

　マーサ・ワシントンの威厳を踏襲しながらも、ホワイト・ハウスをよりいっそう民衆に近づけ、史上もっとも愛されたファースト・レディとなったのはドーリー・マディソンである。リパブリカンの大統領夫人にふさわしく、彼女は宿屋の出戻り娘にすぎない庶民だったが、一七歳年長で彼女より数インチ背の低かった「偉大《グレイト》で小さな《リトル》マディソン」と結婚後、夫が要職に就くにつれて社交界の花形となっていった。特に、前任者のジェファソン大統領が寡男だったため、ときの国務長官マディソン夫人ドーリーは、夫の大統領就任以前に早くも実質的なファースト・レディ役を務めることとなった。彼女は必ずしも美人ではなかったらしく、「太った四十女で、美形ではない」とあるイギリス人に酷評されたこともあり、賭事が好きで、指は煙草のヤニで黄色く染まっていたといわれるが、明るい人柄と天性の教養で人々に愛された。ドーリーの水曜日の定例イヴニング・レセプションは公衆にも公開され、社交界の華やかさを保持しながらも、民衆派の新しいスタイルを作り上げた。一八一二年の英米戦争で首府がイギリス軍に占領された際、大統領の留守の間に、政府書類とワシントンの肖像画と官邸の貴重な銀食器類を無事に避難させた彼女のあっぱれな働きは、広く世に喧伝されている。ドーリー・マディソンの人気は引退後も衰えず、八一歳で他界する直前、ときのポーク大統領にエスコートされてホワイト・ハウスのパーティに登場したのが、彼女の社交生活の最後であったといわれる。

マーサとドーリーは背景も性格も正反対に見えるが、社交に政治を持ちこまず、ファースト・レディをホステス役に限定しようと努力した点は共通といえる。その点で毀誉褒貶の激しいのは第二代大統領ジョン・アダムズ夫人アビゲイルと、そして、かなり時代は距っているが、第二〇代大統領ウィルソンの後妻となったイディスであろう。アビゲイル・アダムズは夫がアメリカ革命に奔走する間、女手ひとつでプランテイションを守り抜いた行動派であるばかりか、女性の権利を主張し、人種差別に反対した知性派の女性として尊敬されている。しかし、ホワイト・ハウス入り（当時はまだ未完成で、首府自体も見渡すかぎり荒寥とした原野といったありさまだった）後は、それだけにかえって政治的発言を批判されたのである。

「女王陛下《ハー・マジエスティ》」とあだ名され、「妻の同意と協力なしに成功できる男はいない」という名言を残したアビゲイルは、たとえば、言論の自由を侵害したことで悪名高い外人法・治安法を支持するなど、「合衆国の、ではなく、一派閥の大統領夫人」と批判され、夫までも、国民の主権の下ではなく、「夫人の主権の下にある大統領」と嘲笑された。

大統領就任後約一年半で最初の妻を亡くしたウィルソンは、やがて貴金属商の未亡人イディスと熱烈な恋愛に陥って再婚する。数ヶ月のあいだ少なくとも毎日一通の長文の恋文を書き送ったといわれるこの「大統領の恋」は、彼には幸せをもたらしたが、国民には混乱をもたらした。一九一九年一〇月、ヴェルサイユ条約問題で全国遊説中のウィルソンが発作で倒れて後、イディスはいわば大統領を独占してしまい、彼女以外は誰ひとり大統領に面会できず、大統領の意志表明はいっさい彼女を通じてしかおこなわれないなど、ほぼ一年にわたって、アメリカ史上まれに見る一種の政治的空白期間を現出したからである。（ちなみに、「大統領の恋」の結果、現職中に華燭の典を挙げたのは、ウィルソンの他、クリーヴランドとタイラーの例がある。タイラーは五〇歳で再婚だったが、その後七人の子をもうけた。）

このような例を見ると、少なくとも二〇世紀初めのころまで、アメリカの世論はファースト・レディにホステス役以外の役目をあまり望まなかったように思われる。だが、違った意味で、史上もっとも悪名高いファースト・レディは、恐らくリンカン大統領夫人メアリであろう。幼少の頃からファースト・レディになることを夢見た野心家の女性だったと伝えられるメアリは、ヒステリーの発作を起こして精神的不安定さを露呈したり、異常な買物好きから、ホワイト・ハウスの模様変えで許された予算を超過してしまったりと、かずかずの個人的批判も浴びせられて来たが、彼女をめぐる悪評の真因は時の流れそのものに求められるのではなかろうか。南北戦争という異常な状況が彼女を不幸な立場に追いこんだのである。ケンタッキー出身の彼女は北部人からは忠誠を疑われ、南部人からは裏切者と見なされたばかりではない。イリノイのリンカンと結婚したために、東部の社交界人士から西部の田舎者と噂されたあげく、彼女が実際には優雅な女性であったことが判明すると、今度は、戦時中にしては贅をつくしすぎると非難された。民主主義の守護者として尊敬されているリンカン大統領の名声に比べて、夫人メアリに関する悪評はいかにも不釣合のように見えるが、実は、リンカン自身、在職中は必ずしも高い評価を誇った大統領であったわけではなかったことを考えれば、決して不思議ではない。夫はその後神格化されたが、妻は時代に翻弄されたあげく、悪評とともに取り残されたというわけである。

メアリ・リンカン

一九世紀後半になると、ファースト・レディたちの社会的背景に徐々に変化がほの見えて来る。大学教育を受けたファースト・レディの登場（ヘイズ夫人、クリーヴランド夫人）、また、単なる内助の功ではなく、夫から独立した職業を持った夫人たちが目につくようになることなどである。教師は古くからあった女性の職業（アンドルー・ジョンソン夫人、ガーフィールド夫人等。ジョンソン夫人は文盲の仕立職人だった夫に読み書きを教えたといわれる）だが、第二五代大統領マッキンレイ夫人アイダは父親の所有する銀行で働き、ビジネスの経験のある最初のファースト・レディといわれた。二〇世紀に入ると、ファースト・レディたちが大学卒で、職業に就いた経験のあることはむしろ当然のこととなる。アメリカ社会がヴィクトリア朝風の女性観から次第に離脱し、女性の教育と自立を容認するようになるにつれて、その変化が徐々にファースト・レディたちの上にも反映して来るのである。

二〇世紀以前にも、女性の権利に目覚めた先述のアビゲイル・アダムズや、ホワイト・ハウスからアルコールを追放したルーシー・ヘイズ（第一九代大統領夫人。そのために彼女は「レモネード・ルーシー」とあだ名された）等、いわゆる「ニュー・ウーマン」のファースト・レディたちがいなかったわけではない。しかし、女性の自立を声高く主張したばかりか、人並み優れた知性と行動力でみずからその範を示し、そうすることによって夫と国家と世界に奉仕した最大のファースト・レディといえば、エリナ・ルーズヴェルトをおいて他にあるまい。

シオドア・ルーズヴェルト大統領の姪に当たり、大富豪の家に生まれたエリナは、大勢の召し使いたちにかしずかれながらなに不自由ないニューヨークの上流階級の一員として成長したが、

エリナ・ルーズヴェルト

幼くして両親を失ったことや、ティーン・エイジャーのころ英国で受けた教育の影響などで、次第に人間の苦しみと悲しみに開眼していったといわれる。家庭内に埋もれていた結婚直後の一〇年間を除くと、彼女は常に第一線に立つ女性活動家でありつづけた。ホワイト・ハウス入りする以前に、すでに独自の道を行く社会事業家、教育者、文筆家、政治的指導者としての立場を確立していたばかりか、小児マヒで下半身不随となった夫のために、早くから公人フランクリン・ルーズヴェルトの「目と耳」の役割を果たしていた。彼の大統領当選後はいわばファースト・レディの「ニュー・ディール」に邁進し、フランクリンがその頭ならば、エリナはその心であるといわれた。家なき者に家を与え、政府のポストを女性に開放し、黒人差別反対を叫び、若者の運動を支援し、「どこにでもいるエリナ《エリナ・エヴリホエア》」とあだ名されるほど全国津々浦々を視察し、新聞のコラム「マイ・デイ」を連日執筆し、ラジオで国民に呼びかける等々、エリナ・ルーズヴェルトは伝統的なホステス役をはるかに超越したファースト・レディであった。現に苦しみつつあった何百万のアメリカ国民に安堵感を与え、そうすることによって、政府と国民を結ぶ不可欠な絆となり得たという点で、彼女は従来なかった創造的なファースト・レディ像を確立したといえよう。

ギャラップの世論調査では、エリナは常に三分の二の支持率を維持し、それはしばしば夫の大統領を上回ったという。夫の死後もいっそう活動の舞台を拡げた彼女は、第二次大戦後は国連アメリカ代表を務めるなど、終生「世界のファースト・レディ」として活躍しつづけた。ルーズヴェルト夫妻の私生活についてはいろいろ取り沙汰されているが、エリナ・ルーズヴェルトがもっとも偉大なアメリカ女性のひとりであったことは間違いない。

最後に、いわゆる「幻のファースト・レディ」たちについてひとこと触れて置きたい。病弱だったり、夫の大統領就任以前に死亡したりしたために、遂にその役を果たすことのなかった夫人たちが少なからずいたことである。たとえば、アンドルー・ジャクソン夫人レイチェルは夫の大統領就任式の数ヶ月以前に病没するが、辺境で生まれ育った生粋のフロンティア女性だった彼女ならば、いったいどのようなファースト・レディぶりを見せたことだろうか。

興味はつきない。

マウンテン・マン

私はアメリカ合衆国の歴史と文化を一応の守備範囲としている者なので、今日も、また性懲りもなく、アメリカの話をさせてもらいます。ここに居られる学生諸君の大部分が、内心「アメリカなんてカンケイナイヤ」と思っていることは重々承知の上ですが、しかし、私たちはほんとうにアメリカに無関心でいられるものでしょうか。なにしろ、日本の新聞やテレビはヨーロッパやアジアのことは伝えないことはあっても、アメリカについては連日報道しないことはなく、だいたい、この青山学院じたい、かつてアメリカ人宣教師によって創設された、アメリカとは深い関係のある学校です。キャンパスを一歩出れば、ケンタッキー・フライド・チキン、ダンキン・ドーナツ、マクドナルド・ハンバーガー等々、私たちの身近には、アメリカそのものとはとうていいえないが、いわばアメリカ風俗の断片のごときものが満ちあふれています。

ですから、私たちは日々アメリカについての漠然としたイメージを、しかも、しばしばかなり片寄ったアメリカ像を、いわば絶えず強制されているようなものです。私の察するところ、それは高度に発達した物質文明、若者たちの憧れの的であるカッコイイ都市生活、豊かな大衆社会、といったイメージではないでしょうか。

もちろん、それも嘘ではなく、まったくその通りです。しかし、いうまでもなく、アメリカにはそれとは対照的なもうひとつの顔があります。たいそう懐ろが深く、広大な国土、そして、その国土に展開している巨大で変化に満ちた大自然がそれです。アメリカが大きいことは常識ですが、一般には日本の二五倍といわれます。先日『読売新聞』に司馬遼太郎氏のアメリカ紀行が連載されましたが、その表現を借りると、東海岸のニューヨークから西海岸のロサンゼルスまでと等距離を東京から西へ飛ぶと、実に中国大陸を跳び越えて、シルク・ロードの敦煌まで行ってしまうそうです。それほどの奥行きを持つアメリカの自然が、非常に変化に富み、懐ろの深いのは、いわば当然のことでしょう。

さて、今日は、君たち若者にはたぶんあまり人気がない方のアメリカ、すなわち、アメリカの自然の話をします。

アメリカの自然の懐ろの深さ、巨大さを理解して頂くためには、有名なグランド・キャニオンをひと目見て頂くに如《し》くはない。一九八五年には五〇〇万の日本人観光客が海外へ出たそうですから、もうご覧になった方も多いでしょうが、まだ見てない方、将来見たいと思っている方は、ちょっとアメリカの自然地図を心に思い浮かべて下さい。

非常に大ざっぱにいうと、アメリカの東半分はだいたい緑色に塗られているはずです。ごく単純化すると、そこは従来のヨーロッパ型の農業が可能な所、あんまり苦労しなくても人間が定住できる自然条件を具えている地域です。それに引きかえ、アメリカの西半分はほぼすべて茶色に塗ってあります。長いあいだ人間が住めないと思われていた地域で、特に、そのさらに西側の半分のあたりは、太平洋岸の一部を除いて、もっと濃い焦げ茶色になっていますが、それは周知のように、ロッキー、カスケード、シエラ・ネヴァダという巨大な山塊と、それらの間にある大きな峡谷や盆地を表しています。

グランド・キャニオンは、そのような山岳地方の南方、アリゾナ州にある一大峡谷です。一目見て、その荘大な姿に心を打たれない人はいないでしょう。底を流れているコロラド川によって、長い、長いあいだに浸食されてできたものだそうですが、お金と閑のある方は、馬を傭って、コロラド川のほとりまで、一歩、一歩、谷間に下りて行くこともできますし、小型飛行機をチャーターして、大峡谷の間を飛ぶこともできます。

しかし、私の考えでは、グランド・キャニオンがもっとも美しいのは、夜明けの頃から、夜がしらじらと明けて行き、やがて朝が訪れるまでの間です、刻々と昇って行く太陽の光につれて、あの荘大な峡谷ぜんたいが、あざやかに七色の変化をするのです。言語を絶した美しさですから、将来グランド・キャニオンを訪れたいと思っている方は、ぜひこの早朝の絶景を見逃さないようお勧めします。そのためには、ちょっと高くつくかも知れませんが、グランド・キャニオン沿いのホテルに一泊するといいでしょう。

しかし、せっかく一泊しても、翌朝、寝過ごしてしまったら何にもならない。ぜがひでも、朝早く目覚める必要があります。目覚まし時計を持参しなかった人たちのために、寝坊しないための、昔ながらの方法を伝授しましょう。

翌朝起きたいと思う時間のおよそ八時間前、例えば、朝四時に起きなければならないとすると、前の晩の八時ごろ、グランド・キャニオンの谷間に向かって、もし友達といっしょだったら声を合わせて、できる限りの大声で、「Time to get up！（時間だぞ、起きろ！）」とどなっておくのです。すると、その声は空気を伝わって峡谷に入り、やがてグランド・キャニオンの反対側の巌壁にぶつかって、今度は谺《こだま》となってこちら側に返って来ます。そうやって、声がグランド・キャニオンの中を往復するのに、だいたい八時間かかる。つまり、翌朝の四時ごろ、谺となって戻って来た自分の声で目を覚ますことができるというわけです……。

さて、皆さん真面目な顔で聞いていらっしゃるようですが、もちろん、今の話は嘘っぱちです。いくらグランド・キャニオンでも、自分の声が八時間後に谺になって返って来るはずがない。しかし、私自身の名誉のために大急ぎでつけ加えると、これは私がでっち上げた作り話ではなく、実は、アメリカ西部に伝えられた民話のひとつなのです。アメリカの白人として初めてロッキー等の山塊に入った「マウンテン・マン」と呼ばれる人々が、巨大な自然の驚異に接して、驚きのあまり、その感動をいろいろなホラ話として表現し、それが民話化して伝えられたもののひとつです。ジム・ブリッジャーという、今日これから少し詳しくお話しようと思っている人物の口からも、同様の話が語られたと伝えられています。

アメリカの風物を大げさな語り口で針小棒大に物語り、聞き手をびっくりさせるホラ話は、「トール・テイルズ」と呼ばれ、西部の民話のひとつの典型になっています。そこで語られること自体はとうてい現実にはあり得ないホラ話に過ぎませんが、その中には、はじめて大自然の驚異に接して胆を潰した西部人たちの驚愕がこめられていると同時に、まだ西部の大自然を知らない東部の人々の感情が反映しているともいえます。東部のふつうのアメリカ人たちは、ホラ話を聞かされて、何やら嘘っぱちめいたマユツバのようでもあるが、名にし負う西部のことだから、いかにも「さもありなん」という気持ちにさせられてしまったわけです。

そんなホラ話にはいろいろありますが、あとひとつだけ簡単に紹介しましょう。グランド・キャニオンとほぼ同地域のもう少し南のあたりに、「化石の森《ペトリファイド・フォレスト》」という国立公園があります。およそ一〇キロ四方の地域に存在するものがことごとく化石となっているところで、巨大な樹木から一枚の木の葉に至るまで、すべてが化石と化してごろごろ転がっているので、今日見てもまことに奇異な光景ですが、いうまでもなく、はじめてそこに足を踏み入れた人の驚きは想像にあまりあり、化石の森の発見の物語は民話化してさまざまに伝えられているのです。

そのひとつによると、さきほど名前を出したジム・ブリッジャーといういわゆるマウンテン・マンが、ある二月の朝、ブラック・ヒルズと呼ばれるあたりを馬とともにとぼとぼと歩いていたそうです。特に雪の深い厳しい冬で、例の通り針小棒大的表現によると、積雪は五〇フィート（一五メートル）、凍え死んだバファローの死体が累々と横たわっているようなありさまでしたが、たまたまひとつの谷にさしかかったところ、驚くなかれ、そこにあるすべてが緑に光輝いていたのです。見渡す限りの緑の草、緑の樹々、そして、その枝々には色とりどりの小鳥たちが止まって、楽しそうにさえずっている。厳冬のさ中にまるで楽園のような緑の谷を発見して、ジム・ブリッジャーはびっくりするやら、嬉しいやら。さっそく、無尽蔵に生い茂っている若草を愛馬に食べさせてやりました——そのとたん、ガチンというすさまじい音とともに、なんと、馬の前歯が折れて、地面をころころと転がった。緑の草木と見えたものは、実はことごとく化石で、とうてい馬の歯が立たなかったというわけです。もちろん、木の枝の小鳥たちも化石で、小鳥たちの囀っている歌までも化石と化していたことはいうまでもありません。

実は、何年か前、私自身そこへ行ったことがあります。いろいろ観察したいと思って馬を借り、乗馬で化石の森を見て廻りましたが、やがて峡谷の断崖絶壁の上にさしかかったので、手綱を引いて馬を止めようとしました。ところが、なぜか馬はいっこうに止まる気配を見せず、とうとう空中に乗り出してしまったばかりか、あれよあれよという間に、私は馬にまたがったまま空中を移動して、峡谷の反対側の崖の上にたどり着いてしまったのです。まるで不可視の橋の上を歩いて谷をひとまたぎしたようなあんばいで、私の驚きといったらなかったのですが、やがて冷静に考えた結果、その理由を発見しました。なにしろそこは化石の森ですから、地球の重力まで化石と化し、硬くなっていたので、私は馬ともども、目に見えない重力の化石の上を歩いて空中を渡ったという次第です……。

お祭しの通り、実はこれも私の体験ではなく、ジム・ブリッジャーというマウンテン・マンの口から語られたといわれるホラ話です。では、マウンテン・マンとは、どんな人々だったのでしょうか。

ご承知の通り、一八世紀の終わりごろイギリスから独立したアメリカ合衆国の領土は、当初、東は大西洋から、西はミシシッピ川まででした。しかし、一九世紀に入ると、合衆国はナポレオンのフランスから当時ルイジアナ地方と呼ばれた広大な地域を買い取ったり、メキシコと戦争して領土をぶん取ったりした結果、およそ一八五〇年ごろまでには、大西洋岸から太平洋岸まで領土を拡張することに成功します。

マウンテン・マンと呼ばれる一群の人々は、そんな急激な領土拡張の結果、合衆国領となって行く山岳地方に、およそ一八二〇年ごろから、アメリカの白人として初めて足を踏み入れた男たちです。ヒマラヤの雪男とも違い、エレファント・マンのようなものでもなく、彼らはれっきとした人間であり、文明人ですが、しかし、文明人でありながら東部の文明の地を棄てて、あえて人跡未踏のロッキーやシエラ・ネヴァダにわけ入った人々です。

では、何故彼らは山に入ったかというと、山の中で瞑想に耽るためではなく、主として動物の毛皮集めに従事していたのです。当時ヨーロッパではアメリカの毛皮の人気が高く、大きな需要があったので、ビーヴァーやミンクのような動物を獲ったり、インディアンと交易を行なって毛皮を入手したりするために、ぜひとも山岳地方に踏みこむ必要があったわけです。

マウンテン・マンと切っても切れないイメージとして人々の記憶に定着しているものに、いわゆる「ランデヴー」があります。私よりひと世代上の日本人にとっては、ランデヴーはデイトを意味し、つまり、男性と女性が一定の時間に一定の場所で出会うことだったそうですが、マウンテン・マンのランデヴーは、確かに出会うには出会うけれども、相手はガール・フレンドではなく、出会いの場所も喫茶店ではありません。ロッキー山中の一定の場所で、一定の時期に、一年間に獲得した毛皮を携えたマウンテン・マンたちが、インディアンや東部からやって来た毛皮商人と出会い、交易を行なう、彼らにとってもっとも重要な年中行事であり、お祭りでもあったのがランデヴーです。長い間山中で孤独な生活を送った彼らにとって、久しぶりに仲間と大いに楽しむと同時に、生活必需品を入手する大切な機会であり、東部の毛皮商人たちにとっては、一年に一度高価な毛皮を仕入れる貴重な年中行事です。

西部の大自然の中で大勢のマウンテン・マンや毛皮商人たちが一堂に会し、誰はばかることないお祭り騒ぎに明け暮れる様を想像すれば、ランデヴーが従来いかに野趣に富んだロマンティックな行事として語り伝えられて来たか、容易に理解して頂けるでしょう。一九世紀のアメリカ史は、わずか百年足らずの間にあの広大なアメリカの自然を征服した歴史でもあるので、そこにはさまざまなドラマがあり、勇気と冒険の物語に充ちみちていますが、マウンテン・マンたちはいわばそんなアメリカ史の一面を象徴する人々といえます。しかし、文明人でありながら、文明社会と訣別し、山の中へ入って行く人々ですから、当然、彼らについては、プラスとマイナスの相対立するふたつのイメージが定着しています。

一方の肯定的イメージによると、彼らは文明を拒否し、大自然と一体となって暮らす、ロマンティックで、神秘的な人々、すなわち、都会や人混みや人間の穢れを忌み嫌い、孤独を愛する哲人たちです。大自然とともに暮らすうちに、外見や暮らしぶりこそ野蛮人のようになってしまうが、それを支えているのは一種の世捨て人の精神で、彼らは文明社会に対して強烈な批判を叩きつける「聖なる野蛮人」です。ランデヴーの場でも、このイメージによるマウンテン・マンたちは乱痴気騒ぎに加わったりしないで、必要なものを入手すると、ふたたび、三々五々、静かに山に向かって姿を消して行くはずです。

しかし、それとは正反対に、都会に暮らせないあぶれ者、文字通りの非文明的野蛮人、というマウンテン・マンのイメージが数多くあることも否めません。この否定的イメージによると、毎年のランデヴーでも、彼らは毛皮商人たちに当てがわれたウイスキーとインディアン娘の味に酔い痴れたあげく、せっかく苦労して集めた貴重な毛皮も二束三文に買い叩かれ、やがて無一物となって、否応なく山へ戻って行かざるを得なくなってしまう愚か者、ということになります。悪臭ふんぷんとしているマウンテン・マンが一マイル先まで来ると、プーンと匂う、といわれた不潔な野蛮人のイメージです。

否定的なマウンテン・マンのイメージを伝えるホラ話は少なくありません。例えば、比較的よく知られたチャールズ・ガードナーというマウンテン・マンは「人喰い《カニバル》のフィル」というあだ名で呼ばれましたが、その由来を示す民話によると、ある冬、彼は一人のインディアンの仲間と共に山へ狩猟に出たところ、激しい吹雪に見舞われ、二週間ものあいだ山中に閉じこめられてしまったそうです。ようやく雪が止んで、彼が人里に戻って来た時には、インディアンの仲間の姿は見当たらず、彼は驢馬の背にくくりつけた荷物から一本の人間の足を取り出すと、ドサリと地面に投げ棄てて、「ああ、有難い。もうこんなまずい物を食わなくてすむ」といったといわれます。空腹になったら、仲間さえも殺して食べてしまう、野蛮人としてのマウンテン・マンのイメージをよく伝えるホラ話です。

では、ほんとうのマウンテン・マンはどんな人たちだったのか。聖人か、野蛮人か。彼らはジョージ・ワシントンやエイブラハム・リンカンなどのような高名な歴史的人物たちとは違い、いわば無名の庶民の集団ですから、政府筋や公文書館に正式記録が残されているわけではありません。したがって、彼らの実像がどのようであったか、判然としない部分も多いのですが、その姿をおぼろに伝えているのは、彼らの談話が人々に伝えられて行く過程のどこかで記録になって残された、いわゆる「オーラル・ヒストリー」です。いわば聞き語りで、今となっては彼らがほんとうにその通り話したかどうかの保証は何ひとつないものの、おおよその見当をつけることはできるわけです。

今日は数多くのマウンテン・マンの代表格として、先ほどから何度かその名に触れて来たジム・ブリッジャーという人物を取り上げ、簡単に話してみます。彼はグレイト・ソルト・レイクという巨大な塩湖の発見者として知られ、たぶん、もっとも良くその名を知られたマウンテン・マンのひとりといってよいでしょう。モンタナ州にはブリッジャーという町があり、Bridger's Trail, Bridger's Ferry, Bridger's Pass など、ユタ州を中心に彼の名にちなんだ地名がいくつも残されているほどです。ワシントンやリンカンとは違いますが、ジム・ブリッジャーは、伝説化され、神話化されて伝えられている代表的なマウンテン・マンである、と考えて下さい。

彼の一生を非常に簡単にたどると、生まれは一八〇四年三月一七日、日本でいうと、だいたい文化文政のころです。生家はヴァージニア州リッチモンド郊外の宿屋でしたが、はやらなかったので、父親は当時の小金を持っていた多くの東部人と同様、西部へ移住する決心をしました。一八一二年、ジムが八歳の時のことですが、一家はすべてを売り払うと、僅かな家財道具を赤い幌馬車《コネストーガ・ワゴン》に積み、お定まりの長い旅路の果てに、セント・ルイス郊外の農場へ入植しました。セント・ルイスは合衆国のちょうど中央あたりに位し、ミシシッピ川とミズーリ川の合流点に古くから栄えた、しばしば「西部の入口」と呼ばれる都会です。

しかし、当時の西部の暮らしは予想以上に苛酷だったので、父親はジムが一二歳の時に死んで

ジム・ブリッジャー

しまい、翌年には、その後を追うように、ジムひとりを残して、家族はことごとく死に絶えてしまった。つまり、齢一三歳にして、彼は自活の道を歩まざるを得なくなったのです。やがて一隻のカヌーを手に入れた彼は、夏の間は西方へ移住する人々の荷物を運ぶ運送屋をやり、冬は鍛冶屋の手伝いをして、やはり西へ行く人々の馬に蹄鉄を打つ仕事をしました。こうして、西方へ行く移民との接触を通じて、ジム・ブリッジャーは山岳地方や、さらにその西方のオレゴンやカリフォルニアへの憧憬を深めていったといわれています。

彼にとっての好機が訪れたのは、一八二二年、『ミズーリ・リパブリカン』という土地の新聞にひとつの広告が掲載された時でした。彼は十八歳でしたが、一生を通じて目に一丁字もない無学文盲の人だったので、たぶんこの時も誰かに読んでもらったのでしょう。それは「Enterprising young men！(〝いっぱつ当てたい若者へ〟というほどの意味)」という呼びかけで始まっているひとつの求人広告でした。当時ミズーリの副知事で、後にロッキー・マウンテン毛皮会社《ファー・カンパニィ》を起こした大物のボス、ウイリアム・アシュレイが出したもので、ミズーリ川を逆上り、その水源を究めるために遠征《エキスペディション》隊を組織するので、勇気と冒険心ゆたかな「いっぱつ当てたい若者」百人を一年から三年のあいだ募集する、という内容です。これに応募したことで、ジム・ブリッジャーはマウンテン・マンとしての第一歩を踏み出したのでした。

ボスのアシュレイの真意は、遠征隊をロッキー山中へ送り、当時まだほとんど正確な事情が知られていなかった山岳地方の情報とともに、きわめて優利な商品である毛皮を大々的に集めることにあり、その目的で、彼はわざわざピッツバーグから、二五トンもの荷物を積める六五フィート（二〇メートル）の巨大なキール・ボートを二隻も取り寄せたそうです。

ところで、このような事実と、さっき紹介した伝統的なマウンテン・マンのイメージとは、どうもしっくりしないといわざるを得ません。彼らは、文明社会とは相容れない聖人か野蛮人のはずですが、ジム・ブリッジャーはセント・ルイスで一応の生計が成り立っていたのに、求人広告を見て「とらばーゆ」するわけですから、聖人や野蛮人というより、現代のお嬢さんたちみたいです。しかも、「いっぱつ当てたい」野心満々の若者のひとりとして、集団で山へ入るのですから、従来の孤独なイメージとはそうとう違っているといっていいでしょう。

それはさておき、こうしてマウンテン・マンとなったジム・ブリッジャーは、翌年、いわゆるサウス・パスを発見します。ロッキー山塊の中でも、比較的楽に大陸分水嶺を馬車で越えられる広くて平坦な部分で、これは以後、極西部への移住のメイン・ストリートになりました。また、さっき紹介したように、その後しばらくして、グレイト・ソルト・レイクという大塩水湖を発見しました。水がしょっぱいので、彼ははじめそれを太平洋と間違えたようですが、いずれも偉大な発見です。

マウンテン・マンとインディアンとの関係には、きわめて皮肉なものがあります。彼らの生活の厳しさの原因のひとつはインディアンで、ジム・ブリッジャーも、ある時インディアンに射かけられた矢が肩に当たり、矢柄はどうにか切り取ったものの、肩の肉に食い入った鏃《やじり》は、三年間そのままになっていたそうです。たまたまあるランデヴーで、医学の心得のあるマーカス・ホイットマンという牧師さんに出会ったおかげで、ようやくそれを取り除いてもらったという記録があります。また、彼はある時スネイク・インディアンと争い、四八八人のインディアンを殺害したといわれています。いくらなんでも、これは少し人数が多すぎますから、例のホラ話のひとつと思ってもかまいませんが、とにかく、彼らの生活が常に危険に満ち、インディアンの脅威にさらされていたことがわかります。

しかし、たいそう皮肉なことに、大自然の中で生活する彼らは、インディアンと戦いはするものの、自分たちの生活そのものは、無限にインディアンに近くなっていきます。ある意味では、彼らの暮らしはインディアンそのものであったといってもいい。ジム・ブリッジャーも三人のインディアンの奥さんを持ち、彼らの間に生まれた混血の子供たちをたいそう可愛がったといわれています。彼は山中で暮らすすべをインディアンから学び、インディアンさながらの生活をしていたわけです。

だが、大急ぎでつけ加えると、ジム・ブリッジャーは決してインディアンになり切ってしまったのではない。一例として、彼の肩から鏃を取り除いてくれたホイットマン牧師と彼との交友を挙げることができます。ホイットマン牧師はオレゴンで伝道と教育に従事し、その夫人ナルシッサは史上初めてアメリカ大陸を横断した白人女性ということになっていますが、ジム・ブリッジャーは自分の混血の娘の一人を牧師の学校に送る約束をし、後にそれを実行するのです。つまり、自分自身は無学文盲で、インディアンさながらの暮らしを送っていながら、持ちつづけた価値感はインディアンのものではなく、彼は娘にきちんとした白人の教育を与えたいと願っていた立派な教育パパだったのです。もっとも、不幸なことに、後にホイットマン牧師の学校はインディアンに襲撃され、ジムの娘も夫妻ともども皆殺しにされてしまったので、教育パパの夢はとうとう実らなかったのですが……。

マウンテン・マンの実像は、文明人でありながら山岳地方でインディアン同様の生活を送り、そうすることによって、ロッキーやシエラ・ネヴァダで生き延びるノー・ハウを獲得したひとびとであったようです。白人社会の価値感を持ちつづけながら、大自然での生活を通じて、おのずと山岳地方に関する豊かな経験と高度な知識を身につけるに至った、ロッキーやシエラ・ネヴァダのエキスパートです。

マウンテン・マンたちの毛皮集めが、いかに組織的、計画的であったかを示す証拠はいろいろあります。さきほど、ジム・ブリッジャーのマウンテン・マンとしての出発が従来のイメージと違うのではないか、と述べましたが、同様のことは、例のランデヴーについてもいえそうです。

いつの頃からか大自然の中で自然発生的におこなわれるようになったロマンティックな行事、という伝統的に定着したそのイメージとはかなり違って、ランデヴーは、実は、ロッキー・マウンテン毛皮会社のウイリアム・アシュレイが考案し、実行に移した人工的で計画的な会合だったのです。

従来、毛皮集めが単発的におこなわれていた頃は、毛皮は山中に築かれた砦の中で取引されていました。しかし、そのような目に立つ砦を建設すると、インディアンを刺戟してその反感を買い、不必要な争いの原因となるので、賢明にもアシュレイはそうした固定化した砦によらず、しかも効果的に毛皮を集荷できるこの制度を採用したのです。こうして、最初のランデヴーは一八二五年七月、グリーン・リヴァーの畔のヘンリーズ・フォークで開かれました。

一言でいうと、毛皮集めは当時のアメリカの大企業で、全米的規模で活動をおこなったアメリカ史上最初の事業だったのです。マウンテン・マンはいわば大企業の社員であり、文明から逃れた野蛮人や聖人どころか、文明の最先端として山岳地方に入りこんだ人々だったわけです。ジム・ブリッジャーは集めた毛皮を「hairy bank notes（毛の生えた銀行券）」と呼んだそうですが、彼にとって毛皮はまさしく優利な金儲けの手段に他ならず、彼はきわめて健全な経済的観念を身につけていたといわなくてはなりません。

ジム・ブリッジャーは「Old Gabe」というニックネイムで呼ばれましたが、Gabe は神の命令を下々に伝える告知の天使 Gabriel の略称で、すなわち、彼のあだなは、会社のトップの命令を手ぎわよく部下に下達することに長けた人物、という意味です。浮世離れた聖人や野蛮人とは大違いで、彼は有能な社員であり、組織の中の人間《オーガニゼイション・マン》だったことになります。

しかも、彼は一八三〇年、二六歳のとき、それまで自分が働いていたロッキー・マウンテン毛皮会社の株を買い取り、その所有者のひとりになってしまいます。無学文盲のマウンテン・マンでありながら、二六歳にして経営者になったわけで、今日なら立派な青年実業家といったところです。マウンテン・マンの最盛期だった一八三〇年代には、彼は実に六〇〇人のマウンテン・マンたちの陣頭指揮をとったといわれます。

しかし、毛皮が優利な商品であることがわかると、資本主義社会の常として、競争相手が出現するのは当然です。ロッキー・マウンテン毛皮会社の場合、それはアメリカン毛皮会社《ファー・カンパニイ》で、この会社は当時の科学技術の粋であった蒸気船のイエロー・ストーン号をミズーリ川に投入し、さらに大々的な毛皮集めをおこないました。ジム・ブリッジャーの会社はしだいに押され気味になってしまいます。

ところが、ここでふたたび、ジム・ブリッジャーは驚くべき行動を起こします。それまで最大の競争相手であったアメリカ毛皮会社に移籍してしまうのです。ちょうどアイアコッカがフォード社からクライスラー社に移ったように、ジム・ブリッジャーは自分のノー・ハウを持参で競争会社に自身を売りこんだわけで、より優利な条件の会社に「とらばーゆ」していく彼の姿は、聖人でも野蛮人でもなく、有能な経済人、企業家のように見えます。

しかし、いうまでもなく、こうやって大企業が毛皮集めをおこなうと、やがて、当然起こるべきことが起こります。動物の数がめっきりと減り、資源が枯渇してしまうのです。マウンテン・マンの最盛期は一八二五年から一八三五年の約一〇年間といわれ、一八四〇年代に入るともうほとんど毛皮集めはおこなわれず、ランデヴーも一八四〇年のそれが最後となりました。

もしマウンテン・マンが聖人か野蛮人ならば、毛皮集めが廃れると彼らは生きるすべを失ってしまうはずですが、予想に反して、ジム・ブリッジャーはそれを契機として、いわば華麗な変身をしてのけます。彼が発見したサウス・パスの近くに、「ブリッジャー砦」を建設し、いわば旅館業兼コンサルタント業を開業したのです。極西部へ移住するひとびとに、一宿の飯を与えるとともに、長年蓄積した山岳地方についての知恵と情報を提供するようになった彼は、つまり、それまでのマウンテン・マンという肉体労働者から、ロッキーやシエラ・ネヴァダの専門家としてその知識を切り売りする、頭脳労働者に変身を遂げたわけです。当時カリフォルニアやオレゴンに移住したひとびとのほとんどすべてがブリッジャー砦に立ち寄り、彼から何らかの助言を受けたといわれています。

残念ながら、モルモン教徒との争いなどの結果、ブリッジャー砦は一八五三年に全焼し、失われてしまいましたが、彼は文字通り自分の掌のように知悉した山岳地方に関するノー・ハウを提供する頭脳労働者として、後半生を送りました。インディアン討伐の軍隊、道路建設の技師たち、駅馬車会社、電信会社、大陸横断鉄道を建設した鉄道会社などが次々と彼の知恵を借り、一八五〇年代に山岳地方のあちこちで起きた鉱山ブームにも、彼はかなりの関わりを持ったようです。

こうして、マウンテン・マンとしての体験を梃子として後の生涯を築いたジム・ブリッジャーは、伝説上のマウンテン・マンと違って山中でのたれ死にすることもなく、晩年は故郷ミズーリの農場に引退し、大勢の孫たちに囲まれて、ロッキーの話をしながら静かな余生を送ったといわれています。最後の六年間は完全に失明しましたが、一八八一年に亡くなるまで、彼は毎日西に面したポーチの揺椅子に座って、生涯の大部分を過ごしたロッキー山脈の方向を、見えない目で飽かず眺めつづけていたそうです。


一九世紀前半のアメリカは、「丸太小屋からホワイト・ハウスへ」を文字通り実現した最初の大統領、アイドルー・ジャクソンに代表されるように、アメリカン・デモクラシーの黄金時代であったといわれます。ジム・ブリッジャーのように、読み書きもできず、家柄も、財産も、何の後ろ盾もない人々でも、勇気と能力と勤勉と、そして、多少の幸運さえあれば必ず成功できるという、庶民の夢をかなえてくれる政治制度です。マウンテン・マンは、そんな「アメリカの夢」を体現した典型的なアメリカ人でした。

生活は厳しく、絶えざるインディアンの脅威と妥協を知らない大自然の前に、あるいは一命を落とすかも知れないが、万一成功したら、それを踏み台にして華麗な変身を遂げることができる。つまり、庶民にとって、マウンテン・マンは危険でいっぱいではあるが、「アメリカの夢」を実現する最短距離だったのです。そして、「アメリカの夢」の実現を保証し、可能にしたのが、アメリカの大自然であり、庶民に成功の機会を与えるアメリカン・デモクラシーだったのです。

マウンテン・マンの存在が持つ意義は、何やら非常に皮肉です。雄大な自然と一心同体だった彼らの存在は、大自然抜きでは想像もできないというのに、他方、彼らは文明の先鋒であり、自然を征服し、破壊する力の手先きでもあったのですから。彼らが象徴しているのは、農本主義的価値感か、もっと都会的、人工的な価値感か。それとも、両者が混然としたわけのわからないしろものなのか。

今日はその問題の白黒はつけずに話を終わるつもりですが、ここに居られるのは大部分一年生の諸君だと思うので、蛇足をつけ加えさせてもらいます。白黒つけられないものには、無理に白黒つけないことが許される世界、自分に判然としないものは、誰はばかることなく「わからない」ということが許される世界、他人の意見や理論を強制されることのない世界、それが大学の世界です。そんな精神の自由を満喫して、大いに大学生活を楽しんで下さい。

（青山学院女子短期大学一九八五年始業講演）

II

あのころのこと

ダリが愛した時間

超現実主義の画家、サルバドール（「救世主」の意）・ダリはその自伝『わが秘められた生涯』のなかで、愛妻ガラとこんな会話を交わす。

「ゴーン、ゴーン、ゴーン……

何事だ？

歴史の時計が鳴っているのよ。

歴史の時計は何といっているんだい、ガラ？

歴史の時計の文字盤に書いてあるわ。『イズム』の一五分が過ぎて、これから個人の時を打つところだって！　あなたの時が来たのよ、サルバドール！」

この自伝には年代についての記述がないので、推察するしかないが、おそらく彼が名声を確立しかけていた三〇歳のころのことだろう。いずれにしろ、ダリの歴史の時計はどうやら尋常のしろものではなさそうだ。

サルバドール・ダリ「記憶の固執」
(ニューヨーク近代美術館所蔵©DEMART PRO ARTE B. V. 2001)

なにしろ、彼は、「時計についていえば、それはすべからく柔らかくなくてはならない。さもなければ、まったくこの世に存在してはならないのだ!」と高らかに宣言しているのだから。

『記憶の固執』を見ていただきたい。ダリの時計は、なぜ、枯れ木の枝からだらりとぶらさがっているのか。なぜ、テーブルの端で折れまがり、その文字盤はエロティックなかたちにぐにゃりと歪んでいるのか。いったい、ダリの柔らかい時計は、どんな時を刻みつづけているのだろうか。

自伝によると、彼が柔らかい時計の着想を得た事情は、次のように説明されている。

「ガラは……彼女の狂信的献身という唾液の石化力によって、私という隠者……のか弱い裸体を保護する貝殻を作り上げることに成功したのである。そのおかげで、私は外界に対してますます城砦の様相を帯びるようになったと同時に、私自身の内部では、柔らかな、超柔らかなもののなかで年を取りつづけることができるようになった。そして、時計を描こうと決心したとき、私は柔らかい時計を描いた。」

つまり、柔らかな時計が刻むダリの時間は、ガラが彼のために作り上げたものなのだ。しかし、ダリにとって、ガラが単なる糟糠の妻以上の存在だったことは広く知られている。自伝においても、ダリはガラについて、幼年時代の真偽とりまぜたさまざまな記憶をはじめ、絶えず語りつづけて止むことを知らない。ガラはあるときは清純な少女として語られ、あるときはポルノまがいの妖艶な娼婦として登場し、またあるときは神秘的な聖母マリアそのひととして表現される。要するに、彼にとって、ガラはエロティシズムそのものであり、時間を超越した女性像であり、永遠の美であり、宇宙的真理なのだ。（ちなみに、告白によれば、かつて先輩の妻だった年上のガラにはじめて出会い、いわゆる不倫の恋に陥ったとき、二十五歳のダリは「生まれてこの方かつて一度も『愛の行為』をしたことはなかった」）

柔らかい時計のイメージを得た夜、ダリは友人たちと映画を見に行くはずだったが、頭痛をおぼえ、予定を変更して、ひとり家に残ったという。そのときの様子は次のように描写されている。

「その晩の夕食の仕上げはたいそうこってりとしたカマンベール・チーズで、皆が出かけてから、私は食卓に向かったまま、このチーズがこころに呼び起こした『超柔らかさ』という哲学的問題について、長いあいだ瞑想に耽った。やがて、私は立ち上がって、アトリエへ行き、いつものように描きかけの絵を寝る前にひと目見ようと明かりをつけた。それはポルト・リガート付近の風景を描いたもので……この風景によって創造することに成功した雰囲気は、間違いなくある思想、ある驚くべきイメージのための背景をなすはずだとわかっていながら、私にはまだそれがどんなものなのか、かいもく見当がついていなかった。私は明かりを消そうとした。すると、そのとき、一瞬にして、解決が『見えた』のである。私が見たのは、ふたつの柔らかい時計であり、あとのひとつはオリーヴの木の枝に悲しそうに掛かっていた。」

だが、いったいぜんたい、なぜカマンベール・チーズなのか。ダリは自伝の他の場所でこう書いている。

「当然、私はこう訊かれるだろう。それでは、おまえはカマンベールは好きか、と。カマンベールは形を保持しているか、と。私はそれを熱愛するものであると答えよう。なぜならば、熱してとろけ始めると、カマンベールは私の有名な柔らかい時計の形そっくりになるから……」

ダリにとって、あらゆる事物は、「可食的」であること、すなわち、食べるにあたいする美学を具えることによってのみ、永遠の時間を獲得するにいたる。カマンベール・チーズはそのひとつというわけだが、ダリはいわば「ガラ性（エロティシズム）」と「可食性（食欲）」を通じて、「柔らかい時計性（永遠、美、信仰）」にいたる独特のダリズムを説いているように見える。その選択と構成の妙こそが、きらびやかで俗っぽく、そのくせ同時に古典的で優雅なダリの世界の、常人を超えた尽きない魅力の源泉なのだとはいえないか。

たとえば、いたくダリのお気に召した物体のひとつにフランス・パンがある。彼はそれを素材にして数多くのオブジェを制作したばかりか、そのための秘密結社まで作ろうとする。長さ一五メートルのフランス・パンを焼き、密かにパレ・ロワイヤルの中庭に持ちこむための結社である。それに成功したら、次は二〇メートルのパンを、人知れずヴェルサイユ宮の庭園に運びこむ。さらに、長さ三〇メートルの第三のパンは、ヨーロッパとアメリカの主要都市の目抜きの場所に、突如として、同日同時刻に、いっせいに出現して、人々のど肝を抜く。ダリのこの秘密結社によって、フランス・パンは永遠の時間を獲得するのだ。

同様の趣旨から、この自伝では、固ゆで卵でできた食べられる大きなテーブルの製法、等々が、ことこまかに説明されているので、「柔らかい時計性」に興味のある読者は、ぜひ一読をおすすめしたい。

だが、柔らかい時計が刻む時間のもっともダリ的なものといえば、やはり彼のいわゆる「アンチ・ファウスト」という概念だろう。ふつう、人々は老いて醜くなることを恐れ、白髪を染めたり、否定したりしようとする。同じように、ゲーテのファウストは、青春を取り戻さんがために悪魔に魂を売ったのだった。しかし、ダリは若さや青春を否定して次のようにいう。

「私はアンチ・ファウストだった……わが額には私自身の生命の灼熱したアイロンで皺の迷路が穿たれるがよい。魂の知性を救済できるものならば、わが髪は白髪となり、足取りもよろめくがよい……私は肉体の摩滅と崩壊だけが自分に復活の光輝をもたらしてくれることをすでに知っていたのである。」

われわれも、ブランドものの腕時計などはさらりと捨てて、柔らかい時計で時間を先取りしようではないか。(文中の引用は『わが秘められた生涯』足立康訳、新潮社、一九八一年刊、より)

ダリ自伝の魔術

『ニューズウィーク』誌の追悼記事によると、サルバドール・ダリは生前、「ダリは小切手をたくさん受け取ったときにグッスリ眠れる」と好んで口にしたそうである。この言葉をどう聞くかは人によってそれぞれだろうが、天才とも巨匠とも称される人物の追悼文にこのような挿話が紹介されること自体、ダリの芸術の今なお衰えない絶大な人気を物語っていることは間違いない。シュールリアリズムについてはもちろん、ダリその人についても作品についても何ひとつ特別な知識もない私のような者でも、ダリについて語ることがほんとうに楽しいのは、たぶん彼の超一流の大衆性と俗物性のおかげをこうむっているのだろう。

訃報を聞いて、私はかつて故滝口修造氏の協力者として翻訳の機会を与えられたダリの自伝『わが秘められた生涯』（新潮社、一九八一年刊）に久しぶりで目を通し、つたない訳文を通してさえも伝わってくる彼の鬼才のきらめきにあらためて陶酔してしまった。この自伝は邦訳にして二段組み四百ページを越す大著だが、その冒頭はこう書き出されている。

「六歳のとき、私はコックになりたかった。七歳で、ナポレオンになりたいと願った。それ以来今日にいたるまで、私の野心はますます大きくなる一方である。」(拙訳、以下同様)

このダリの「野心」の書には、母親の子宮の中にいた頃の記憶(と称するもの)以来の彼の生涯のもろもろの想念や活動の記録がとどめられている。ここにはダリのすべてがある、と断言できるほど私はダリに通じてはいないが、少なくともこの自伝には、いかにも画家らしいいきいきとしたヴィジョンやイメージはもちろん、独特のユーモアとエロチシズムを混えながら巧みな話術で語られるかずかずの挿話、ピカソ、ミロその他の多くの芸術家たちとの出会い、そして、いわば「ダリ語」ともいうべき特有の論理で説かれる芸術論を超えた芸術論、等々がところ狭しと陳列されている。それればかりか、色褪せかけたページからときとして匂い(ダリの重要な価値観のひとつはいかに「可食的」かであり、したがって、さまざまな御馳走の芳香であることが多いが、それればかりでなく、山羊の糞と膠を混ぜて煮立てた強烈な悪臭等も)が立ちのぼり、また、音(たとえば、パリの地下鉄の音は、彼にはジュリアス・シーザーの「われ来たれり、見たり、勝てり」のラテン語、ヴェニ、ヴィディ、ヴィキと聞こえる)さえも響いて来ることがある。

第一一章には「わが闘争」と題して、ダリにとっての「敵」と「味方」が三〇項目にわたって表示されているが、その半数はざっと次のようである。

敵	味方

単純さ	複雑さ
平等主義	階級化
集団	個人
政治学	形面上学
音楽	建築
若さ	成熟
ほうれん草	蝸牛
革命	伝統
ミケランジェロ	ラファエロ
レンブラント	フェルメール
哲学	宗教
山脈	海岸線
女	ガラ
男	私自身
時	柔らかい時計

ダリにとってなぜほうれん草と蝸牛が対照的に認識されるのかは本文に譲るしかないが、われ

ながらいかにも陳腐な蛇足を少々つけ加えておきたい。第一に、ここでは、たとえば、ほうれん草と革命とガラと宗教(彼の場合はローマ・カトリック)とがまったく同じ次元で、同じ重量を具えた実体として認識され、描出されていることである。たぶんそれはダリが「批判的偏執狂的方法」と呼ぶものの文章化なのだろうが、そこにフロイト的用語(必ずしもその概念や理論ではない)が一種の詩語として散りばめられていることはいうまでもない。したがって、左翼の集会で「ドイツ万歳、帝政ロシア万歳」と叫ぶことも、彼にとっては何の矛盾もないことになる。

第二に、平等主義に対して階級化を、若さに対して成熟を、そして、革命に対して伝統を高く評価するダリが、アメリカという大衆社会で最初の経済的成功と虚名を手に入れたことの皮肉である。はじめてニューヨークに上陸した夜に彼が耳にした新大陸の最初の音はほんもののライオンの咆哮だったそうだが、彼自身の用語によれば、この「アナーキズム的絶対君主制」論者の存在は現代アメリカ的大衆社会を抜きにしては考えられないことになる。

第三に、「批判的偏執狂的方法」といい、「アナーキズム的絶対君主制」といい、ダリの「形而上学」「宗教」「政治」はことごとく妻ガラの物語として語られていることである。全巻を通じて、多種多様な挿話とイメージとメタファーで繰り返し語られるそれは、あるときは限りなくエロチックな「満たされぬ愛の物語」であり、あるときは「アンチ・ファウスト」の主張(永遠の青春を望んだファウストに反して、ダリは一刻も早い老年の訪れを願望する)であり、またあるときは先輩エリュアールの妻だったガラへの直截で激しい愛の告白だが、それらの痛快で蠱惑的な全文をここに引用できないのがいかにもはがゆく感じられる。

『わが秘められた生涯』の成立の事情については、研究者の間でも不明の点が多いと聞いている。本文から推察できるのは、これがダリ三七歳のとき、第二次世界大戦中のアメリカで書かれたことである。したがって、これは八四歳で亡くなったダリの自伝というより、実はほんの前半生の記録に過ぎないが、それにしては、相変らず波瀾万丈だった彼の後半生を示唆するものがあまりにも多く含まれていることに驚く読者は多いだろう。しかも、英訳者（といっても、各国語訳はみなこの英語版を底本としているようだが）ハーコン・シュヴァリエの注によると、「ダリ氏の原稿は、筆跡と綴りと構文に関するかぎり、語の価値と重み、語のイメージ、文体に対する真の感覚の持主の筆になったものとしては、恐らくもっとも驚異的な判別不能の文書のひとつであろう。原稿は黄色の大型罫紙に、ほぼ完全に判読不可能な筆跡で、ほとんど句読点も段落もなく、編纂者の額に玉の汗を生じさせる譫妄的、夢想的綴りで記されている。この原稿の迷宮的混沌のなかで道を失わないのは、ガラだけである。」

つまり、読者はしょせんダリの魔術から逃れる術はないのである。

天才ども

親馬鹿というのはわれながらまったく手に負えないもので、ときどき私は家の子が天才なのではないかと思ってしまう。今は小学生の息子がまだ幼なかったころ、ある秋の日に庭でいっしょに野球の真似ごとをやっていたら、たまたま空をよぎって飛んで行った一匹のトンボに目を止めた息子が、バットを振る手を休めて、

「お父さん、トンボの目玉はなぜ青いか知ってる？」

思わずうーんと考えこんだ私に、彼はいとも可憐な口調で、

「それはね、青いお空を飛んだから、お空の色に染ったんだよ」

いったいいつの間にそんな詩的感覚を身につけたのだろうと、ほとほと感心してしまった私は、さっそく家に駈けこんで妻に報告に及んだ。ひょっとするとあいつは生れながらの天才詩人かも知れないぞ。勢いこんだ私に妻が説明してくれたところによれば、なんのことはない、天才どころか、同じような歌詞の童謡を幼稚園で習ったばかりなのに、「トンボの眼鏡は水色眼鏡」とい

うところを、「トンボの目玉は水色目玉」と間違って覚えて来ただけのことなのだった。

それでも私はまだ懲りずに、家の子には少なくとも特別の言語感覚が具わっているに違いないと思うことがある。下の娘はどこでどう間違えたのか、ずいぶん長いあいだ、朝の挨拶は「おはようございました」だと信じこんでいたが、私が悪友たちとつい乾杯しすぎた翌日、ようやく昼ごろになって二日酔いの目をこすりながら起き出した時などにそういわれると、これには明らかに尋常の挨拶以上の含意があるのだと思わざるを得なくなってしまった。

こんな風に感じるのは、もしかすると私が年を取った証拠なのかもしれない。このごろつくづくと感じることだが、人間老境に近づくにつれて、いつの間にか失ってしまったと思っていた幼いころの感性が、今度はかなり自覚的なかたちで、ふたたび徐々に甦って来る。ひと昔前なら一笑に付したに違いない言葉の断片や事物のかけらの美しさや面白さが、なぜかひどく大切に思われることがあるのだ。早いはなし、もう少し若いころだったら、「おはようございました」は誤用であるとして一刀両断にしたかもしれないが、今ではそのひとことの前に、こちらがたじろいでしまうていたらくなのだから。なにしろ、老いては子に従えというではないか。

しかし、仮に幼いころの感性だけは取り戻しつつあるとしても、いかんせん、あの単純素朴な創造性のごときものは帰って来ない。娘は今だに少々舌足らずな傾向が残っていて、ときどきジャガイモをガジャイモといい間違えることがあるが、かつてポテトチップスもフレンチポテトもなかった時代、ただの塩ゆでのそれが日本人の重要な主食のひとつだったことを思い起こすと、少なくとも私には、ガジャイモはあの見るからに不愛想な芋の数奇な運命を彷彿させる点で、ジャガイモよりはるかに優れているように思われる。たぶん、娘の最大傑作は、トウモロコシならぬトウモコロシだろう。いかにも殺伐とした彼女の命名に従ってつくづくと見れば、その形は確かになにやら棍棒のようでもあり、石器時代の刃物のようでもあって、この植物を白人に伝えたアメリカ・インディアンの苦難の歴史さえ偲ばれて来る。

小学校で和歌を習って来た息子が、生れてはじめて自分でも作ってみたといって、こっそりと見せてくれた。わが家のどら猫に対するせいいっぱいの愛情を歌いあげたのだそうだが、それはなんと、

ネコやネコ　ネコのネコこそ　ネコなれば　ネコはネコなり　ネコにしあらば

というものであった。親馬鹿としては、これが秀作であるかどうか、彼が天才歌人であるかどうかの判断はつつしまねばなるまい。

「先生」のこと

テレビドラマや小説で登場人物が「教授」と呼びかけたり、呼びかけられたりする場面に出くわすと、何となく奇妙な気がする。「教授」という日本語は肩書きや書き言葉としては用いられるが、実際に口にされることのない言葉のようだ。実物の教授たちはたぶん「先生」と呼ばれるのだろう。一方、「先生」という日本語もきわめてきてれつ、かつ便利な語ではある。本来はもちろん尊称なのだろうが、しばしば教師業を意味する普通名詞として用いられ、場合によっては「センセイと呼ばれるほどの」なんとやらで、つまり蔑称であったりする。曲がりなりにも学校で教える立場になって久しい私なども、少なくとも学生たちからそれ本来の意味で「先生」と呼ばれたことはないという自覚だけはある。

だが、そんなことはどうでもいい。要するに私は、もろもろの「センセイ」たちと、豊かな学識には心底から敬意を払うが、怠け者の自分にはとうてい近寄り難い「教授」たちと、さらに、尊敬とともに身勝手な友情めいた心情をこめて「先生」と呼ばせて頂いている方々とを、心中ひそかに峻別する悪習がいつの間にか身についてしまったのである。失礼をかえりみずにお名前をあげさせて頂ければ、東京教育大の福田陸太郎先生、慶大の大橋吉之輔先生、テキサス大のロバート・クランデン先生など、数多くの「先生」方に出会えたことは、わが生涯の最大の幸せだった。しかし、私の「先生」像の原型ともいうべきものをかたちづくっているのは、これもまた失礼きわまるいい方だが、「教授」でも何でもないのに、学問においても感性においても、無冠の帝王の風格ゆたかな古田十郎師を措いて他にないという気がする。古田十郎先生について書きたい。

＊

戦後のどさくさのころ、新設間もない青山学院中等部の初代部長（校長）を務めておられた古田師と、私は一生徒として出会った。古田「師」と書いたのは、氏が何よりもまずキリスト教の牧師だからである。しかし、牧師としても校長としても、師はまことに破格だった。容貌魁偉という表現は必らずしも当たらないが、当時としてはきわめて珍らしかった立派な口髭をたくわえ、でっぷりと太った師の風貌は、写真で見るシオドア・ルーズベルト大統領にそっくりだった。いうまでもなく、ルーズベルトは「トラスト退治」で辣腕を振う一方、ひょうきんな熊のぬいぐるみ人形が彼の愛称にちなんで「テディ・ベア」と名づけられるなど、広くアメリカ国民に愛された大統領である。そんなルーズベルトをめぐる逸話がいろいろ古田師に当てはまるような感じで、生徒たちは師の前で恐れおののいたり、「ギャング」という師のあだ名を声高に叫び立てたりしたものだった。

部長であった師と生徒たちが直接に接したのは、師が受け持っておられた「日本憲法」の時間と、「ジュニア・チャーチ」と呼ばれた毎日曜日の礼拝の時間だった。だが、四〇分の憲法の授業に、古田師はいつも三十分遅刻して来られた(ような気がする)。日曜日には、礼拝の係りの生徒がまず第一にしなくてはならなかったのは、定刻を過ぎてもいっこう姿をあらわさない師に苛ら立ち始めた仲間たちにせっつかれて、朝の遅い師を学校構内の部長公舎に叩き起こしに行くことだった。もっとも、古田師は青山学院神学部からドルー、ユニオン両神学校に学ばれた神学者であるから、やがて悠然とあらわれた師の独特の名調子の説教に、私たちが酔い痴れたことはいうまでもない。

つまり、古田十郎師の身辺には、四角四面の規則や断片的な知識のつめこみでがんじがらめの教育とは縁もゆかりもない、ほんものの自由の気配がたちこめていたのである。今から考えると、師が新設されたばかりの青学中等部に集めた教師陣は、文字通り錚々たる顔ぶれだった。東大で地理学を講じておられる西川治先生をはじめ、今日諸大学で教えておられる方々は数多い。俳人の楠本憲吉氏もそのひとりで、おかげで私たちは社会科担当だった楠本先生から、わが国の文学ならぬ警察組織や石炭産出量についての解説を聞かされたたぶん数少ない日本人となった。しかし、何といっても古田十郎師の面目躍如たるところは、師が集めた女性教師群が揃いもそろって大学出たての若い美人たちだったことであろう。美人教師ぞろいだったという点で、当時のわが母校が空前絶後の学校であったことは間違いない。

部長室は恐ろしいところだったが、まれに私たちが呼びつけられておそるおそる参上すると、牧師である師はあわてて禁断の煙草（キリスト教主義の青山学院のキャンパス内は禁酒禁煙だった）をもみ消してから、ゆっくりと窓を開き、おもむろに叱言を始めるのだった。そこには常に描きかけの油絵をかけた大きな画架が置いてあり、私たちは師が行動美術所属の画家でもあることを知った。ときどき講堂で開かれた講演会では、三遊亭金馬師匠から「日本語の魅力」という演題のもと、一席落語を聞かせて頂いたこともあった。

そんな雰囲気だったので、卒業生には芸術畑に進んだ者も少なくないが、何にも増して生徒が膚身で感じ取ったのは、かたちよりなかみが大切であること、そして、お互い才能やみめかたちに相違はあっても、人間みなそれぞれ独自の魅力を具えたかけがえのない存在だということであった。

*

何年かして、私たちにはわからない何らかの理由で、古田師は長年勤められた青山学院と袂を分ち、その後何の公職にも就かれることなく、今日まで野人牧師、画家としてやって来られた。かつての中学生もいつの間にか花の中年になってしまったが、その間に、昔は知るべくもなかった師の人となりをいろいろと聞き及ぶ機会があった。たとえば、師が山鹿素行の血統を引く津軽山鹿家の末裔であること、したがって（というわけでもなかろうが）、たいへんな酒豪であり、美食家であることなどである。

師がアルコールの味を覚えられたのは、禁酒法時代の米国の神学校に留学中のことだったというのだから、まったく恐れ入る他はない。私が生れてはじめて子持ち昆布を味わったのも、津軽特産の果物を独特の香料と味噌で処理した師手づくりの不思議な食べものに出会ったのも、みんな古田家においてだった。

かつての教え子有志が編み、最近上梓された瀟洒な小冊子『古田十郎先生喜寿記念文集』には、青学を離れられた後の生活について、師自身の手で、「米塩の資は絵画作品の頒布、……英語教室、進駐軍将校クラブの日本語教師で得る」と記されているが、恐らくご苦労の多かったに違いない日々のなかで、師はかつて私たちに生活の翳りをあらわにされたことはなかった。

噂に聞くところによると、古田十郎師と同郷の今日出海氏に、師をモデルにした「贋牧師」という作品があるという。私はこの贋牧師から、もろもろの「センセイ」や「教授」たち以上に、学問と美と人間について教えられたのである。

日本語抄

「ケイやん、犬はなんて鳴くの?」

「ワンワン」

「鶯はなんて鳴くの?」

「ホーホケキョ」

「ケイやん、じゃあ、恐龍は?」

「ガオーッ」

「象は?」

「ゾオーッ」

春休みで閑をもてあましている小学生の息子は、こうやって日がな一日小さな妹をからかっている。しかし、よく聞くと、二人の問答はいささか当意即妙にすぎて、芝居がかっていないこともない。父親という単細胞の観客を感心させたり笑わせたりするのは、彼らにとって簡単至極なのかもしれない。たぶん、からかわれているのはこちらの方なのだろう。子供というものには、やはり何やら得体の知れない不気味なところがある。

　ケイというのは四歳になったばかりの娘で、父親としてはこれでもせいぜいインターナショナルな命名をしたつもりであった。かつて米国留学時代、右も左もわからなかった私に実の肉親も及ばないこまやかな思いやりをかけてくれた米人夫妻があり、その夫人の通称 Kay を頂戴したのである。「恵」にも通じ、これで夫妻への感謝を表わせるばかりか、ささやかな日米親善ともなり得るだろうと、少なくともしばらくの間は、ちょっと得意でなかったこともない。

　だが、過去の感傷に溺れる者は必ず罰せられる。誰ひとりとして彼女をケイと呼ぼうとはしないことを、私はほどなく発見せざるを得なくなった。現代日本語として少々落ち着きが悪いせいか、日本人は（もちろん、私自身も）ついつい「ケイやん」「おケイちゃん」といってしまう。一方、アメリカの友人たちは、知日派であればあるほど、日本の女性名にはすべからく「子」が付くはずだという先入観から、何度訂正しても「ケイコ」としか呼んでくれないのである。

　米国生まれで、四歳の誕生日すぎまで頑固に日本語を口にしようとしなかった息子の場合は、いっそう始末が悪い。彼の言語中枢には、どうやら過去の外国語生活の愚にもつかない滓ばかりが、いかにも醜悪なかたちで残存しているようだ。帰国したとたん、あれよあれよという間にいっさいの英語を忘れ果ててしまったのは当然だろう。ところが、英語ともアメリカともまったく無縁な今日でも、このうえなくキザなことに、面と向かって父親を呼ぶ時は、依然として昔なが

らの「Daddy」でないと親近感が湧かないらしい。たまたま音楽会に連れて行ったりすると、割れるような大声で、

「Daddy、指揮者の棒から何が出てるの？　電波？　光線？　ねえ、Daddyってば」

父親としては、穴があったら入りたいとはこのことである。それればかりではない。字を書くようになってこの方、あろうことか、彼はそれを「だDー」と綴るようになってしまった。私はすでに日本語を論ずる資格を失ってしまったのではなかろうか。

小学校に入ったばかりの頃、息子は、

「ぼく、人間て嫌なんだ」

と連発して、私のど胆を抜いた。幼くして早くも父親の人間嫌いが感染したのかと、やる方ない自責の念にさいなまれたものだが、ふと気がつくと、彼の人間とはすなわち「men＝大人」の意にすぎず、哲学的命題とも自閉症とも関係なく、要するに「僕にいちいち文句をつける大人なんて大嫌い」と理由なき反抗を試みていたのだった。インターナショナルであることは、実に至難の業である。

それを意識してかしないでか、純国産の娘はより正確に日本語の微妙なあやを使いわけるすべを心得ているように見える。春眠暁を覚えずで、怠け者の私は昼近くにようやくのそのそ起き出すわけだが、すると、すかさず、

「お父さま、おはようございマシタ」

そうかと思うと、外人の奇々怪々な日本語がもてはやされるテレビのコマーシャル顔負けの語法を駆使して、父親を手玉にとろうとする。町へ連れ出してものの十分も歩かせようものなら、たちまち往来に座りこんでしまい、「あたし、くたびれちゃった。ダッコしてよ。それとも、アイスクリーム買ってくれる?」という代りに、

「ケイ、フラフラの。ペロンペロン、ね?」(「フラフラなの」の「な」が抜け落ちた幼児語と、ペロペロなめるソフトアイス)

効果覿面《てきめん》。愚か者の父親は何やら舌足らずで可憐な響きの言葉遣いにあわれを催して、つい彼女のいいなりになるという仕儀に立ちいたる。

ある友人夫妻にこんなだらしない父親ぶりを自嘲したら、思いがけないことに、その後、すっかり彼の怨みを買う破目になってしまった。友人が泥酔して午前さまをきめこむたびに、赤ちゃんを抱きかかえた奥さんは、

「ママ、イライラの」

と白い眼をむいて出迎え、やがて、おもむろに手洗いを指さして、

「パパ、ゲロンゲロン、ね?」

夫としては、やはりこんな風に蔑まれたくはないというのである。日本語は、そして、子供は、ほんとうに得体が知れない。

仕事部屋でぼんやりしていた私の頬に、どこで手に入れたのか、息子がすばやくハートの形の

赤いシールを貼りつけて、

「ほっぺたにシールがついてる。だＤ｜、好きなひとがいるんだな」

と囃し立てた時は、彼の直観力に心底からぎくりとした。実は、その時、かつて本気になって思いつめたあるひとと交した会話の断片を、ひそかに回想していたのである。今から考えると、それはまるで映画のひとこまのようだが、実際にはたいそう自然なやりとりだったような気がする。

「きみを見ていてもいい？　きみは見ると減る？」

「減りません」

何度思いかえしても、そのひとはあまり日本語がうまくなかった。

「キスしたことある？」

「ないです」

「キスしたら減る？」

「減ります」それから、一瞬ためらって、

「減ると思います」

と彼女はいい直した。それが減らないという意味で、かけがえもなく貴重な許しを与えてくれていたのだということに、鈍感な私は長いあいだ気づかなかった。

過去の感傷に溺れる者は罰せられる。しかし、日本語にまつわる私のくさぐさの思いは断ち難く過去と結びついている。それを考えると、ケイやんの象のように「ゾオーッ」と吼えたくなってしまう。女性も、子供も、日本語も、私には不気味なものだらけである。

タイヤキ工学

「君はほんとうにタイヤキくんを見たか」

こういって私を問いつめたのはさる国立大学の工学部で教えている友人である。今ではもっぱら教育工学というものをやっているそうだが、むかし外国で二人が往き来していた頃の専門はロボット工学で、身体の温度や色を巧みに調節する生物の能力に似たものを、いかにして奇々怪々のロボットに与えるかに腐心していた。そのせいか、かえってありきたりの機械の自動制御能力に対する当時の彼の不信ぶりといったらなかった。ドライヴがてら魚釣りに出かけた折など、五マイルごとに車を停めては得心のいくまでたんねんに点検するので、私は異国の珍魚との対面どころか、目的地の湖までたどり着くことさえ諦めてしまった。帰国して教育工学に鞍がえしてからも、彼のそんな奇癖は相変らずで、依然として家と大学を往復する途中、少なくとも一度はところかまわずマイカーの精密検査を実行しているらしい。

ところで、「泳げタイヤキ君」の歌の流行この方、彼が好んで一時停車する狭い空地には、毎日屋台のタイヤキ屋が店を張るようになった。

「つい誘惑に負けて、おかげでこの頃はタイヤキ中毒だよ」

というので、道ばたで大口あいてぱくついている冷徹な科学者の勇姿を思い浮べた私がにやりとしたとたん、

「君は小説を書くそうだが、どれほどタイヤキを理解できているか、ひとつコンピューターにかけてやろうか」

と来た。

教育工学では、適当なプログラムさえ組めば、たとえ一個のタイヤキくんといえども、郷愁めいたほのかな甘味や、めでたいようでいささか哀れな姿態をはじめ、モモイロサンゴの大海に逃れ出たいっときのはかない至福から、しょせんは管理社会に釣り上げられてしまうお定まりの人生行路にいたるまで、いくつかのレベルを設定して、被験者の認識の度合いを明確にコンピューターではじき出せるはずなのだそうだ。

こうなると、ロボット工学と教育工学の相違も何やら怪し気に感じられないでもないが、友人の趣意ははっきりわかった。タイヤキくんすら見て見ないお前のような節穴の眼の持ち主に、どうしていい小説が書けようか——人の心や経験を切り取るには身についた技術はもちろん、それなりの認識力と分析力が不可欠だ。いわれるまでもなく、私にはどうやら芸も博識も論理もない。そんな私だからこそ、彼と違って自動車は長年へいきのへいざで操って来られたのに、いざ小説

と取り組むと、物語が常に作者を裏切ってしまう不如意をかこつしかない。しかし、私にとって、タイヤキを「理解」するより科学者の友人に倣ってぱくつく方がはるかに性に適っていることだけは確かである。だから、彼が作者の信念や主張に寸分違わぬようにと、実際に書かれる以前の物語をあらかじめパンチカードに打ち込んでくれるようになったら、私は躊躇なく小説を見限ってタイヤキ工学でも始めるだろう。

猫と快適

もし私の記憶が正しければ、一九七〇年には四〇万人の日本人が海外へ出たという。このあまたの「新帰朝者」がみんな同じ感慨を抱いたと思うが、私にとってほぼ五年ぶりで見る故国は、まったく新鮮な驚きであり、恐怖であった。

アメリカから帰って間もなく、懐しい旧友の一人と、猫談義をする機会があった。

――むこうで、まさか猫を飼っていたんじゃあるまいね。と、友人はいった。かつて私がこの小動物一般を溺愛したという些細な事実を、覚えていてくれたのである。実は、そうなんだ。と、私はいった。外国での仮住居に動物を飼う余裕なぞとうていなかったのだが、ある日、腹を空かせた黒猫が一匹迷い込んできた時、すべてが始まってしまった。彼女の優雅な風貌に、私はいたく惚れ込んでしまったのだ。ほぼ五センチもあろうかと思われるほどふさふさと長い漆黒の毛、美しい金色の両眼、しかも、その首と四つの足には、真っ白い天然のエプロンとブーツを着けている。北アメリカ大陸南西部の碧く深い大空の下、裏庭《バック・ヤード》の広い芝生に佇む彼女の姿は、それだけで一幅の絵であった。

しかも、ほどなく、私は彼女がはなはだ誇り高い女性であり、彼女の放浪生活もまさにそれゆえであったことを発見して、いっそう彼女に惚れ込むに到った。気が向けば、まるで仔犬のように、私の散歩のお伴をいそいそと勤めたりするくせに、ペットとして愛玩されることは断固として拒絶する。こと食物については、残り物はもちろん、三箇九九セント以下の猫用罐詰《キャット・フード》には眼もくれないばかりか、たまたま近所の猫好きから三箇一ドル二五セントの「高級品」を供されようものなら、躊躇なく哀れな日本人の恋人を見限ろうとする傾向がある。精神的にはきわめて独立にして自尊の構えがあり、それゆえに、物質的快適を提供されることは当然と心得ている、要するに、誇り高き放浪のプリンセスだったのである。

――いや、我が家のミケも相当の美人だが、誇り高きことにおいては、君のプリンセスにひけを取らない。と、友人はいった。彼の猫は、その貴族的誇りゆえに、いかほど空腹でも、食物を与えられるまで、盗み喰いはおろか、空腹そうな素振りひとつしない、というのである。それは愉快。と、私はいった。もし我らの誇り高き猫どもが小説を書いたら、そうとう作風が違うだろうな。大袈裟にいえば、これは文学的風土の本質的な相違かも知れないぞ。なぜなら、同じ独立自尊でも、君のミケの誇りは、いわば武士は食わねど高楊子の矜持だし、うちのプリンセスは、精神的貴族は美食する権利あり、と主張しているわけだから。

――その種の贅沢性だけなら、過保護の血統書つき愛玩動物《ペット》にはつきものだろう。だから、ミソは、君の愛人が野良猫にして、かつ同時にプリンセスたりうるという点にあるわけだ。と、友人はいった。同感だ。と、私はいった。要は、精神的貴族性が、少なくとも美人の雌猫たちの間で、日常の平凡な精神状態として許容されるかどうかではないか。物質的快適が、精神的貴族性の当然の一部として容認されるかどうかではないか。物質の快適が精神の快適と関係がないというのはひとつの虚妄にすぎないことは、戦後二五年の我々の歴史の否応ない教訓のように思われるのに、なぜこの国では、依然として、物質の快適への要求が常にある悲愴感をともなっているのか。一方では経済大国とかいう伝説をいたずらに誇っているのに、なぜ、精神の快適を犠牲にすることなしに、物質の快適を求めることができないのか。

——しかし、カイテキっていったいなんだ。しょせん相対的な感慨にすぎないんじゃないか。と、友人はいった。哲学的にはたぶんそうだろうが、実際は、例えば満員電車が自分の自動車よりカイテキだと思うのは、恐らく痴漢だけなのではないか。と、私はいった。だから、日本人といえども、自動車のカイテキを否定することは、今や絶対にできない。だが、他方では、その種のカイテキと、かつて我々の精神の支柱であった何ものかとが、本質的な拮抗関係にあると考えられている。いわば、問題は、自動車的カイテキが、我々が伝統的に知り悉してきたカイテキと相容れないところにある、ということになるのだろう。したがって、友人の誇り高きミケ猫は、物質的フカイテキを耐え忍ぶことによってしか、精神的カイテキを保持しえない破目に陥るしかない。或いは、物質的カイテキを我がものとした暁には、精神的フカイテキを求めざるをえず、果ては、フカイテキのカイテキを称揚し、その美を体現するために割腹しなければならなくなってしまうかも知れない。

――自動車といえば、この国ではまったく恐怖そのものだね。と、私は遂に耐え切れなくなって叫んだ。その大声を聞いたら、私の白ブーツの恋人はたちどころに愛想をつかしてしまっただろう。運転してもされても、自動車がこれほどアクロバットめいたものだったということを、私は不覚にも忘れていたのだ。日本の道路が自動車用につくられていないからだといってしまえば、身もふたもないが、恐らくそれは、不幸にして、自動車的快適が、いまだに我々の精神的快適の日常のテンポに組み入れられていない、という事実に帰せられるべきであろう。さらに敢えて敷衍すれば、明治以来の我々の歴史は、一貫してアクロバットだったのかもしれない。その結果、我々の同時代文学にしても、精神の快適と物質のそれとの不均衡の上に成立するものが、不当に目立ちすぎるのではないか。紀行文でいえば、「なんでも見てやろう」が「ガンビア滞在記」をはるかに凌ぐ名声を博したのはなぜだろうか。

　何かことあれと待ち構えているのが、この国の現代人気質なのだそうだが、私には、幻影以上のものとは思われない。アクロバットは私の性に合わないからだろうか。同様、私はアメリカが急速に解体しつつあるという神話を信じない。もしアメリカが変質しつつあるなら、それは、たとえばヒッピーが文化革命を起こしたからではなくて、アメリカ的快適がその日常の精神的快適の一部としてヒッピーを取り入れたからであろう。つまり、ヒッピー的前衛は、何やら肩ひじ張った勇ましいものではなくて、元来平凡な精神生活の一部として許容されている、一種の快適さのひとつにすぎないような気がするのだ。

——フォークナーは、果たして前衛意識を持っていたのだろうか。と、友人はいった。答はその道の専門家に託すべきであろう。私はただ彼の友情と、太平洋の彼岸に残して来た我が誇り高き放浪の恋人を想って、しばし涙にくれたのである。

猫と近眼

私にとって、銀座がまだ社用族の町でも、紳士淑女の町でも、一見幸福風の家族づれの町でもなく、もっぱら恋人たちの町でしかなかったむかし、むかしのことである。

ある初夏の夕刻、私はそのひとと向い合って、チーズケーキを少しずつ大事に口に運んでいた。あてずっぽうに入った雑居ビルの二階の小さな喫茶店で、思いがけず自家製のまろやかなチーズケーキにめぐりあったのである。彼女はおもむろにえび茶の縁のぶ厚い眼鏡を取り出してかけると、乳白色のケーキの焼け具合をしばししげしげと眺めてから、ふたたび眼鏡をハンドバッグにしまった。

「一DKだか二DKだかわからないけど、どこかの遠いダンチみたいなところで、きみとママゴトみたいに暮らしたい。いくらひどい近眼でも、きみはきっと幸せになれるひとだと思うよ。だけど……」

と私は口ごもった。だけど、そこにいたるハンザツでフクザツな手つづき……、といいかけたのだ。ほんとうは煩雑でも複雑でもなく、ただ彼女の勇気と愛情の問題にすぎないという単純素朴なことがらに思いいたらなかっただけだったのに。

そんな私に気づくはずもなく、彼女は、

「むずかしい話ね」

「簡単明瞭な話だよ」

「でも、なぜ私は幸せになれないのか、そこがむずかしい」

確かに、私にとって、これはほとんど至上の哲学的命題といってよかった。

そういったとき、そのひとの瞳が突然うるみ、細められた両眼がそのぶんだけ不思議な蠱惑の色を深めて、じっと私を見つめた。

彼女はみずから「ド近眼」と称していたが、それがちかめのせいだろうと何だろうと、私が彼女独特の眼光の哀れな虜囚だったことに変りはない。いつもつややかな輝きをたたえているが、ちょうど猫の目そっくりに、喜びや悲しみのときどき、わずかに濡れた多彩な光の反映が豊かに変化するのである。

「きみって、ほんとうに猫的なひとだなあ」

思いもかけない言葉が私の口をついて出た。

猫の目は、変り目。そんなことをいいたかったのではない。要するに、いっしょにいたいという欲求はいっしょにいることでしか解決しないと、ひたすら訴えたかったのだ。

私は幼いころから大の猫好きで、長いあいだ自分もおのずと猫から好かれるたちだと思いこんでいた。ひとりよがりな思いこみがものの見事に打破されたのは、一匹の外国の猫によってである。

かつてアメリカでひとりぼっちの暮らしを送っていたころ、アパートの扉の前に美しい黒猫がたたずんでいるのを発見した私は、小躍りしてさっそくキャット・フィッシュのかけらを投げてやった。それがそもそもの発端で、ほどなく彼女は足しげくアパートを訪ねてくれるようになった。当時の私のうらぶれた日々にとって、いきいきとした漆黒の毛皮をまとい、四つの足には天然の純白なブーツをはいたこのガール・フレンドがどれほど貴重だったかは、とうてい言葉にはつくせない。私は彼女にキティ子という名前を与え、彼女も次第に私になじんで、初めてのお産をするときには、わざわざ私を呼びに来るまでになった。

しかし、他の平々凡々な猫たちとはひと味違ったキティ子の性根が次第に明らかになるにつれて、たじろいだり鼻白んだりすることがなかったわけではない。その美貌からは想像もつかないが、暮らしぶりから判断するかぎり、どう考えても空っ腹をかかえたただの野良猫としか思えないのに、どうやら彼女はとうてい私などの手には負えない信念と矜持の持ち主らしかった。けちって既製品の安いペット・フードを与えようものなら、断固として食べることを拒否するかと思うと、私が腕に抱き上げようとする度に、猛々しいうなり声をあげ、激しく拒絶反応を示して止まない。互いに天涯孤独の身の上で、彼女は明らかに私を必要としているばかりか、慕ってさえいるようなのに、束の間の逢う瀬を楽しんでいる時でさえ、帰り時間が来ると後を振り向こうともしないで、文字通りさっさと立ち去ってしまう。彼女の方から身をすり寄せて来るそぶりをめったに見せないのである。

そういうわけで、初産のキティ子が珍しく側にいてもらいたがった時、私は喜々として裏の車庫にしつらえた産室へ出かけて行った。彼女は長い間あたりをぐるぐる歩きまわったあげく、ボロ布のベッドにぐったりと横たわり、頭だけをかすかにめぐらして私を見上げた。いかにも不安げな彼女のありさまに、私が白いブーツの小さな手をしっかりと握りしめ、大きく波打ち始めた腹部を優しく撫でてやったことはいうまでもない。

ところが、意外にも、薄紫の被膜に包まれた仔猫が誕生したとたん、キティ子の態度は一変した。その瞬間、私に頼りきっていたさきほどまでの風情はどこへやら、猫舌でぺろぺろ産湯を使うことに没頭し始めた彼女は、私に構いつける余裕を失ったのは当然として、いかにも邪魔だといわんばかりの視線をちらちらと投げて寄越すのである。

私は煩悶した。

チーズケーキの最後のひと切れを食べながら、私はそのひとに訊いた。

「猫であり人間であるというだけで、愛しても愛されてもならないというのは、野性的なんだろうか。それとも、倫理的？　猫的、かつ、人間的？　ああ、なにがなんだかわからなくなっちゃった」

そのひとといると、私はいつもこんな風にドジだった。彼女はしばらく考えて、
「わからないなあ。だけど、あなたといっしょにいると、私、わがままになっちゃうみたい」

わがままになるとは、つまり、猫が猫的矜持を棄てて、私にすり寄って来そうになるということか。すると、自分の本心に正直になるということだなと私は考えた。もしそうなら、もっともっとわがままになって、猫的であることを止めてもらいたい。だが、それは我ながら自分勝手な解釈のような気がして、とうてい口には出せなかった。それどころか、なにしろ彼女は腕を組んで歩くのさえ嫌がって、こういうのを常としていたのだから。「いくら好きだって、腕を組むのは駄目。目撃されたら申し開きができないから。だって、二人は世界が違いすぎるでしょう」

とうにコーヒー茶碗は空っぽだった。しばらくの間、二人は黙りこくって、まるで申し合わせたようになまぬるいコップの水をすすった。やがて、彼女は、
「もう話すことがなくなっちゃったみたい」

私はあわてて、
「きみは話してないと退屈する？　僕はじっと近眼の猫を見ているだけでいいんだ」
「でも、沈黙ってこわいでしょう」

たぶん、そのひとにはこわいものがいっぱいあるのだった。彼女のまわりも、私のまわりも、

銀座も、みんなこわい。人間になることがこわいのだ。では、やっぱり彼女は猫ではないか。彼女は少しあらたまっていった。

「私って、協調性がないんです。だから、私、いつか誰かと大喧嘩しちゃうような気がして……」

私にはこれも猫的要素としか響かなかった。

何ヶ月かの後、この限りなく猫的なひとと、私は彼女が他の誰かとするはずだった大喧嘩をしてしまった。その傷はいまでも私のなかでぱっくりと口を開けているが、だからといって、私が猫なしで生きて行けるようになったわけではない。

III

アメリカと私

メリケン屋敷

一

私は高台にある小学校の講堂の外壁にもたれたまま、煙草に火をつけた。

昭和十年代のはじめに建てられたというその木造建築に近く身を寄せていると、最近塗りかえられたらしいペンキの刺戟性の匂いに混って、微かな腐臭がただよって来た。明らかに古い木材が、その内奥ですでに朽ち果てているのだった。建物全体を覆っているま新しい浅黄色のペンキも、はめ板や柱や梁の奥処からにじみ出る不快な臭気を欺くことはできなかった。

夏休みの最中で、あたりは森閑として人気がなかった。広い校庭の北西の隅にあるプールのあたりで、ときどき子供たちの歓声が上がったが、私の位置からは彼らの姿は見えなかった。

眼下には激しい陽光が、町とは名ばかりの鄙びた屋並みの上に燃えていた。校庭から西に見下してほど遠からぬあたりを、南北に県道が走っている。その両側には三十軒足らずの商店が立ち並び、町の目抜き通りをかたちづくっているが、そこから先は反対側から山なみがせまって来るあたりまで、いちめんの青田だった。三十キロ離れた北の中都市と、南へ四キロあまりの温泉場に通じている県道のおかげで、双方に働き手と商品を仲介する土地柄として、町はとりわけ栄えもせず、かといって滅びもせずに長い年月を生きのびて来たのだった。

県道沿いのマルカワ米穀店の傍らから、東へ少しずつ勾配を加えながら僅かに曲りくねっている一本の坂道があった。ある山間の部落へ向う道であるが、それが小学校の裏門をかすめるあたりに、深い木立ちに囲まれて、今は住む人もないままに荒れ果てた「メリケン屋敷」が、老残の醜い姿をさらしていた。

ありふれた海外旅行を終えて帰国した私がまっさきにこころみたのが、幼いころからしばしば夏の休みを過して来た亡父の故郷の町を訪れることだったとしても、何のへんてつもない話にすぎない。まして、そこを訪れたのが、実は旅行先で再会した幼なじみの思い出を確かめるためだったなどといえば、他人は私のあまりの陳腐さかげんを嘲笑うだろう。

しかし、ニュー・メキシコ州の小都市で、じっさいに「メリケン屋敷」の滝乃——幼ないころも、そのときも、タッキーと彼女は呼ばれていた——と再会を果してみると、私は一日も早く彼女の物語の地を、ふたたびこの目で確めたいという気持にうち克てなくなった。その町は、母と私の暮しを長いあいだ支えるだけの働きを残しながら若くして死んで行った父が、私には記憶がないが、死の瞬間まで常に懐しんだという土地だったばかりか、私自身の生みおとされたところであった。

だが、父の故郷の町は、今は死に絶えた滝乃の「一族」や従兄の順之介が、私の人生に傍い翳りを落して通り過ぎて行った一時期を生きた場所でもあったのである。

してみると、いつも一人の傍観者にすぎないつもりだった私の前に滝乃によって描き出されたいくつかの場面は、もしかするとこれまでみずからそれと気づかなかった私自身の世界の一部だったのかも知れなかった。

私は額にあふれ出た汗をぬぐったその手で、胸のポケットからもう一本の煙草をつまみ出した。小さな地震が襲ったのはその時だった。

突然、倚りかかっていた講堂の木組みが不気味な悲鳴をあげ始め、乾いたペンキの断片とも、埃の塊りともつかないものが、頭上からぱらぱらと落ちて来た。プールのあたりで子供たちが叫び、私は思わず講堂の軒下から逃れ出た。大気ににじみ出た崩壊の臭気が、ひときわ強く鼻をついたように思われた。

私の目の下で、町はゆらゆらと揺れていた。まるで目に見えない一陣の激しい突風に見舞われたかのように、町全体がいっせいにざわめき立ち、緑の木立ちも田の青い稲も、頭を垂れてひとしきり喘ぎの表情を見せた。

もちろん、しばらくして地震は止み、すべては一瞬のうちに旧に復した。だが、私の胸のなかで、町はいつまでも揺れつづけた。

二

「メリケン屋敷」はいつごろから私のこころの片隅に場所を占めるようになったのだろうか。まだ小学生だったころ、私はほとんど一年おきに夏の休みをマルカワ米穀店で過したが、そのたびに屋敷の住人たちの噂を耳にしないことはなかったように思う。

しかし、町の世話役だった伯父は、昼間は商売に精を出し、夜は夜で近所の寄り合いに出かけるか、晩酌の酒に酔って早くから寝てしまうのがふつうだったし、伯母も、都会からやって来た夫の甥をこまごまと構いつけるというタイプではなかった。そのころの私は、さっぱり身体の方は動かないくせに、いつも眼ばかりぎょろつかせている都会育ちだったから、折にふれて交される大人同士のやりとりに、一生懸命聞き耳を立てていたのだろうか。

もし伯父や伯母から聞かされたのでなければ、従兄の順之介の何気ない言葉のはしばしの上に、私はいつの間にか自分勝手な像を作り上げていたのかも知れない。順之介は私と三つ違いだったが、平凡な年月の繰り返しにどっぷりと浸っている田舎の町では、まだ小学生を勉強にかり立てる風潮はなく、おかげで彼は私の夏の日々にとって、なくてはならない指導者だった。彼の無責任な片言隻句が、垢のように少しずつ私のなかに積って行ったとしても不思議はない。

ともあれ、それはよどんだ沼のような町のただ中に、ぽっかりと浮んだひとつの浮島だった。

町のひとびとの絶えざる好奇心と、憧憬と、そして、いくぶんの反感に絶えずさらされていながら、それを峻厳に拒否しつづける小さな異郷だった。そこでは、女ばかり四人の何やら秘密めいた生活が、二人の老嬢を中心に、町のひとびとの手の及ばないところで、ひそやかに営まれていた。

マルカワ米穀店から歩いて僅か二十分足らずのその場所が、誰呼ぶともなくいつしか「メリケン屋敷」と呼び慣わされるようになったのは、ただそこに一人の外人の老婦人が住みついていたからではなく、まして地理的に町から距っていたからでもなかった。生い繁った樹々に囲まれた二千坪あまりの屋敷のなかには、私たちとはまったく異質な暮しがあると信じられていたのだった。

私がはじめて滝乃の「一族」の姿を垣間見たのは、小学校三年生の夏のことだった。はじめて昆虫採集のまねごとに精出した年で、虫ひとつ採るにも順之介が頼りだった私は、従弟の宿題を口実に、勝手気ままに木立の間を駈けめぐる彼の後を、懸命に追って歩いたことを覚えている。

夏も終りにさしかかったある日、いつものように手に虫網をふりかざした順之介に従って、私は山間の部落に通じるだらだら坂を上り、坂道が小学校の裏門に接するあたりで北にそれる岐れ道に入った。ようやく自動車が一台通れるほどの幅しかなく、石ころだらけのその道が、どこに通じているのか、いわれなくても私はとうに承知していた。

「でっかい木がいっぱいのところへ連れてってやるよ。裏の方に桐の林があってよう、蝉だらけだぜ。いいから、黙ってついて来な」

と順之介は自信たっぷりにいったものだ。

しかし、今から考えると、順之介はまだ屋敷内をそれほど知りつくしていたはずがない。彼の声がこころなしはずんでいたのは、私たちの目的地に足を踏みいれることが、順之介にとってもまたとない冒険を意味したからだったのだろう。

禁断の屋敷そのものは、岐れ道の入口からさらに五分ほど歩いた突き当りにあった。黒ずんだ火山礫をコンクリートで固めた寸足らずの太い四角な門柱が二つ、互いに五メートルほど離れて、見るからに無骨につっ立っている他、入口を示すものは何ひとつなかった。しかし、それはまぎれもなく私たちの世界と小さな異郷を画す境界だった。田舎ではめったに見られないペンキ塗りの洋館のたたずまいはもちろんだったが、奇妙なことに、屋敷全体を周囲からはっきりと区別していたのは、その場所の自然だった。もっとも、二階建ての洋館を取り囲むようにして、屋敷よりも高く鬱蒼《うっそう》と生い繁っていた樹木自体は、山あいの町ではさほど珍しいものではない。私がはっきりと違ったものを感じたのは、その下ばえのあたりだった。

門柱から玄関に通ずる小径は、さすがに踏み固められ、黒い土の表面がむき出しになっていたが、小径を除けば、地面はいちめん背の高い夏草にびっしりと覆いつくされ、あまつさえ、木々の幹という幹には、無数の青黒い葛がからみつき、天を目指して執拗に這い上っているのだった。

ただでさえ濃い大木の影は互いに重なり合い、熱気をいっぱいにはらんだ激しい草いきれのなかに溶けこんで、いっそう暗く重い塊りとなってあたりに沈んでいた。涼気を感じさせるかわりに、かえって身体じゅうのあらゆる毛穴からじっとりとした汗を滲み出させるこのような木陰を、私はまだ知らなかった。それはおよそ庭園の一部とは呼び難く、人工の小型の密林に似ていた。

首尾よく忍びこんだものの、順之介もいくぶんひるんだ様子で、私たちは背よりも高い雑草の中に身を隠してあたりをうかがった。蟬取りのために出かけたくせに、なぜかその時私の耳が降りそそぐ蟬しぐれを聞いていたかどうか、はっきりとした記憶はない。あり得ないことだが、たしかにその場所にこそふさわしかったのは、すだく虫の音でも、蟬しぐれでもなく、深い沈黙そのものであったことは間違いない。

たぶん私はそこに、人工と自然の奇怪な混淆を見て取ったのだった。田舎といえども、かりそめにも人の棲家である以上、これほど草木を自然のままに跋扈させることは、とうてい並の神経の持主に耐えられる業ではなかった。一見人工の力の敗北のような雑草の、不可解なほどの濃密さには、明らかに屋敷の住人の強烈な意志がひそんでいて、順之介も私も、その人間ばなれした不気味さにひるんだのだった。

「よう、やっぱり止めて帰るべえ。おれ、なんだかきびわりいよ。山の方が蟬は多いし、誰かに見つかって、父ちゃんにいいつけられでもしたら……」

日頃の悪童ぶりに似合わず、思いがけない雰囲気にたじろいで、順之介の声はひどく頼りなかった。

私は不満だった。

「なにいってるの。せっかくここまで来たのに。桐の木まで行ってクマゼミを取ろうっていったのは順ちゃんじゃないか」

もちろん、いつもの私だったら、順之介に促されるまでもなく、狎《な》れ親しんだ夏の陽射しの中へ逃げ帰ったことだろう。だが、順之介の弱音を耳にしたとたん、私はひとつの確信に捉えられたのだった。この奥には、まだ見たことも聞いたこともない、たいそう珍しく貴重な何ものかがあるはずだ。私はどうしてもそれを探し出さなくてはならなかった。

あたりに人の気配のないのを確かめると、私は両手で自分の背よりも高い夏草をかきわけながら、少しずつ屋敷の南側へ向って進んだ。

そうやって、どのくらいのあいだ人工の密林と夢中になって格闘しつづけたのだろうか。突然、ぱっと視野が開けたのと、いつの間にか私の後からついて来ていた順之介のささやきを聞いたのとは、ほとんど同時だったような気がする。

「いけねえ、ミスバタだ。おれ、やっぱり帰るよ」

声こそ低かったが、彼の口調はほとんど絶叫に近かった。

「シーッ」

と私はふり返って順之介を制したが、思いがけない明るさに目がくらんだ。前には広々とした芝生が拡がり、夏の日光を受けて緑一色に輝いていた。私たちは屋敷の裏庭に迷いこんでいたのだった。

ようやく明るさに慣れた私の目は、芝生の真中のあたりでうずくまっている大小二つの人影が私たちの方をふり向くのを見た。ミス・バターフィールドと、まだ幼なかった滝乃だった。芝の手入れをしていたらしい彼女たちは不意の闖入者の姿を認めると、意外にもゆったりと立ち上った。

「ミスバタだよう。見つかっただよう。逃げるべえ、よう」

順之介は情ない声を出した。

彼の手がしきりにバンドのあたりを引っ張ったが、私は何ものかに魅せられたように、なおしばらく彼女たちの姿から目を放すことができなかった。

暑いさなかだというのに、ミス・バターフィールドはその長身を踵までとどく長い優雅な白服で覆っていた。頭上にのせたつば広の麦わら帽の陰になって表情はよくわからなかったが、尖った鷲鼻とその上方のくぼんだ眼窩から放たれる鋭い視線がひたと自分に当てられていることを、私は一瞬はっきりと意識した。

青いワンピース姿で彼女の傍らにたたずんでいた滝乃は、どこから見ても当りまえの日本の少女だったが、遠い空のほのかな反映を思わせる目の光だけが違っていた。

ミス・バターフィールドの口が大きく横に裂け、猛禽の叫び声に似た音がそこからもれたときになって、私ははじめてほんものの恐怖に捉えられた。私の知らない言葉で、何ごとか語り合っている彼女と滝乃を尻目に、私は夏草の茂みに逃げこむと、死にもの狂いに順之介の後を追ったものだ。

しかし、ようやく門柱のあたりまで逃げ帰った私たちは、そこにふたたび滝乃の姿を見出して仰天する破目になった。先廻りして私たちを待ち伏せしていた彼女の手には、あわてふためいた順之介が裏庭の草むらに投げ棄てて来た虫網が握られていた。

「あなた、マルカワの順ちゃんでしょ」

滝乃は不自然なほど明瞭な口調でいった。それから私に向って、

「あなた、だあれ。あたしといっしょに遊びたいなら、ちゃんと玄関から訪ねていらっしゃい。そうおばさまがおっしゃったわ」

と少女小説の科白のような言葉を口にした。

言葉を返すかわりに、順之介は荒々しく滝乃の手から虫網をもぎ取ったが、彼女はいっこうに動じないで、

「二人とも、あたしといっしょに来るのよ。お母さまがお茶をさしあげます」

と切口上で私たちに命じた。

「そりゃまずい……そりゃまずいよ」

と順之介はいった。

思ってもみなかった事の成行きに、二人はどぎまぎするばかりで、とうてい抵抗する勇気はなかった。

滝乃に連れられて、私たちは不承不承「メリケン屋敷」の玄関に立った。

一歩中に入ると、何のものとも知れない甘酢っぱい異臭がつんと鼻をついた。静まりかえった屋内では、玄関ホールの正面に掛けられた大時計の巨大な振り子の時を刻む音が奇妙に高く響くようで、私たちはいっそうおどおどした。大時計の傍らには二階に通ずる階段があり、その中ほどに大きな黒猫が横たわっていたが、ひとしきり私たちをうさんくさそうにねめまわすと、ゆっくり階上へ去って行った。

私たちが靴のぬぎ場を探していると、滝乃はそれをいち早く察した様子で、

「ここは日本の家とは違います。靴のままこっちへいらっしゃい」

私たちは命じられるままにおずおずと応接間のソファに腰を下ろしたが、滝乃のいかにも生意気な口調がかえって私にひとごこちを取り戻させたのはおかしかった。

私はようやく目の前の気取った少女に一矢報いたい気になって、思いつくままに、

「君の家はいやに変な匂いがするなあ」

といってみた。

しかし、滝乃は部屋に染みついた異臭の謎を一言の下に解いてみせた。

「なによ。いい匂いじゃないの。家では毎朝ベーコンを食べるのよ。ベーコンをグリルで焼く

とこんないい匂いがするのを知らないの」

その時、茶色の絨緞を踏んで、音もなく姿を現したのがれん女だった。不意の客人のためにクッキーと紅茶を持って来てくれたのだった。両手で四角な盆をささげ持つようにして、ゆっくり歩み寄って来た彼女は思ったより小柄だったが、日本人とは思えないほど色白の顔に浮んだ微笑が、私にはひどく眩しく感じられた。

「ゆっくりしていらっしゃい」

れん女は張りのある透明な声で私たちにいうと、滝乃に向ってひとしきり私たちのわからない言葉を吐いてから、来た時のようにゆっくりと立ち去って行った。

「アイドンノ、チンプンカンプン」

と順之介がいったが、滝乃は笑わなかった。

礼儀正しく振舞うことも知っていたが、順之介と私はことさらがつがつとクッキーを口へ押しこみ、音を立てて紅茶をすすった。

食べ終ってしまうと、ゆっくりしろといわれても、もう私たちにはすることがなかった。途方にくれて、私はふたたび無意味な質問をこころみた。

「タッキーの家ではいつも英語なの」

「あたりまえでしょ。だって、ここは日本じゃない。アメリカよ」

滝乃は今度もまたたいそうこともなげにいってのけた。

苦渋に満ちた会見からやっと解放されると、順之介は後も見ずに町への道をいちもくさんに駈け出した。私が彼にならったことはいうまでもない。

大粒の汗を流しながら、私たちはさっき来たばかりの道を一気に走り抜け、小学校にたどり着くと、汗まみれのシャツを脱ぎ棄てる間ももどかしく、プールに飛びこんだ。しかし、プールの冷たい水も二人の胸の高鳴りを収めてはくれなかった。

その晩、マルカワ米穀店の二階の六畳間で枕を並べて寝についたときも、私たちの興奮はまだ鎮っていなかった。なかなか寝つけないままに、二人は「メリケン屋敷」をめぐるあれこれをいつまでもたあいなく喋り合ったことを覚えている。

正体はしかとわからないながらも、私はやはりその日、何かひどく貴重なものを見出したような気がした。

三

ベティさんはときどきマルカワ米穀店に買物に来た。長年屋敷に仕えて来たこの中年過ぎの女は、たぶん日本語を解さないミス・バターフィールドの便宜のために、そんな人形めいた名で呼ばれていたのだろう。長いあいだ、彼女は町と「メリケン屋敷」を結びつける唯一の糸だったが、ベティさんの本名を知る者はなかった。

町へ出て来るとき、彼女はいつも乳母車を改造した手押車を押して来た。ベティさんの買物はたいてい同じだった。屋敷では食物までいっぷう変っていたらしく、彼女は決って持参の乾しトウモロコシを粉に挽かせ、人々の嫌う外米ばかりを布袋に詰めさせた。

彼女はただの使用人にすぎなかったから、いわば町の者と対等のはずだったが、伯父は「奥さん」と呼んで、彼女のために製粉機を動かしたり、布袋を手押車に積んだりした。そのあいだ、ベティさんは無駄口ひとつ叩くでもなく、ちょうど止り木に止った小鳥のように、小さな身体を店先の堅い木製のベンチにじっと沈めているのだった。たまに来合わせた町のおかみさんたちが何かと話しかけても、彼女はただ曖昧にうなずいて見せるばかりで、連中がいちばん知りたがっている屋敷うちの事柄については、いっこうに口を割る気配を見せなかった。私はそんな様子を目にするたびに、ベティさんもまた、間違いなくあの人工の密林の向う側の住人であることを思い知らされた。

しかし、どこから洩れたのか、ベティさんの寡黙さを嘲笑うかのように、噂は噂を呼んで拡っていた。小学校の高学年になる頃までには、私も町の人々と少くとも同じ程度に屋敷の由来を知るようになった。

「メリケン屋敷」の主人がれん女であること、それにもかかわらず、彼女たちの浮世離れした生活を支えていたのが、ミス・バターフィールドの莫大な財産らしいという点で、町の人々の意見は一致した。意見が分れるのは、常に二人の老嬢の関係をめぐってだった。

要するに、私たちはメリケン屋敷の住人たちが確かにそこでひそやかに暮していることはわかったが、彼女たちが日々いったい何を喜び、何を悲しんでいるのか、かいもく見当がつかなかったのである。

幼いころ、私が理解したところでは、「メリケン屋敷」も決してはじめから町の中の異郷であったわけではない。

アメリカとの戦争が始まる六年前に建てられてから、れん女たちが住みつくまでの凡よそ七年のあいだ、町——まだ村と呼ばれていたが——の人々、とりわけ順之介や私の祖父の代だったマルカワ米穀店と屋敷との間には、一種の親密な関係が保たれていたらしい。

当時、屋敷はさる船成金の男爵の別荘で、私たちの祖父は地元の世話役としてその建設に協力して以来、ごく自然のなりゆきで、留守中の別荘の管理役を引き受けるようになった。毎年夏となると、屋敷では女子学習院の生徒だという令嬢たちの華やかな笑い声が聞えたそうだが、祖父は近隣の人々を動員して彼女たちのために雑草刈りや芝の手入れに精を出した。つまり、万事に鷹揚な都会の旦那衆と素朴な田舎者との間の善意の信頼という仮面の下に、互いに利用したりされたりするごくありふれた利害関係が成立していたにすぎない。

れん女がベティさんを伴って移り住んで来たのは、大戦が始ってまだ一年足らずのことであった。その年の夏、「時局がら避暑は望ましくないので」という簡単な口上を寄せて来たきり、とうとう姿を見せなかった男爵家の人々にいわば肩すかしを喰らった私たちの祖父が、突然黒塗りの自動車でやって来たれん女たち一行の扱い方にとまどったのは当然だろう。

そして、そのとまどいこそ、「メリケン屋敷」の二人の老嬢がついにそこで奇怪な死を遂げるまでの二十余年間、かつての偽善めいた信頼感に代って、町の人々が屋敷に対して抱きつづけた感情の基調をなすものとなったのである。

もっとも、れん女の引越しがのっけから世間の常識をまったく無視したものだったというわけではなかったようだ。彼女はあらかじめ屋敷とマルカワ米穀店の特別な関係を承知していたらしく、その日のうちに、祖父は、黒塗りの自動車に同乗して来た白髪の紳士と連れ立ったれん女の訪問を受けた。彼女はいろじろの面に絶えず静かな微笑を浮べていたそうだが、喋ったのはもっぱら紳士の方だった。弁護士の肩書きと東京の事務所の住所が刷りこんである名刺を差し出すと、彼はれん女たち——れん女「たち」というのがミス・バターフィールドをも意味していたことを、まだ祖父は知るよしもなかった——の財産を管理させてもらっている者だが、という前置きで、老嬢たちが男爵から屋敷を居抜きで買い取ったことを述べ、見知らぬ土地で何かと気苦労の多い女世帯のために、丁重な言葉で祖父の格別の好意を乞うたという。

しかし、せっかくの祖父の「格別の好意」はほどなく繰り返し裏ぎられる破目となった。

家財道具を積んだトラックが到着した時、助力を申し出てさり気なく拒絶されたのが最初である。もっとも、その時は例の白髪の弁護士の息子と称する若者がトラックに乗って来て、運転手とともに僅かな荷物をまたたく間に運びこんでしまったから、手がじゅうぶん足りていたというのも嘘だったわけではない。

だが、男爵家の持ちものだったころと同様な庭の手入れを申し出て断わられ、ベティさんが庭の一部を掘り起して野菜作りを始めたことを知って差し出した助力の手が振りはらわれるといったことが何度かつづいてみると、祖父もむしろ町との接触を最小限に止めたいというれん女の意志を、次第に認めざるを得なくなった。

要するに金がないか、あってもひどく吝嗇なのだろう、というのが町の人々の最初の反応だったが、二千坪あまりの屋敷を居抜きで買い取ったというのがほんとうなら、それは下世話の当て推量以上のものではなかったのかも知れなかった。

ともあれ、こうして町に居をかまえたれん女の暮しぶりが、はじめから何やら遁世めいたものを感じさせたらしいことは否めない。戦争の最中とはいえ、それはまだ国をあげて緒戦の勝利に酔い痴れていた頃のことだったそうで、彼女の転居は明らかに空襲を恐れての疎開というわけではなく、かといって女身ひとつで田舎に隠居するには、まだ三十台の後半のように見えた――実際はすでに四十も半ばを少し廻っていたらしい――れん女は、町の連中のあいだにあまりにあでやかな印象を残している。

はじめの頃、北の中都市から呼びつけたハイヤーでどこかへ出て行くれん女の姿を見かけた者は多い。たいがいは翌日か翌々日、ふたたびハイヤーで屋敷へ帰って来るのだったが、彼女は町を離れるとき、前もって駐在さんに報告を怠るわけにはいかない——つまり、れん女は警察の要注意人物なのだという噂がささやかれたのもその頃のことである。

世の中に戦時色が深まるにつれて、町の人々の屋敷への関心は、反感から静かな好奇心へ、そしてことさらな黙殺へと微妙に変って行った。自分たちが生きるのに精いっぱいで、とうてい他人の生活に構ってはいられない時代の当然の成り行きだったのであろう。

敗戦の年、マルカワ米穀店では祖父が死に、まるで入れ替るように、疎開先の離れで母は私を生み落した。もちろん私には父の記憶はないが、こうして私と父の故郷の町との絆はいわば切っても切れないものとなった。

「メリケン屋敷」の動向にあらためて町の注目が注がれたのは、同じ年のことであったらしい。

そろそろ冬の気配が感じられた十一月のある晴れた日、一台のアメリカ軍のジープが県道からそれて、高いエンジン音を響かせながら、山間の部落へ通ずる坂道を登って来た。小学校ではちょうど昼の休みで、裏門のあたりで停ったジープを垣根に鈴なりになって見物していた子供たちは、おぼつかない足どりで降り立った外国婦人が落ちくぼんだ眼窩からしたたり落ちる涙をぬぐおうともせずに、石ころだらけの道の真中で、走り寄って来た「メリケン屋敷」のれん女と固く抱擁し合うのを見た。

生前のミス・バターフィールド——町ではもっぱらミスバタと呼ばれた——がその姿を町の連中の前にさらしたのは、それがほとんど唯一の機会だったといわれる。いわば当時の日本の大君であったマッカーサー将軍のように、その後彼女は「メリケン屋敷」の不可視の女王として町の者の想像の中に君臨することになるのだが、実はそれがすでに二人の老嬢たちが共有して来た永い過去の生活史の、単なる連続の部分にすぎなかったことを、そのとき誰が推察し得ただろう。

ジープには例の白髪の弁護士が同乗していて、彼は律義にも、ふたたび祖父亡き後のマルカワ米穀店へ、その折は単身で挨拶に出向いて来たという。もっとも、だからといって祖父の後を継いだ伯父が、れん女たちのために特別の便宜を計ったとはいえないようだ。伯父の性格のせいもあったのだろうが、もはや地元のいかなる干渉もあり得ないほど老嬢たちはますます遁世ぶりを深めて行き、その一方では、町の生活を飛び越えて、目に見えない糸のようなもので、町の人々の想像を越えた遠くはるかな何ものかとしっかり結びついているのではないかと思われた。

ミス・バターフィールドが「一族」に加わってからというもの、「メリケン屋敷」にはしばしば——といっても、せいぜい数ヶ月に一度ほどだったらしいが——決った顔ぶれの客が訪れるようになった。彼らは東京から二百キロの道のりをはるばるやって来ながら、僅か一時間足らずを屋敷で過すと、早々に引き上げて行くのが常で、口さがない町の連中はさっそく「ミスバタ定期便」という仇名をつけた。それには、時節がら、たぶん客たちが運んで来るに違いない豊かな米軍の食糧についての、多大の羨望の念がこめられていたのはもちろんである。だが、戦後の混沌とした時代に、ことさら日本人とともに住むために田舎町までやって来たものずきなアメリカの老婦人に対する憐憫と疑惑も、いくぶん含まれていなかったわけではない。

東京からの定期便は、ミス・バターフィールドを送りとどけて来た米軍将校のジープで始まり、時の流れとともに少しずつ姿を変えた。ジープはやがてカーキ色のアメリカ軍の乗用車になり、将校の同乗者も、いつの間にか白髪の弁護士から、彼の息子だという若い弁護士に変った。朝鮮半島の戦争が起るころには、「若先生」が一人でアメリカ産の中古車を運転して現れるようになっていた。見るからに軽薄そうなこの男は父親と違って、屋敷の訪問を終えると、よく四キロ南の温泉町の旅館へ上って遊んだ。ミス・バターフィールドとれん女をめぐるかずかずの怪し気な噂のいくつかは、彼が酔いにまかせて温泉宿で喋りまくった話に端を発したらしい節がある。

噂のひとつによると、れん女はアメリカ仕込みのピアノ教師で——そういわれてみると、屋敷には確かに男爵家のグランド・ピアノがあるはずだった——ミス・バターフィールドとは、少女時代ニューヨークに留学した時以来の特別な仲だというのである。ミス・バターフィールドが故国を捨ててれん女を取り、手すさびにさる女子大の英語講師をしながら日本に永住の決心をした一方、戦争中も帰国を拒否して外人キャンプに収容された彼女を、れん女はもちろん見棄てたりはしなかった。人々はれん女が屋敷に住みついたばかりの頃、ときどきハイヤーでどこかへ出かけて行ったことを思い出したが、こうした噂が単にありふれた国際美談として解釈されるには、二人の老嬢をとりまく密林の陰影は、すでに暗く妖しい色彩を帯びすぎていた。もし二人がただ少々人嫌いの老嬢たちにすぎなかったのなら、なぜ国境をも、時代をも超え得たみずからの善意の物語を誇らし気に語らなかったのだろう。なぜ町の人々はこの美談からさえ、背徳の匂いに似たおぞましさを嗅ぎとったのだろう。

ともあれ、「ミスバタ定期便」が運んで来た最大の荷物が、滝乃という少女だったことはいうまでもない。混血児の施設から連れて来られたとき、彼女は二歳の誕生日を過ぎたばかりだったという。

それにしても、老嬢たちがその秘かな王国に滝乃という若い生命を迎え入れた意図ほど、不可解なものはない。それがじっさいにどのようなものであったにしろ、はたから眺めている限り、彼女たちの隠遁生活は明らかに過去の上に構築されていて、「メリケン屋敷」の住人が生きている現在は、いわば過去の中でのみ息づいている虚構の現在でしかないように見えた。そんな彼女たちが、いったい滝乃にどのような未来を夢見得たというのであろう。実の娘のように滝乃をいつくしみ、育くむことで、世の常の親ごころと同じ日々の慰めを見出しているにしては、長年にわたってもっとも近い隣人たちを拒絶しつづけて来た老嬢たちの峻厳な意志力ほど、そうした平凡な安らぎの境地と相容れないものはないと思われた。

四

中学に入って二度目の夏、私は一年ぶりに父の故郷の町へ出かけた。

その夏、私はいつになく退屈していた。久しぶりにやって来はしたものの、蝉も樹々ももはやとりわけ私の興味をつなぎとめてはくれなかった。従兄の順之介はとっくに高校生になっていて、それまでの夏休みのように、終日私を相手に遊び暮らすというわけには行かなかった。私は彼に放って置かれたことも不満だったが、いつの間にかすっかり飼い慣らされて、マルカワ米穀店の実直な後継ぎ息子の役を嬉々として演じている様子は、私に対する一種の裏切りのように思われた。お互いに一人っ子同士で、長いあいだほんものの兄弟のように思いこんで来た順之介が、まだ十七だというのに、饐《す》えた米糠の匂いと鈍い精米機の響きに埋もれた一生に早くも安住してしまうとは――と、非力な自分を棚にあげて、生意気にも私はほとんど彼を軽蔑しかかったほどである。

たぶん、私は単調な夏の日々の明け暮れに、あらためて沈滞しきった田舎町の空気を発見しはじめる中途半端な年齢にさしかかっていたのだろう。暑いさなかに、いかにもいそいそといったありさまで、重い米袋を秤に載せては、目を細めてじっと目盛に見入っている順之介の姿に接すると、私の退屈はつのるばかりだった。せっかくの夏休みを過しに、自分が幼い頃から何度もわざわざそこへやって来たことが信じられないような気持で、一日も早く東京へ帰ろうと心を決めながら、私は理由もなくぐずぐずと帰京を一日延ばしにしていた。

その日、そろそろ夕食どきだというのに、伯父と順之介を乗せた軽四輪が南の温泉場へ急ぎの配達に出かけてしまうと、私はぶらりと外に出る以外にすることがなかった。

折からの夕焼けで、小学校のプールは血のような真紅に色どられていた。私は傍らの石段をゆっくりと登り、人気のない高台の校庭へ出た。

目をやると、西方の山なみのかなたに没しかけた夕日の輝きがひときわあざやかで、夏の青田の広がりに投げかけられた山々の漆黒の陰影と美しい対照をなしていた。その影が刻々と長さを増し、県道ぞいの家々を今にも包みこもうとしているさまに、思わず一日の退屈を忘れて眺め入ったとき、突然、私は背後から声をかけられた。

「あなた、マルカワの順ちゃんの従弟のひとじゃない」

一瞬私は全身の毛が逆立つほど驚いたが、振り向くまでもなく、たちまち声の主を覚ったのは我ながら不思議だった。あれから彼女の姿を何度か遠くから見かけたことはあったにしろ、あまりにも明瞭すぎる音と音との間に微かに不自然な響きの散りばめられたその声こそ、順之介とともに「メリケン屋敷」に忍びこんだ幼い日の記憶のなかでも、もっとも忘れ難い部分だったからであろう。

滝乃は校庭に置き去りにされた跳び箱の上に横ざまに腰を下ろし、さして長くもない両足をぶらぶらさせていた。夕闇がせまっているというのにまるで警戒心をどこかへ置き忘れて来たような彼女の様子は、私に懐かしい幼な友達に出会ったような錯覚を抱かせた。

「タッキーじゃないか。今ごろこんなところで何をしてるの」

滝乃の方に歩み寄りながら、私は無遠慮にいった。

彼女は答えずに、

「ねえ、東京ってどんなところ」

といきなり訊いて来た。

少しづつ薄れて行く夕焼けの空の下で、深い色をたたえた滝乃の大きく見開いた瞳が、派手やかに輝きながら私を見つめていた。

私は絶句した。

しばらくの間、二人は無言のまま、暮れなずむ眼下の町を眺めやっていたような気がする。

やがて、沈黙に耐えられなくなった私が、

「君んちといえば、いつもあのでっかい黒猫を思い出すなあ。あいつにじろっと眺められた時は、ほんとにぞっとしたぜ」

私の言葉をきっかけに、滝乃は急に雄弁になった。

「ミーズルズのことでしょ。嫌らしいやつ。名前からして嫌らしいわ。英語ではね、ミーズルズって麻疹のことよ。ずっと昔、おばさまが麻疹にかかったことがあって、その頃から飼い始めたんですって。それでそんな不潔な名前がついてるの。もちろん今のは三代目か四代目でしょ。でも、あのひとたち、それからずっと同じような雄の黒猫を飼っているらしい……ほんとにあなたのいう通りよ。あの猫はあのひとたちの世界の一部なんだわ。だから、私にはどうしてもなつこうとしない……」

私は滝乃の激しい口調に驚いた。彼女の言葉を借りれば、それまで私は滝乃こそ「メリケン屋敷」の不可分の「一部」とばかり思いこんでいたから、彼女がみずからの「一族」を非難めいた口調で語るのがたいそう意外だった。もしかすると、滝乃は老嬢たちの孤島にひっそりとかくまわれ、いつくしみ育くまれたおとぎの国の王女ではないのかも知れなかった。

「おばさま」というのがミス・バターフィールドを意味することを私はすぐに覚ったが、階段の上からあたりを睥睨《へいげい》していた老いた黒猫と屋敷の不可視の女王には確かに似かよったものが感じられ、互いに重なり合って、私の記憶の中にひとつの不気味な映像を結んだ。

滝乃は堰を切って落された急流のように、「メリケン屋敷」の暮しのあれこれを語りつづけて、止まるところを知らなかった。

コーン・ブレッドやアップル・ソースやミート・ローフなど、私には珍しくとも屋敷の住人にとってはまったく決りきった献立の三度の食事。ほとんど執拗なまでに念入りな芝の手入れ。何年かに一度、女手だけでするいかにも不器用な部屋部屋の壁のペンキ塗り。れん女の奏でるピアノの音。ミス・バターフィールドが好んで朗読する詩や聖書の一節。飽くことなく語られる老嬢たちのアメリカ時代の思い出話。そして、夕食後、はやばやとそれぞれの部屋に引き上げて別々に過す長くて暗い夜。

滝乃によれば、それは傍目にはただの単調な日々の繰り返しにすぎないのに、老嬢たちにとっては、どうやらそうした単調さそのものを他人から守りつづけることこそ、いわば必死の努力に価する生きがいなのだ、というのだった。

ときどき相槌を打ちながら、私はなぜか聞いてはならないことを聞いているような気がして不安になった。まだ中学二年生だった私は、滝乃と二人だけでいること自体にうしろめたさを感じたり、胸をときめかせたりするほど早熟ではなかったが、その時の彼女が異常に興奮していたことが嫌でも理解できたせいだったのかも知れない。

「君の家では、今でもいつも英語を喋ってるの？」

話題を変えたいと願って、私は訊くまでもない質問をした。答は決っているだろうから、外国語が自然に覚えられるなんてうらやましいな、と追従めいた軽口を叩くつもりだったのだ。

彼女はいった。

「もちろんよ。だって、あそこは日本じゃない。アメリカよ」

私は確かにかつて同じ科白を耳にしたことがあった。

だが、幼い頃と違って、滝乃はほとんど叫ぶようにつけ加えた。

「でも、あそこにあるアメリカは、あのひとたちだけのアメリカなのよ。私にはちゃんとわかる。あんなアメリカ、世界じゅう探したって、ありっこないわ。ほんもののアメリカにだって、あるもんですか。あそこのアメリカは麻疹《ミーズルズ》なのよ。あの老嬢《オールド・メイズ》たち、若い頃の麻疹がまだ直らないのよ。あんなところにいたら、私まで麻疹にかかってしまう」

見ず知らずとはいえないまでも、幼年のころ以来かつて親しく口をきいたこともない自分に、なぜ滝乃がこのようにあらわに感情を吐露するのか、私は先ずあやしむべきだったのかも知れない。しかし、彼女の言葉が意味しているものをじゅうぶんには理解できないままに、その興奮だけにはいつの間にかすっかり染ってしまっていたらしい未熟な私は、思わず早口の言葉の端を聞きとがめて、

「だって、あそこって、君の家のことだろう。あそこにしかないアメリカなら、君だって、やっぱりあそこにしかいないアメリカ人じゃないか」

私は滝乃の答を憶えていない。憶えているのは、彼女がはじけるように跳び箱から地面に降り立ったことだけである。気がつくと、滝乃の両手が私の左右の二の腕をしっかりと摑んでいた。二人が向い合って立ったままの姿勢で、どれほどの時が過ぎて行ったのだろう。滝乃が力まかせに手を打ち振るのにつれて、私の両腕は時計の振子のように無抵抗に前後に揺れた。彼女の指の爪が喰い入っている二の腕のあたりに、私は微かな痛みを覚えた。

滝乃は泣いていた。

じっと私を見入っている彼女の瞳から湧き上ったものが、大粒の涙となって次々に頰を流れ下って行く瞬間、そのひとつぶひとつぶがあざやかな夕焼けの色を映していたことを、私はつぶさに目にしたように思う。

やがて、滝乃は私の胸になかば顔を埋めて、幼女のようにしゃくり上げて泣いていた。こころもち猫背の丸い肩が小きざみに震えるたびに、先刻までの張りつめた感情が彼女の全身から抜け落ちて行くさまが手に取るように感じられ、呆然と見守る私の目の前で、滝乃はまたたく間に気

弱く、か弱いあたりまえの少女に変貌した。

「ごめんよ。僕、なにか悪いことをいっちゃったらしいね」

と私はようやくいった。

しかし、その時になって、私は抗いがたい困惑に捉えられた。いったい、私の一言がどうして彼女をこれほど傷つけたのだろう。あの「メリケン屋敷」にしかないアメリカというのがほんとうなら、その正体はいったい何なのか。そもそも滝乃は何から逃れようとしているのか。それとも、私自身うんざりしているように、実は彼女の混血児の血が退屈な田舎町の生活に飽き足りなくて騒いでいるというだけなのだろうか。

私の困惑を感じ取ったのか、滝乃はつと私から離れると、後ろを向いて、まるで男泣きに泣いた後の屈強な若者のように、むき出しの腕で何度か涙をぬぐった。ひどく可憐なものが、懸命に何ものかの重圧に耐えようとしている姿だった。

今こそ慰めの言葉をかけなくてはならない、とわかっていながら、私はどうしてもそのひとことを思い浮べることができなかった。

「ごめんなさい。私、帰るわ」

つぶやくように、まだ涙の入り混った声で滝乃はいった。

だが、いったい私に何を謝っているのだろう。彼女はほんとうはどこへ帰ろうとしているのだろう。私にはわからないことだらけだった。

「家まで送って行こうか」

と私はかろうじていったが、それはわれながらぶざまな言葉だった。

滝乃は不思議な光をたたえた瞳をふたたび私に向けてはくれなかった。せまって来た夕闇の中をうつむいてひとり立ち去って行く背中のあたりに、私は少女の羞らいと、そして、それゆえの私への静かな拒絶を見とどけたように思って、彼女を追って踏み出した足を止めた。


翌朝の九時すぎ、マルカワ米穀店の二階の六畳間で朝寝坊をきめこんでいた私は、伯父に叩き起された。

重い瞼を開いてみると、いつも私を起しに来る順之介のすまなそうな顔と並んで、見るからに不機嫌な伯父の赤ら顔が私を見下していた。常にないことだったので、私はびっくりして蒲団の上にはね起きた。

それを待ちかねていたように、「メリケン屋敷」の娘がいなくなったぞ、おまえ、あの娘に何をしたのか、と伯父の大声が降って来た。

あっけにとられている私に向って、伯父の大声は続けて、ここは狭い土地なのだから、少しは世間体というものも考えることだ、とひとしきり叱責の言葉を並べ立てた。

私が黙ってうつむいていると、今度は順之介に向って、

「順、よくいい聞かせてやんな」

という声を最後に、荒々しく階段を踏み立てる足音が階下へ去って行った。

私は順之介から事の次第を聞いた。

滝乃が家出したというのだった。

その朝マルカワ米穀店へやって来たベティさんによれば、滝乃らしい少女が古びた小さなトランクを下げて、前夜十時前に三十キロ北の中都市に向って町を発つ最終バスを待っているところを、確かに見たという者があった。いっそう確かな情報として、夕暮れの小学校の校庭で滝乃と私が抱き合っていた——と目撃者の目には映ったのだろう——というので、他に原因を思いつかないまま、屋敷では私が滝乃の家出に一枚かんでいるのではないかと疑ったらしい。

「マルカワさんには先代さまのころからかくべつご厄介になっておりますから、何は措いてもご相談申し上げようと思いまして」

そんなベティさんの遠慮がちな口の裏に、もしかすると滝乃がマルカワ米穀店の離れにでもいるのではないかという思惑がちらついたことが、とりわけ伯父を怒らせた原因だったのだという。

私はうんざりした。

もちろん、身の証を立てるために、私は順之介に前日の出来事を打ち明けざるを得なかったが、不満はつのるばかりだった。私が話しているあいだ、順之介が、

「そりゃ、まずかったよう」

としたり顔でしきりに相槌を打つのも不愉快なら、私が当然従兄と同じ感情を頒け持っている

はずと信じて疑わない彼の善意の確信も気に食わなかった。

「あのタッキーがなあ」

順之介は私を慰めるつもりか、町の連中のあいだにすっかり定着していた滝乃の評判をくどくどと語るのだった。

それは私もすでに何度も耳にしたことがあり、要するに、町の小学校と中学では、滝乃は「メリケン屋敷」の娘だけあって、いつもアメリカ製の垢ぬけした服を身につけていることと、ひどく友達づきあいが悪くて、学校が終るとまっすぐ家に帰ってしまい、クラブ活動にも土地の行事にもいっさい参加しようとしないのが変っていることを除けば、ごく目立たない平凡な女生徒として通っているというものだった。

そんな噂は嘘だ、嘘に決っている、と私は胸の裡で叫びつづけた。

「あそこにしかないアメリカ」で育った少女が町の学校へ通うことがどんなことか、滝乃の胸にどんな苦しみが隠されているか、順之介みたいなにわか仕立ての孝行息子もどきにわかってたまるものか。ほんとうは自分自身なにひとつ理解できなかったのに、私はひたすら順之介を、そして、「メリケン屋敷」に向けられたあさはかな田舎町の好奇心を憎悪した。

順之介が何気なく漏らした一言はたちまち私の怒りを爆発させた。さんざん二人で話し合ったあげくだというのに、彼はふと猟奇的な眼ざしで私の顔をのぞき込むと、

「それにしても、あんた、ほんとうにあの娘に飛びかかっちまったんじゃねえだろうなあ」

といったのである。
伯父に弁解ひとつしようともしないで、かたくなに心を閉じたまま、私はその日のうちに東京へ帰った。

滝乃の事件があっけなく片づいたことを私は順之介からのはがきで知らされた。家出してわずか三日後、彼女は例の弁護士親子に伴われて大人しく町へ戻って来たのだという。

そのありふれた結末に、ひとりよがりな自分の心の高ぶりを冷笑されたような気がして、どうせあんな退屈な町のことさ、なにひとつ変るはずがないんだ、と私はふてくされて考えた。

五

その後七年半もの長いあいだ、私はとうとう父の故郷の町を訪れなかった。

マルカワ米穀店では、私が高校卒業まぎわの二月のある寒い夜、伯父が脳卒中で急死したが、大学受験を間近にひかえていた私は、望むと望まないとにかかわらず、葬儀に出席することさえできなかった。

しかし、だからといって、少くとも伯父の死までの五年間は、町の噂や「メリケン屋敷」の近況を耳にする機会にまったくこと欠いていたというわけではない。

私が町へ出かけて行くかわりに、高校を出て本格的に家業に取り組み始めた順之介は、年に一、二度は東京へ遊びに来るようになった。もっとも、遊びに来るといっても、かくべつ悪所に足を踏み入れるでもなく、ただ私と連れ立って映画を見に行ったり、私の都合がつかない時は一人で繁華街をぶらついたりするのが楽しいらしく、二、三日そうして息ぬきをすると、ふたたび饐えた米糠の匂いの中へ帰って行くのだった。そんな従兄の様子は、今やどこから見ても温厚で実直な田舎の米屋の跡取り息子だった。

「ときどき東京へ出て来るところを見ると、順ちゃんだってやっぱり都会の灯が恋しいんじゃないの」

順之介が上京する度に、私はこういってからかったものだが、もちろん彼はむきになってそれを否定した。

「誰だって時代おくれになりたかないよう。だけんど、俺はあんたら都会の根なし草たあ違う。『地縁』ってものを馬鹿にしちゃいけないぜ。あんただって年を取ったら田舎に住みたいだら。お互い『地縁』で繋っているだよ。あんたがいつ帰って来てもいいように、『地縁』を大事にするのが俺の役目さ」

というのがその頃の順之介の口癖だった。どこで聞きかじったのか、「東京だってしょせん巨大な田舎にすぎない」という決り文句をさかんに振りまわしながら、彼はそれに気づかない私のような哀れな都会人のためにも、田舎暮しのほんとうの意義についてまくし立てるのだった。じっさい、まじめに家業に精出しているばかりでなく、彼は町の青年団の活動でも次第に指導的な役割りを果しつつあるように見えた。

いつの間にか、ひところ心底から軽蔑したつもりになったことも忘れて、私は彼の地道な信念にむしろ好感を抱くようになっていた。もちろん、だからといって、もはや退屈な田舎町へわざわざ休みを過しに行きたいとは思わなかったが、祖父も伯父もそうだったように、やがて町の有力な世話役になる順之介の姿が目に見えるようで、私はそんな彼に一種の頼もしささえ感じた。

彼の意見によれば、滝乃の家出事件も、結局は「メリケン屋敷」の不自然な孤立に由来するひずみのひとつの表れにすぎなかった。あの夕刻、日頃あれほど友達づきあいの悪い滝乃が他ならぬ私に真情を打ち明けたのは、たぶん私が「地縁」の者でありながら、まったくこの町の人間ではなかったからだろう。いわばこの事実ほど老嬢たち「一族」の不安定な存在を示すものはないというわけで、彼の口ぶりでは、祖父の時代にそうだったように、いつの日か「メリケン屋敷」を「地縁」とやらに組み入れる以外に彼女たちのほんとうの幸せはあり得ないと、どうやら本気で信じている様子だった。

「断って置くけんど、俺、タッキーに惚れてるからいってるわけじゃねえよ。誰かさんに悪いもんな」

いつも二人で大笑いして幕となった。そんなところは、やはり私たちは仲の良い従兄弟同士だった。

町を訪れなかった長い年月、滝乃と私はとりわけ接触のあるはずもなかったが、何年かに一度は思い出したように年賀状を取り交した――「タッキーにあんたの住所を教えてやったのは俺だってこと忘れるな」とこれも当時の順之介の口癖だった。

もっとも、私の方は平凡な学校生活で、とりたてて報告することもなく、滝乃の年賀状もただ型通りの挨拶を記したものにすぎなかった。それでも私は、少くとも彼女もまたあたりまえの日本の少女のように町の中学と高校を卒業するまでは、「お母さま」も「おばさま」も元気なこと、つまり、「メリケン屋敷」も滝乃自身もいっこうに変らないまま、時だけが澱んだ町の空気とともに平穏に過ぎていたらしいことを知らされた。

しかし、今から振り返って見ると、もし当時の私がもう少し鋭い観察眼を具えていたら、たとえ順之介の言葉の端々からでも、老嬢たちの厳然とした秩序が徐々に揺ぎ始めている兆しに気づいたはずである。

マルカワ米穀店で伯父が死んだ年の十二月、思いがけず一通の外国郵便が私宛てに舞い込んだのである。滝乃からのクリスマス・カードだった。

「九月からアメリカの大学に入りました。もうあの町には帰りたくありません」

滝乃のボールペンの文字が記されたカードには、それがアメリカ風なのか、一枚の色刷りの写真が刷りこんであり、見知らぬ外人の家族に囲まれた滝乃の幸せそうな顔が、私に笑いかけていた。

滝乃の写真を手にして、私がいくばくかの寂しさを感じなかったといったら嘘になる。こんな時、もし昔の順之介ならば、ちくしょう、タッキーのやつ、とうとうほんもののアメリカ人になりやがった、とでもいったことだろう。だが、その順之介も、伯父の死後、彼一人の腕にかかって来た家業のきりまわしに忙しいのか、絶えて上京して来る様子を見せなくなった。

ともあれ、こと自分に関しては、町をめぐる劇はこれで幕を下ろしたのだ、と私は考えた。順之介は「地縁」の世界で堅実な生活を築いて行くだろうし、私は私で、伯父の法要が行なわれた際ですら、受験勉強から解放されたせっかくの休みを抹香くさい田舎の行事に費す気にはなれずに、町とは正反対の方角へ、面白おかしくスキー遊びに出かけたのだった。

そして、たぶん順之介の期待に反して、町と「メリケン屋敷」とを結ぶ細い糸となったかも知れない滝乃が恐らく永久に去った今、老嬢たちはますますその不可解な小宇宙を閉ざし、町はいつまでも澱みきった日々の明け暮れを繰り返す以外にないように思われた。

確かに、滝乃からのクリスマス・カードは私にとってひとつの時期の終焉を象徴していた。私は返事を書こうともせず、こうしてさらに二年あまりの時が過ぎ去って行った。

六

すでに終ったと信じていた劇の舞台がふたたび急旋回に廻り始めたのは、私が大学の最後の学年を迎えようとしていた春のことである。三つ違いの従兄の順之介は二十四歳で、南の温泉町の仕出し屋の娘と婚約中だった。

三月下旬のある夕刻、珍しくかかって来た長距離電話を受けてみると、こちらの番号を確認する交換手の声につづいて、ほとんど三年ぶりに耳にする順之介の声が流れて来た。以前に較べるといくぶん太みを帯びた感じで、ひと通り律義に無沙汰の挨拶をのべてから、

「突然でなんだけんど、あんた、久しぶりでこっちへ来れないかね。どうせ今頃は春休みで、学生は閑だら。実は、今ここに『メリケン屋敷』のタッキーさんがいるんだけんど……いや、去年の年末にミスバタが……」

としばらくいいよどんで、

「ミス・バターフィールドが亡くなって、ちょっと騒ぎだっただけんど、タッキーさんもそういうわけで正月過ぎに帰って見えてね。それ以来お屋敷と親しくさせてもらっているんだけんど、さっきあんたの噂をしたら、ぜひあんたと話したいっていうもんで……」

順之介に代って電話口に出た相手は、私の名を確かめもせずに、

「びっくりしたでしょう。私、タッキーです」

と細い声でいきなりいった。

中学生のころ夕焼けの下でだしぬけに話しかけられた時にも増して、意外といえばあまりにも意外で、私はしばらく返す言葉を思いつかないでいた。滝乃は町からも私からも永久に去ったはずだったし、だいたい、七年半も昔に夕暮れの小学校の校庭で別れてからというもの、私は彼女と親しく言葉を交したことさえなかったのだから。

最初に私を襲ったのは、ちょうど彼女の家出事件の後に感じたような、永遠に姿を消し去ったと思いこんでいたこの上なく大切なものが、いつの間にかたいそうあっけなく元の場所に戻っていることを知った時の、なんともあっけらかんと白けた思いだった。だが、まるであたりをはばかってでもいるかのような低い声の下でも、ひどく明瞭な音と音との間に微かに不自然な響きが散りばめられているその口調は、間違いなく私が覚えていた滝乃のものだった。そう気がついたとたん、あの真紅の夕焼けの下で私の二の腕を痛いほど摑んだ彼女の掌の感触の記憶と、長い疎遠の後でいったい何をことさら私と話したいのかと強く訝かる気持とが、胸底から湧き上るようにあらためてどっと来た。

滝乃はそんな私の感情の動きに気づいたはずもなく、言葉をつづけて、

「おばさまが亡くなって、母は一人ぼっちになってしまったでしょう……」

おや、ではベティさんはどうしたのだろう、と私は聞きとがめたが、口には出さずにいると、

「私が帰って来るまで、マルカワさんにはすっかりお世話になってしまって……。今でも毎日立ち寄って下さるんですけど、でも、もしできたら、あなたもぜひ来て頂きたいの。ほんとうは、相談に乗って頂きたいことがあるんです。勝手なんだけど、あなたなら、昔のこともあって、もしかしたらこちらへ来て下さるんじゃないかと思って……」

昔のことといわれても、私たちの間には僅かにあの夕刻の出会いと、取り交した二、三の年賀状があるにすぎなかった。しかし、その時の滝乃の声はそんないい方をさほど唐突と感じさせないほど、いわば思いつめた嘆願に似たものが含まれているように聞えた。

正直にいえば、何ひとつ事情がわからないままに、私は浅墓にもたちまち滝乃の願いを聞きとどけたい気になってしまい、わざわざ私が出かけなくても、順之介というかっこうの相談相手がいるはずだということを忘れてしまった。

やがて滝乃に代ってふたたび電話口に出た順之介に、そのうちそちらへ行くつもりだと答えながら、その実、私は翌日にもさっそく東京を発とうと心を決めていた。

七年半ぶりに訪れた父の故郷の町で、私はわずか一晩を過しただけで東京へ逃げ帰った。

もう早春だというのに、北から吹き込む風が西南に連なる山脈に突き当って進路を変え、町をすっぽりと包んでいた。短い滞在のあいだ、ときどき狂ったように地面を走り抜けて行く冷たい風はとうとう吹き止む気配を見せなかった。

その夜マルカワ米穀店でたまたま町の青年団の世話役たちが寄り合いをしていなかったら、私は事前にまったく予備知識を与えられないまま、滝乃と対面する破目になったかも知れない。数年ぶりに会った順之介は、少くともこと「メリケン屋敷」に関しては、たいそう寡黙な男に変貌していたからである。

裏の離れでひとりテレビを楽しんでいた伯母に挨拶をすませてから、私は順之介にいわれるままに、五、六人の町の青年たちに混って座った。どうやら寄り合いの用件はとうに片づいていたらしく、彼らはビールと酒をちゃんぽんに飲みながら雑談しているところだったが、私が飛び入りで席に加わったこともあって、話題は次第に町の政治問題から順之介の身辺へ移って行った。

まだ時計は七時半を少し廻ったばかりだったというのに、青年たちはすでにかなり酩酊している様子で、やがて誰かが少しろれつの廻らなくなった舌で私の名を呼び、

「あんた、順ちゃんのほんとの従弟だら。それだったら、ちょっくら忠告して置きたいことがあるだよ。余計なことだけんど、我らの青年団長と来たことには、どうやらこのごろ『メリケン屋敷』にすっかり腑抜けにされちまったらしい、とまあ俺はひそかに思わないこともないわけで……」

私が返事をできないでいるうちに、他の一人が、今度はやや演説口調で、

「いや、ミスバタの葬式を出した時には、順ちゃんの日頃の『地縁』論の勝利だと、俺は思ったね。『メリケン屋敷』という植民地を、順ちゃんはわが町に奪還しただよ。だけんど、俺たち

の仲だから、正直にいうがね、タッキーはいけねえよ、順ちゃん。あれは町のもんの顔をした外人だぜ。あんなもんに入れあげたら、温泉場の××ちゃんはどうなるね」

と順之介の婚約者の名をいった。

順之介はそれに答えて、

「俺はタッキーなんかに惚れちゃいねえぜ」

と押し殺した声で一言だけ反駁すると、じっと中空を見つめるような目つきをした。

私は順之介のうつろな目つきが気にかかった。

そういえば、先ほどから彼だけが口数少なく、青年たちが陽気に勝手な論議をしている間も、ほとんど表情を動かそうとしなかったし、腕ぐみをした彼の手の前に置かれたコップには、なみなみと注がれた酒がいっこうに減らないまま残されているのだった。

そんな彼の有様はかつて私が知っていたどの順之介とも違っていた。幼年時代の野放図な腕白ぶりでないことはもちろん、私がいっとき不信を抱いたほどあまりに完璧だった律義いっぽんの実直な後とり息子でもなく、かといって、青年団の団長としてことさら大人ぶりを装っている風にも見えなかった。

しかし、酔客たちはそんな私の思惑をいっこうに構いつけず、ミスバタの死をめぐる順之介の勝利と敗北について、そして、彼の「メリケン屋敷」への耽溺ぶりについて、彼らのいわゆる事実を次々とあげつらっては、口々に大声で意見を開陳するのだった。

おかげで私はここ数ヶ月のあいだのさまざまな出来事の大要を知ることができた。

青年たちによれば、事件のそもそもの発端は、正月の松飾りが取れたばかりのころ、「メリケン屋敷」のベティさんがマルカワ米穀店を訪ねて来たことであったという。

ベティさんは両手に下げていた風呂敷包みを店先の木製のベンチの端にきちんと置くと、何度も深々と頭を下げながら、思いがけないことをいい出した。

「町の皆さまにも長いあいだいろいろとお世話さまになりましたが、わたくし、今日お暇を頂くことに致しましたので、ひとことお礼を申し上げたいと思いまして、うかがいましたんでございます。わたくしが居なくなりますと、奥さまはずいぶんご不便のことと存じますが、どうぞ後をよろしくお願いしたいんでございます」

町ではベティさんも「メリケン屋敷」の不可欠の一部と見なされていたから、順之介をはじめ、その場に居あわせた人々が驚いて訳を訊くと、彼女はうっすらと眼に涙を浮べて、

「もうどうしても我慢できないんでございます。わたくし、見てしまったんでございます。恐ろしいんでございます」

と繰り返していったという。

北の中都市に向うバスがやって来るまでのわずか数十分足らずの間だったが、人々に問い詰められたようなかっこうで、ベティさんは遂に長年の沈黙を破って、彼女が「見てしまった」もの

について、その断片を披露せざるを得なくなった。それは町の連中にとって、「メリケン屋敷」の住人自身の口から、はじめて明された陸の孤島のありさまだった。

半年ほど前から、ベティさんはミス・バターフィールドの健康がめっきり衰えたことに気づいていたが、十一月に入って寒さが酷しくなると、彼女は床についたままになった。しばらくのあいだれん女と交代で食事や下の世話をしていたベティさんが、れん女からミス・バターフィールドの居室に入ることを禁じられたのは、そろそろ月が代って十二月になろうとしていた頃であった。病人が自分以外の誰とも会いたがらないから、というのがれん女の口上だった。

れん女は三度三度の食事を持って二階のミス・バターフィールドの病室に入ると、ほとんど終日そこで過すようになった。

だが、ベティさんが異常に気づくまでに時間のかかるはずもなかった。せっかく彼女が毎回ミス・バターフィールドの為に用意した食物——といっても、ごく少量のスープやシリアルだけだったそうだが——が、まったく手をつけた様子もないまま、からからに干涸びて台所に下げて来られるようになったからである。

思いあまって廊下でひそかに立ち聞きしてみると、案じた通り、扉ごしに僅かに聞えて来るのはれん女のつぶやきばかりで、ミス・バターフィールドはすでにものいわぬものと化してしまったのではないかと思われた。

「ベティさんが屍臭に気づかなかったのは変だら。だけんど、無理もねえ。あの屋敷はごみためみてえなへんてこな匂いがいつもぷんぷんしてたっていうからよう」

と青年の一人が私にいった。

ベティさんが決定的な光景を目撃したのは大晦日の午後であったという。階下の大掃除をすませた後、二階の処置についてれん女の指示を仰ぎたいと思って、病人の部屋の扉をノックしたが、いっこうにれん女の返事がないので、彼女は思い切ってそっとノブを廻してみた。こわごわ覗きこんだ彼女の眼に映ったのは、二人の老嬢たちがひとつベッドの上で、同じキルトにくるまって横たわっている姿だった。

静かな寝息を立てているれん女の顔と、腐爛した醜悪な物体となりつつあったミス・バターフィールドの頭部との異様な対照が、一瞬にしてベティさんの心臓を凍りつかせたことは想像に難くない。

もしベティさんの言葉がほんとうなら、れん女は一ヶ月あまりもミス・バターフィールドの屍を抱いて寝ていたことになる。人々はその有様を想像して戦慄した。

長年のあいだ老嬢たちの夢の世界を守ってあげるのが仕事だったのだから、あの方たちがたとえどんな夢を見続けようと自分の知ったことではないし、女同士で同じ床に入っても――老嬢たちがまだ若かったころ、それは必ずしもベティさんの目から隠されなければならない秘密というわけではなかったらしい――とりたてていうべきこともないが、ただ、

「亡くなった方といっしょにお寝みになるのは、これればかりはどうしても困るんでございます」

とベティさんは別れしなに身を震わせながら語ったという。

ベティさんが町を去った後、順之介の打った手がいかに適切で当を得たものだったかについては、青年たちの意見は一致した。

先ず、直ちに派出所の警官を伴って屋敷に乗り込み、れん女を説得してミス・バターフィールドの埋葬に同意させた——死体の搬出に手を貸した物見高い青年たちも、さすがになかば白蠟化したミスバタの顔を正視するに耐えられず、こうして彼女は文字通り永遠に不可視の女王として町の墓所に葬られることとなった。

一方、順之介はつとに町では知らぬ者のない例の老嬢たちの弁護士を呼びつけて、すべてを内内におさめることに成功したばかりか、あれほど町の連中の手をかたくなに拒みつづけて来た「メリケン屋敷」から出た最初の葬式いっさいを取りしきったのである。当日にはミス・バターフィールドがかつて奉職した東京の高名な女子大学の関係者や、れん女の旧華族の弟子たちが、少数ながらわざわざ町まで出向いて来たという。

その限りにおいては、青年たちがいう通り、確かに順之介はかねてからの理想に従って、町の中の不可触の異郷をみずからの「地縁」の世界へ見事に「奪還」したのだった。だが、青年たちが揶揄を交えながら批判するのは、彼らの言葉を借りれば、順之介の打ち込み方が少々「常識はずれ」で「度をすぎている」点にあるように見受けられた。

滝乃が急遽帰国するまで凡そ十日間、一人とり残されたれん女のためにあのお化け屋敷に泊りこんでやったり、婚約者の家の仕出し屋から弁当をさし入れさせたりした親切は認めてやってもいい。しかし、そのあいだかんじんの自分の母親にさんざん忙しい思いをさせたり、寂しがらせたりしたのは片手落ちというものではないか。まして、帰って来たタッキーは前にも増して「地縁」など振り向きもしないというのに、なぜ彼は相も変らず「メリケン屋敷」に日参しなくてはならないのか。

酔っぱらった青年たちの議論は果しなく続いたが、私はそれを聞きながらながら他のことを考えていた。棄て科白めいたベティさんの言葉が正しいとすればのことだが、ミス・バターフィールドが現実の一箇のものいわぬ物体となってしまった時、れん女にとって、彼女がかえって昔の若々しい姿で甦ったらしいという人間のこころの不思議を、私は自分なりに理解できるような気がしたのである。

それは確かに倒錯した世界のえもいわれぬ酸鼻に満ち満ちていた。だが、れん女がその瞬間に狂ってしまったと断ずるには、老嬢たちはもともと私たちとはまったく尺度を異にする空間に住んでいたので、ベティさんによってはじめて明された光景というのは、もしかすると彼女たちのひそやかな小宇宙の最後の燃焼の炎なのかも知れなかった。

その夜、客の最後の一人が立ち去ってから、私は順之介に「メリケン屋敷」へ連れて行かれた。

「ちょっくらつき合ってくれると有難いんだけんど。毎日一度は必ず様子を見に行くと約束したもんで、あのひとは今日もまだきっと待っていると思ってよう」

と彼はいった。

口ぶりは穏かだったが、酔ってもいないのに、見るとその眼が座っていた。時計はすでに十時を廻っていて、女所帯を訪問するにしてはいささか常軌を逸した時間のように思われたが、順之介の態度にはうむをいわせないものがあった。

外に出ると、先ほど青年たちの勧められるまま度を過したビールのためか、東京から列車とバスを乗りついでやって来た昼間の疲れが一気に出た感じで、口をきくのもおっくうになった私は、日頃の彼らしからぬ非常識さかげんを、胸のなかで罵倒した。

タッキーのことを親し気に「あのひと」なんて呼びやがって、と私はくやしまぎれに考えた。だいたい、あのタッキーが、単純素朴を画に描いてぶら下げたみたいな順之介の「地縁」哲学とやらに洗脳されるとでも思っているのだろうか。要するに、人の弱味につけこんで善意をほどこしているうちに、ミイラとりがミイラになって、役がらもわきまえずタッキーに惚れちまっただけではないか。

屋敷まで二十分足らずの道のりを、懐中電灯の光をたよりに、私たちは黙々として歩いた。山間の部落に通じるだらだら坂を上り、小学校の裏門のあたりで左へそれて、石ころだらけの小径へ入ると、「メリケン屋敷」はもう目と鼻の先のはずだった。その時、私はそれまで自分でも意識さえしたことのなかったみずからの心の動きに気づいてはっとした。

どうやら私は順之介を嫉妬しているのだった。「メリケン屋敷」にとっての決定的瞬間に立ち合い、みずから進んでいっさいを処理したあげく、とうとうこんな夜更けに滝乃から来訪を期待されるようになった彼の立場が、その時の私にはふたつと得難い貴重な特権としか思われなかったのである。だが、もしそうなら、この私自身、滝乃に「惚れて」いることになってしまう。

もちろん、私はそんな考えを直ちに否定しようとした。だいいち、私が知っている最近の滝乃といえば、二年前にアメリカからもらったクリスマス・カードの小さな写真以外にないということは、まぎれもない事実だったのだから。しかし、こと滝乃に関するかぎり順之介に理解できるはずがないと勢いこんだ先刻の自負に似た感情や、彼女の声を耳にしただけで、七年半も疎んじて来た町へ飛んで来た前夜来の自分の行動は、どのように説明したらよいのだろう。

黒々とした巨木の影の間から洩れる屋敷の灯を目にした時も、さまざまな思いが宙ぶらりんに胸のどこかに引っ懸り、私はまだ気持を整理することができないでいた。

そのせいか、順之介のノックに応えたのが滝乃ではなかったことが、私にはたいそう意外に感じられた。

「タローさん、やっぱり来て下さると思っていたわ」

という張りのある透明な声とともに、勢よく扉を開いたのは、みまがうべくもなく、れん女その人だった。

むぞうさに束ねた彼女のつやのない白髪が、うす暗い電灯の光に照し出された。

彼女は身をすり寄せるようにして順之介に近づいて来たが、背後に立っている私の姿を認めると、両眼を大きく見開いて、二、三歩後ずさるような動作をした。そんなれん女のそぶりは、まるで逢引きの現場を見つかった古風な少女が驚きと羞恥をその五尺足らずの全身で語ってでもいるようで、私は訳もなくどぎまぎした。

「メリケン屋敷」の内部は、なにもかも幼年時代の思い出の通りだった。順之介に続いて玄関へ入ると、先ず何のものとも知れない甘酸っぱい異臭がつんと鼻をつき、同時に耳にはゆったりと時を刻んでいる大時計の振子の音が聞え、あまつさえ、階段の半ばあたりには、毛のふさふさとした太った黒猫がもの憂そうに横たわって私を見下ろしていた。もし扉を開いてくれたのが滝乃で、これから私たちの前に不意に姿を現すのがれん女だったなら、その場の風景は何もかも完璧のはずだった。

だが、いうまでもなく、そうしたひとつひとつの表しているものが今や昔とは途方もなく異質なものと化していることを、私はたちまち覚らないわけにはいかなかった。主人を失った老猫は私たちを認めても、もはや立ち上ろうとさえしなかったし、屋敷の壁という壁には恐らく単なるベーコンの匂いばかりではなく、一ヶ月あまりもれん女が同衾しつづけたというあのものいわぬミス・バターフィールドの腐臭が、いちめんに染みついていたのである。

順之介があらためて私を紹介しはじめた時、ちょうど私の記憶の中の彼女たちの役割りを取り換えたかのように、茶色の絨緞を踏んで音もなく姿を現わした滝乃が私に目礼した。

だが、れん女はいっこうに気づかない様子で、私にちらと眼を当ててから差しそうにうつむくと、

「まあ、タローさんのお従弟さんでしたの。それでは、タローさんから、もう私たちのことをお聞きになったのね」

と年とは不釣り合いな若やいだ声でいった。

タローさんというのはいったい誰のことだろう、と私は彼女の言葉の意味をはかりかねて、思わずその細おもての顔をのぞきこむようにした。

白髪といい、顔いちめんに刻まれた皺といい、それは確かに七十近い老女のものだったが、日本人ばなれした色白の頰にほんのりとさした血の色は昔よりもむしろいっそうなまめいた感じで、とりわけ二つの薄い唇は奇妙になまなましい赤味を帯びているのだった。

私はなぜかぎょっとした。老いさらばえた老婆ならいざ知らず、このような誰の目にもはっきりと脈打っている肉体を持ったものが、腐爛した死体と褥を共にし得るほど夢の世界に沈溺するなどということが、ほんとうにあってよいのだろうか。

順之介がれん女の質問を引き取って、

「いや、まだなんにもいってないんだけんど、とにかく一度あんたに会ってもらおうと思ってよう。それで、今夜はまあ、やっと従弟にいっしょに来てもらっただけんど……」

すると、

「いやよ、タローさん。私、早くかたちだけは整えていただきたいの」

とれん女はふたたび奇怪な言葉を吐いた。

それを耳にした瞬間、突然ひとつの暗い予感のようなものにとり憑かれたのは不思議である。それは体内のどこか小さな一点から突如として芽を吹き、たちまちのうちに胸いっぱいに拡がって、私の思考を混乱させた。

しばらくの間、二人は滝乃と私の存在を忘れ去ったかのように、互いに相手の目にひたと見入ったまま、次から次へますます奇怪な会話を交し合うのだった。二人の間を飛び交うひとつひとつの言葉は、私の想像力をはるかに超える内容を孕んでいて、私は理解しようとする努力さえすることができないまま、ただ呆然として耳を傾ける以外になすすべを知らなかった。

よく聞けば聞くほど、それはあるときはとしはも行かない少年少女の陳腐な初恋の科白めいて聞え、あるときは結婚を約した幸福な男女の真摯な愛の告白のように響いたが、いずれにしろ、れん女と順之介の間ではそもそも決して取り交されるべくもないはずの言葉だったのである。

滝乃の声で私は我に返った。

「さあ、今夜はタローさんも来て下さったし、これでゆっくり眠れるわね。もう遅いから、お引き取り願った方がいいわ」

と彼女はあやすような口調でれん女にいってから、あの深い光をたたえた瞳を私に向けて、ものいいた気に肯いて見せた。

別れしなに、七十近い狂女と二十四歳の若者が、まるで映画のなかの恋人たちのように、うす暗い電灯の下でしっかりと抱き合うのを、私は確かにこの目で見とどけた。

臆病にも、私は翌日の朝できるだけ早く町を逃げ出して東京へ帰ろうと心を決めた。さもないと、今度は他ならぬ私自身の番で、「メリケン屋敷」そのものか、それともタッキーという「町のもんの顔をした外人」娘か知らないが、何か抗いがたい妖しい魅力の虜になって、この小さな異郷の異臭を放つ壁の中へ生身をそっくり吸い取られてしまうのではないかと、私は理不尽な恐怖でいっぱいになった。


帰途、順之介はぽつんといった。

「昔タッキーが家出したことがあっただら。あの時、タッキーに飛びかかったのか、と訊いたら、あんたひどく怒ったっけなあ。だけんど、ほんとうのことをいえば、俺は今もう少しであのひとに飛びかかっちまいそうだよう」

折から地表低く走り去った突風が、彼の言葉の最後のあたりをさらって行ってしまったが、「あのひと」というのが滝乃ではなくれん女であることは、もはやあらためて問うまでもないように思われた。

順之介によれば、「タローさん」というのは、れん女がまだミス・バターフィールドと出会う前に傍い思いを寄せた大学生か何かであったらしい。ベティさんに去られ、ミス・バターフィールドの遺体が片づけられて、長年の陸の孤島の生活に終止符を打たなくてはならなくなり、他方では彼女との倒錯した愛憎の羈絆《きずな》から今や完全に解放された時、れん女は目の前にいた順之介を相手に、ミス・バターフィールド以前の「タローさん」との偽りの幸せを夢見始めたのだろうという。

はじめそれを百も承知の上で哀れな狂女のために恋人役を演じてやっていた順之介が、いつの間にか役の虚構を忘れ去ってしまったどころか、彼自身「タローさん」になり代り、こともあろうにその人と化し切って、相手を激しく恋慕するに至った不気味な心の動向は、私にはとうていうかがい知るべくもなかったし、知りたくもなかった。

だが、順之介や自分も含めて、町といささかでも関わりある人々で、「メリケン屋敷」をかつて憧憬のまなざしで眺めなかった者が一人でもあるだろうか、と私は考えた。順之介のような善意の律義者でさえ遂に魂を奪われてしまったのだから、私をはじめ、好奇心ばかり旺盛で意志薄弱な連中は、遠くから眺めているだけならばとにかく、ひとたびその実体に触れたとたん、ひとたまりもなく腑抜けにされてしまうのではなかろうか。だいいち、かつてあの人工の密林に迷いこんだ幼い私がひしひしと感じたように、「メリケン屋敷」の不可解な魅惑の大半は、いっさいの外界を拒否しつづける老嬢たちの妖怪じみた強靭な意志力そのものにあったように思われた。そうとすれば、そんな屋敷へしたり顔で踏み込んで行った順之介が、とうとう彼女らの目に見えない太縄でがんじがらめに縛り上げられてしまったとしても不思議はない。それを狂気と呼ぶなら呼んでもいい。昔のタッキーならば、きっと「ここは日本じゃない。アメリカよ」とこともなげにいったことだろう。

しかし、その時、私は頭の中をめまぐるしく駈けめぐっているものをとうてい口に出すことはできなかった。

「でも、順ちゃんはタローさんじゃないんだろう。医者に見てもらった方がいいよ」

私にいえたのはそれだけだった。

たぶん、滝乃の頼みというのも、この一言を私にいってもらいたいということ以外にあり得ない、と私は勝手に解釈した。すでにその忠告をした以上、ますます私が町に留っている必要はないのだった。

順之介と肩を並べて暗い夜道をゆっくりとたどりながら、私はれん女の赤い唇と滝乃の瞳の光を脈絡もなく思い浮べては、訳もなく脅えたことを覚えている。

七

夜更けに「メリケン屋敷」を訪れてからおよそ二ヶ月後の五月末のある朝、れん女は死体となって町の小学校のプールに浮んだ。

夢遊病者のようにそのあたりをうろついては滝乃に連れ戻されるれん女の姿は、すでにいく度も町の連中の見かけたところだったそうで、老いた狂女の事故死を疑う者はなかった。滝乃が今度こそ永久に町を去るために、間もなく太平洋を渡って行ったことはいうまでもない。老嬢たちの死で莫大な遺産を受けることになった彼女は、惜し気もなく広大な「メリケン屋敷」を捨て去り、早々に町を出て行ったということだった。

私はそんなすべてを、六月下旬に行なわれた順之介の葬儀の席で聞いた。れん女が死に、滝乃が去ってから僅か数週間後のことだった。

彼はマルカワ米穀店の裏庭の物置で、梁にしっかりと結びつけた一条の縄にみずからを吊し、縊死して果てたのである。

梅雨模様の糠雨が降りそそぐ日で、人々は「メリケン屋敷」への湿り切った呪咀を口々に吐き棄てたが、さすがに順之介とれん女を結びつけて考える者はなかった。どうやら彼の自殺の原因は、滝乃への失恋の痛手らしいというあたりに落ち着いたように見受けられた。

その後、伯母は店をたたんで海岸の老人ホームへ入り、こうして私と父の故郷の町との絆は、共同墓地に立ついく基かの墓標を残すだけとなった。

私が順之介の死の真相を聞いたのは、それからさらに八年後、アメリカの小都市で滝乃と再会した時のことである。

「メリケン屋敷」の崩壊以前と同様、私たちのあいだにはいつの間にか思い出したようにときどき季節の挨拶を取り交す平穏な習慣が復活していたので、アメリカ各地を旅行する機会があったのを幸い、私は思い切って彼女のニュー・メキシコ州の住居を訪ねたのだった。

八年の歳月はいわれのないあの夜の恐怖を洗い流すのにじゅうぶんだったし、私はすでに滝乃を避けずにはいられないほど若くもなかった。当然のことながら、何事もなく流れて行く月日がすべてを単調な日常のからくりに組みこんで行くにつれて、私はむしろ自分と滝乃しか知らない偽りの恋人たちの関係を、彼女と静かに語り合ってみたいと願うようにさえなっていた。

実際に会ってみると、滝乃もまた同じ気持だったらしく、私たちはたんたんと思い出を語り合ったが、その二時間ほどの間に、彼女はたったひとつだけ、私のまだ知らなかった出来事を明してくれた。

れん女は順之介の手にかかって殺されたのだというのだった。恐らく「タローさん」の恋の成就を待ちかねたあげく、深夜ひそかにれん女の寝室に忍び入った順之介は、狂気の甘いささやきに抗しきれず、とうとう「飛びかかって」しまったのであろう。

「人間て不思議ね、気が狂っていても、あんな時には正気に戻るものなのかしら」

と滝乃はさして不思議でもなさそうにいった。

七十歳の血を現実に乱そうとする者のあるのを知覚した瞬間、老婆のあるべき姿を取り戻したれん女は、あの透明な声を張りあげてせいいっぱいの抵抗をこころみようとしたらしい。滝乃が駈けつけた時には、順之介の手に固く口を塞がれたれん女は、すでにぐったりと息絶えていたように見えた。二人の着衣が乱れていたので、彼女はその光景の持つこの上もなくおぞましい意味合いを嫌でも一目で理解しないわけには行かなかった。

錯乱した順之介はいっこう滝乃に気づかない風で、やがてやにわにれん女の屍を抱きあげると、五月の冷たい月光に濡れた戸外へ出て行くのを、滝乃はもの陰から震えながら眺めていたという。彼がなま暖かい屍をプールに投げこもうとしたとき、幼なかった私たちが屋敷から逃げ帰って飛びこんだ夏の日の白雲でも、滝乃とともに語り合った夕刻の真紅の空の色でもなく、その澱んだ水面はいったい何を映していたのであろう。

別れ際に滝乃はさり気なくいった。

「あそこにしかなかったアメリカも、あのひとたちにとってはたった一つのアメリカだったのね。でも、実際にほんもののアメリカで暮していると、あんなアメリカだって、この辺りのどこかにほんとうにあるような気がして来るわ」

そういえば、その時私が訪れた「メリケン屋敷」のタッキーの家は、底なしに澄み切ったニュー・メキシコの大空の下で白ペンキの明るい外観を誇っていたというのに、知ってか知らずか、室内にはやはりあのつんと鼻をつく異臭が染みついていた。そこで彼女はアメリカ女性のルームメイトとたった二人で暮しているということだった。

やがて滝乃が黒猫を飼いはじめ、年老いたら、今度は私が彼女の「タローさん」になるのかも知れなかった。

ストリート・パーティー

「団《マドム》さん。

O市のアメリカ中央部標準時《セントラル・スタンダード・タイム》によれば、あれは午後八時三十分過ぎごろだったと思うけど、あなたがその瞬間まで呼吸していらした東京の時間では、何時何分だったのかしら。

あなたがあたしの団《ダン》ちゃんではなくて、他人行儀によそよそしく乙にすましたマドムさんになってしまったなんて。それも、あたしがジョージと踊りまくっていたあの最中に。

そうだわ。そんな瞬間に、何時何分なんて名前をつけることができるはずはないんだわ。

ダンちゃん。

いったいなぜよりによってその時、あなたはあたしのダンちゃんであることを止めてしまったの。

たぶん、あたしは自分自身に向って、きっぱり断言できると思う。あたしが、今日いちにちじゅう、ずっとダンちゃんのことを考えていたからだわ。ちょうど十一年前の時みたいに、あたしがダンちゃんの運命をはっきり予見してしまったからだわ。ほら、ダンちゃんがあたしをたかが小娘だとたかをくくってついうっかり――。他のひとにはひた隠しに隠していたくせに、あたしの前で、年がいもない本音を吐いてしまったことがあったでしょう。あの時のことよ。ストリート・パーティーの最中に、このあたしがダンちゃんの運命を変えてしまった、とあたしが信じているのがほんとうだったら、ダンちゃんだって、その瞬間に、あたしの運命を変えたんだわ――」

生物学の論文ならいざ知らず、ともすれば胸から溢れ出ようとする思いをありのままに綴ることには、まことに不慣れな雅子だった。

「O市のアメリカ中央部標準時《セントラル・スタンダード・タイム》によれば……」

そこにふたたび眼を当てて、これでは、まるで学術雑誌の脚注だわ、と彼女はぼんやり考えた。僅か数時間前までのあたりの喧噪がまるで嘘のように、O市の夜はいつもの静寂に立ち返り、寝静まった街角に時計の秒針が刻々と時の巨塊を運んで来ては過ぎて行くのが、雅子にははっきりと感じられた。傍らのベッドで規則正しい寝息を立てているジョージを見やって、雅子はしばらくその先を書きつづけられるかどうかを思案したが、どうやら断念する以外になさそうに思われた。

雅子が語りかけようとしていた相手は、しょせん彼女の思念のなか以外には存在しない、まぼろしの団に過ぎなかったかも知れなかった。しかし、雅子の論理によると、今はむしろそうした団に向って、自分のなかにたぎっているものをせいいっぱい吐きかければ、ペン先から感情過多な文章がおのずとほとばしり出てひとつの流れとなり、その日の出来事のすべてを押し流してくれるはずであった。いわば感情の奔流に団を流し去ることによって日頃の自分を取り戻したいという雅子のもくろみを、もし彼女自身のペンがまんまと裏切ったのだったとしたら、それは何という皮肉であろう。

すでに慣れ切っていたはずのO市の夜の静けさが、今夜ばかりはかえって彼女の思考と感情の混乱の前に立ちふさがる厚い壁のように思われて、雅子はいらだった。たとえ雅子にとって「ダンちゃん」が従兄以上の従兄だったにしろ、彼女がただこころのなかで一人の従兄を抹殺したからといって、みずから選び取った何の変哲もない幸せまでも同時に失わなければならないという理窟はない。

かりそめにも科学と呼ばれるものをなりわいとし、博士号を与えられるほどの分別をわきまえた二十七歳の雅子である。そんな彼女が、少くともあのストリート・パーティーのいっとき、しっかりと両手に摑んだと信じた平凡な幸せに目に見えない手をさしのべて来るのは、いったい何ものなのであろう。

考えてみると、雅子のその一日があまりに平凡に明けたことこそ、今彼女から眠りを奪ってしまったそもそもの元兇だったといえるかも知れない。

その朝、ここ数年の彼女の毎日と寸分たがわず、八時十五分前きっかりに迎えに来たジョージと連れ立って、雅子はアパートを出た。緯度の関係で比較的夜明けのおそいこの地方でも、その日のように雲ひとつなく澄み渡った天候の折には、これもまた当り前のように早くから熾烈な太陽が照りつけていて、彼女はこんな日の昼すぎに必ず襲って来る、あの息もつまるかと思われる文字通りの酷暑を思い浮べて、少しうんざりした。

カーテンを下しきった室内からいきなり陽光に満ちた南西部の朝に触れて雅子が目をしばたいたのも、それを見たジョージが白くて広い額に皺を寄せてにっと笑ってみせてから、大学に向って黙々と大幅な歩を運び始めたのも、そこまでは何もかもいつもの通りだった。

雅子がジョージを追って歩き始めたのと、音を立てて閉じられた向いのアパートの扉の前にジョイスの姿を認めたのとはほとんど同時である。

「ハアイ、マサアコオ。ハアイ、ゲオルグ」とジョイスはいった。

このところ、ジョイスのスカートは短くなる一方で、少々太すぎる足をにょっきりとのぞかせてフロント・ポーチに立った姿は、比較的小柄な彼女の体軀にもかかわらず、まさに仁王立ちという表現がぴったりと当てはまる。最近彼女はいっさい化粧を止めてしまっていたので、肩から吊り下げられた緑色の手編みの毛糸のずだ袋には、たぶん体臭消しのスプレイでも入っていたのであろう。一見いかにも粗末な白の木綿地に緋色のチェックを染め上げたワンピースは、雅子と連れ立って買い物に出かけた折、このごろ流行りのヒッピー用品専門店で見つけた、ジョイス自慢の服のひとつだった。

なぜ雅子がその時、この気の置けない隣人をふとうとましく思ったのかはさだかでない。ジョイスの「マサアコオ」「ゲオルグ」といういつもながらの呼びかけが、いかにも不自然で耳ざわりに感じられたのである。他の人々はみな雅子たちを「マコ」「ジョージ」と英語風に呼ぶのに、外国語の素養といえば片言のスペイン語にすぎないジョイスだけが、なぜいつもことさらに違った呼び方をするのだろう。

もちろん、それがジョイスの特別な親愛の情の表現のひとつで、外国人の二人に並のアメリカ人以上に親しみを抱いている自分を強調して見せようとする彼女のこころうちは、雅子にもじゅうぶんわかっていた。だが、わざわざ大声で「マサアコオ」と呼び立てられると、自分がここでは何やらひどく異質なものかも知れないことを、いやでも思い知らされるような気がするではないか。

故国では、反対に、彼女を「マサコ」ではなく「マコ」と呼んだのは団だけだったが、してみると、それも同じように不自然なことだったのだろうか、と雅子は考えた。しかし、そんな団の呼びかけを彼女がかつて不快に感じたことがなかったのは、「ダンちゃん」の眼差しの底によどんでいたあの奇怪な光のせいだったのだろうか。それとも、ジョイスの「マサアコオ」と違って、彼は「マコ」と口にする度に、ほんとうは雅子以外の誰かに語りかけていたのだろうか。

その日雅子が「ダンちゃん」の上に思いを馳せたのは、それが最初だったことは間違いない。

そんな時の常で、ジョイスは女たちに構わず大股に歩み去って行くジョージに軽く一瞥を与えてから、雅子の傍らにつかつかと歩み寄り、いかにも悠揚せまらず彼に向って顎をしゃくってみせると、

「ドイツ人て、なぜあんなに愛想がないのかしらね。もっとも、日本人のマサアコオは愛想がよすぎるから、足して二で割ってちょうどいいカップルっていうわけかな」

その朝の雅子は、ジョイスの内容空疎な何気ない冗談がなぜかぐっと胸につかえた。いわばジョイスが夫のビルと自分の間柄を、誇らし気に雅子とジョージとの関係に引き較べているように思われたのである。あまつさえ、ジョイスはさらにつけ加えていた。

「もっとも、ゲオルグはあたしのアメリカ人の夫より数等ましかも知れないわ。あのひとときたら、偉そうに髭なんか生やしたって、いまごろはまだ白川夜船なんだから。いつもの通り、奥さまの御出勤も知らずに、子供を幼稚園へ送りとどける時間まで惰眠をむさぼろうというわけなのよ」

夫が博士号を取るまで一家の経済を支えている自分自身への矜持がはっきりと読み取れるその言葉を、いつもの雅子ならばもちろん素直に受け止めたことであろう。その朝にかぎって、ジョージと自分をまるで当然のように夫婦扱いにされることに、どうしても耐えられない気がしたのは不思議である。

異国に放り出された外国人同士が何となく近寄っているうちに、いつの間にか雅子がジョージの保護者めいた好意を、まるで水道の蛇口をひねれば水が迸《ほとばし》り出て来るように、ごく自然なものとして期待するようになっていたことは隠れもない事実である。そうした曖昧な関係がすでに数年続いている以上、二人の間柄がいわば決定的《ステディ》なものとして人々の口の端に上っていることは雅子も知らないわけではない。まして、ジョイスにとっては、雅子のアパートの台所道具やスタンドの傘を黙々と修繕しているジョージの姿は、すでに見慣れた光景にすぎなかった。

ジョイスの冗談に一瞬の憤りを覚えたのは、まだありきたりの愛の言葉ひとつささやかれたことのない二人の関係を、せめてジョイスにだけは誤解してもらいたくなかったからだ、と雅子はうらみがましく考えた。実はその時の彼女の小さな怒りのなかに、雅子にとって「ダンちゃん」の意味するもろもろのことがらが含まれていたことを覚ったのは、その日の夜も更けてからである。

ジョージを追って、雅子とジョイスは小走りに歩き始めた。少しがに股ぎみの足の動きにつれて、両手を大きく振って歩くのがジョイスの特徴だった。ひどく短い木綿のワンピースから突き出ているいささか太すぎる手足は、彼女の整った顔立ちとはひどく不似合いで、肩に掛けたハンドバッグがわりのずだ袋がずり落ちそうになる度に、ときどき左肩をひょいと上げる様子は、いわば古典的な操り人形の動作そのものであったといってよい。

「マサアコオ、あなた、今夜のストリート・パーティーのこと聞いた。この辺りではちょっとしたニュースでしょう。この通りの一一〇〇番地から一一一〇番地の間の区画《ブロック》であるんだそうよ」

ジョイスは少し息を切らせながらいった。

毎朝のことながら、ジョージはわざわざアパートまで迎えに来た以上、もはや自分の義務はすっかり果し終えたといった風情で、長い足をさっさと運んで行ってしまった。立ち止ってジョイスを待ったばかりに、彼との距離がますます拡がってしまうのではないかとそれが気がかりで、雅子は半ばうわの空だったが、ふとはじめて耳にする言葉を聞きとがめて、

「何パーティーですって」

「あら、ストリート・パーティーを知らないの」

さも意外そうな口ぶりとはうらはらに、ジョイスは彼女の「マヽサヽアヽコヽオ」にひとつの新知識を与えることができる得意と喜びを、正直に満面に表して、

「あなたが知らないのも無理はないわね。あたしの夫だって知らなかったんだから。なにしろ、ビルは南西部の出身でしょう。ストリート・パーティーっていうのは、ブロック・パーティーと呼ぶこともあるけど、例えばニューヨークなんかでは、あたしたちヒッピーの仲間が……」

互いに忙しく歩を進めながら、ジョイスの長広舌が続いた。それに耳を傾けていると、雅子はふたたび自分の胸にジョイスへの反感が薄氷のように拡がって行くのを覚えた。彼女のいつもの癖に過ぎないといってしまえばその通りだが、現にビルと結婚して、彼の生れ故郷にすんでいる

のに、なぜジョイスは好んでこの土地を軽んずるような言辞を弄さなければならないのだろう。
それに、いったいいつの間に、ジョイスはヒッピーになったというのであろう。はじめて雅子と知り合った頃と較べれば、今の彼女のたいそうな変りようは嘘ではない。なにしろ、あの頃のジョイスは、いつも栗色の髪を小ぎれいにセットし、骨太な手足ができるだけ人目に立たないような軍服めいた仕立てのスーツに身を包み、靴は必ずハンドバッグと同じ色と決っていたのだから。だが、この数年間にジョイスに起った変化が嘘いつわりでないとしても、それはしょせん一時の服飾上の流行か、さもなければ、彼女たちが今もっと大きな風俗の変り目にさしかかっているというだけなのではないだろうか。夫が学位を取った後の安定した生活を目指して、毎朝はやばやと勤めに出かけるヒッピーなんてあるだろうか。

大学のキャンパスまで二十分足らずの道のりを、ジョイスはひとりで喋りまくった。キャンパスにさしかかる辺りでようやくジョージに追いついた女たちが息をはずませているのに気づいて、さすがの彼も一瞬立ち止ると、さも気の毒そうな眼差しで彼女たちを見下したが、とりわけ弁解めいた詫び言ひとつ口にしなかったところは、確かにジョイスのさっきの評言が当っていないこともない。なにしろ、教育学部《エジュケイション》の事務員であるジョイスがそこから反対の方向へ行かなくてはならないので、彼女に軽く肯いて挨拶ともいえない挨拶を送ったのが、その朝の彼の最初の意思表示だったのだから。そうして置いて、今度は雅子自身不可解なその朝のことさらなジョイスへの反感をまるで透視でもしたかのように、ジョージは雅子に向って肩をすぼめて見せたものである。

いつものように、二人は実験科学総合研究棟《エキスペリメンタル・サイエンス・ビルディング》の二階で別れた。ジョージはその階の研究室で巨大な水槽の水を撹拌して、衛生工《シヴィル・エンジニアリング》学の実験を続けるために。そして、雅子は同じ建物の六階にある生物学部《バイオロジイ》の電子顕微鏡で、終日小動物の染色体を見つめるために。

「じゃあ《オーケイ》、マコ、またあとで《アイル・シー・ユー》」

とジョージはいった。

せっかく三基も備っているエレベーターを使わずに、雅子が六階までゆっくりと階段を登って行ったのもいつもの通りだった。まだ定刻までじゅうぶんすぎるほどの時間があったからだけではない。ドイツ女やアメリカ女のように不必要に太りすぎないためには、運動代りに階段を上り下りするに限るという半ば冗談めかしたジョージの忠告に従って、少くとも朝の出勤の時だけは階段を歩いて登るのが、雅子のすでに身についた習慣になっていたのである。

雅子の脳裡にその日二度目に「ダンちゃん」がおのずから浮び上ったのは、たぶん五階からほとんど六階に近づいた時だったような気がする。後になって考えると、一歩、一歩コンクリートの階段を踏みしめながら、その朝ジョージが口にした唯一の言葉を思うともなくこころのなかで反芻しているうちに、なぜかその朝にかぎって、「じゃあ、マコ、またあとで」といういたいそうありふれたジョージの一時の別れの挨拶が、雅子に団を思い出させたとしか説明のしようがない。ここと違って、日本では雅子を「マコ」と呼んだのは団だけだったが、そういえば、「ダンちゃん」もいつも別れ際にそんな風に彼女に呼びかけなかっただろうか。

もちろん、そうした日常ありきたりの挨拶の言葉はしょせん深く印象に止まるべくもなく、団がそんな時どのように彼女に呼びかけたか、雅子の記憶がさだかであったはずはなかった。しかし、いざそう考え始めると、あたかも山間の薄靄が一陣の風でたちまち晴れ渡って行くように、雅子のこころの目に、突然ジョージと二重映しになった「ダンちゃん」の姿がありありと浮び上り、雅子はあたかも雷に打たれたようになって、彼女の肉体は指先の一本、一本に至るまで、その日常の行動の習慣を奪われてしまったのである。

気がつくと、雅子はたった今登って来たばかりのエキスペリメンタル・サイエンス・ビルディングの長い、長いコンクリートの階段を転がるように駆け下りていた。

二階の研究室の隅にかがみこんで、ジョージは何やら実験用の機械の手入れに取りかかっていた。

「ねえ、今夜のストリート・パーティーのこと聞いた?」

肩で大きく息をしながら、雅子はいきなり大声でいった。

もちろん、彼女はそんなことをいいに来たのではなかった。雅子は、あっけに取られているジョージの青い眼にじっと見入った。

天も裂けよとばかりに響き渡る電気楽器の不協和音が、夕刻の南西部の熱気と混り合い、冷房装置の働きを無視して、あらゆる隙き間という隙き間から雅子のアパートに忍び込み始めてから、どれほどの時が過ぎたであろう。ジョイスのいわゆる「あたしたちヒッピー」のストリート・パーティーはすでに始まっている様子だったが、雅子の気持はいっこうに浮き立たなかった。

それはわれながらまったく奇妙な感情だった。いったいなぜその日に限って、雅子のこころはジョージの中に団の俤を探し求めるような動きをしたのであろう。終日電子顕微鏡を覗きながら、雅子は絶えずその問いを自分に向って繰り返していたし、アパートへ帰って夕食をすませてからも、ひとりぼんやりとソファにもたれたまま、彼女の思考はいっこうにその先へ進もうとしなかった。

だいたい、あのふたりにどのような共通点があるというのであろう。まわりから少々変人扱いされていることを除けば、少くとも彼らの外見は何ひとつ似かよったところはないといってよい。ジョージが雲つくばかりの大男で――彼が日本へ行ったら、座敷へ入ろうとする度に鴨居に額を打ちつけて、照れかくしにあの無愛想な顔を歪めてにやりとするに違いない――多少無骨な造りの鼻は別として、金髪に白い皮膚という絵に描いたようなアーリア人種の容貌の持ち主ならば、一方、「ダンちゃん」のからだつきといえば、太りじし気味の中肉中背で、それに加えて酒焼けのした浅黒い顔という、どこから見ても金廻りのいい中年の日本の紳士以外の何ものでもなかったのだから。

少くとも、はじめて従兄の「団さん《マドム》」にめぐり合った十七歳の雅子の第一印象は、中規模ながら工作機械部品の業界で確固とした地位を占めている長沼工業の二代目若社長として辣腕を振いながら、夜ごと接待と称して、アメリカ帰りの彼にはおよそ不似合いな長唄や酒宴にうつつをぬかしているという、彼女の母や姉の噂通りの人物だった。

従兄に「めぐり合う」というのはいかにも奇妙だが、それは文字通り雅子の心情を示す言葉であった。戦時中に父親を亡くして以来、雅子は父方の親類とはすっかり疎遠になっていたうえに、団の方は数年間の留学に続いたアメリカ勤務で長いあいだ日本を留守にしていたからである。従って、もし彼女の姉が勤め先の銀座の靴店で偶然に団を見かけなければ、雅子と彼女の「ダンちゃん」は永久に無縁の間柄だったことは間違いない。

あの時、十七歳の雅子は、東京の真中にありながら、部屋に囲炉裡のしつらえられた奇妙な田舎風の店の六畳間で、ちろちろと燃える炭火を距てて、団の前にかしこまって座っていた。かすりのお仕着せを身につけた若い女に酌をさせながら、ひどく鷹揚な手つきで杯を口に運んでいる彼の様子には、母たちの口の端に上る必ずしも理想的とはいえない「マドムさん」の噂を、いちいち肯かせるものがあるように思われた。

それは初対面の従妹を呼び出すにはいかにも不似合いな場所だったが、当の「マドムさん」は雅子の思惑などさらさら眼中にないようで、型通りに家族の安否を訊ねてからは、もっぱら黙って杯を重ねるばかりだった。彼がいかにも日本の実業家らしい口調で――というのは、その時の雅子のいかにも幼い感慨で、実は、一語、一語のあいだにいらだたしいほど長い間合いを置きながら、その後彼女が何度もつき合わされることになったあの重い、重い口調で――語り始めたのは、団の沈黙が雅子をほとんどその場にいたたまれないような気分に追いやった頃である。

雅子の秀才ぶりを見込んで、自分が彼女の大学の学費一切の面倒を見るつもりだが、互いにいとこ同士なのだから、雅子も彼女の母親もこれを貸借関係と考える必要はない、と彼はいった。要するに、すでに雅子が母から聞かされていた彼の寛大な申し出を、団はあらためて雅子本人に告げる儀式を取り行なったのだった。

雅子の記憶には僅かに色あせた写真姿しか残っていない父親の死後、ひどく逼迫していた彼女の家の経済では、このはなはだ寛大な助力がなければ、大学進学はおろか、ましてアメリカの大学の学位を取ることなど夢想さえすることができなかったはずである。しかし、正直にいえば、雅子は「マドムさん」の言葉をろくろく聞いてもいなかった。その時の彼女の放心状態を説明するには、このような場所にはじめて足を踏み入れた十七歳の少女の戸惑いをもってするのが常識であろう。さもなければ、本来なら畳に頭をこすりつけて謝意を表すべきなのに、少くともこの裕福な従兄にすり寄るようにして絶えず彼の杯を満している女の前では、みじめな自分の姿をあらわにするまいという、一人相撲めいた秀才女子高校生の矜持に帰すべきかも知れない。

しかし、その時もっぱら彼女の頭脳を占めていたのがまったく別のことがらだったことを、まるでそれ自体超自然的な出来事だったとでもいうように、雅子ははっきりと記憶している。彼女がひたすら考えに耽っていたのは、この二十歳も年上の従兄に対する呼びかけのすべてについてだったのである。自分の大切なスポンサーに向って、母や姉のように「マドムさん」と呼ぶのは気安すぎるような気もする一方、実の従兄を「長沼さん」と姓で呼びかけるのはいかにも不自然に思われ、かといって、「社長さん」では雅子もかすりの女と同じになってしまう。

考えてみると、雅子はたいそう無益な瑣末事にこだわって、愚かにも世間並みの挨拶ひとつできないでいたその時の自分の未熟さを認めないわけには行かない。だが、超自然的といえば、それまで悟り切った仏僧のように勝手きわまる無愛想な訥弁で語を継ぎながら、目の前の雅子の存在にはいっこうに無頓着だったとしか思えなかった団に、いきなり自分の心中に往き来していたものを鋭く見とがめられた時、彼女は文字通り不思議な出来事に遭遇した者だけが味う驚きを経験したものである。

突然、何の脈絡もなく、団はじっと雅子の目に見入ると、

「僕のことなら……『ダン』でけっこう。いや、ここは日本だから……『ダンちゃん』かなあ。うん、それがいい。そうなると、君は……さしあたり……『マコ』というところだな」

といったのである。

それから、彼はしばらく声を立てて笑った。

しかし、雅子がこの曖昧模糊とした従兄の正体を多少ともかい間見たような気がして、彼にはっきりと魅せられた自分を意識したのは、度肝を抜かれていた彼女からつと眼をそらした団が、先刻までの雅子自身の思惑にも増して、いっそう無益な言葉をつぶやいたからに他ならない。

「ダアン――ダアン――ダアン」

一語、一語を口中にこもらせるそれまでの重い語調とは打って変って、小声ながら、今となればそれとはっきりわかる、あの猫が締め殺される時の声のようなアメリカ人特有の「ア」の発音を、明瞭に「ダ」と「ン」の間に挟んで、恐らくかつてアメリカ時代にそう呼ばれたであろうみずからの名を、団は三度口にした。

そのほんの一瞬、彼の目が大都会の真中の人工の囲炉裡の炎に向って虚ろに開かれていたことを、雅子は冷静に見極めたように思う。もちろん、彼は雅子にでも、傍らにはべっていたかすりのお仕着せの女にでもなく、明らかに彼自身に向って「ダアン」と呼びかけたのである。

いうまでもなく、あの時の雅子には「ダンちゃん」の何をかい間見たのか正確にいい当てるすべのあるはずもなく、実は、今日電子顕微鏡を覗きながら終日考えつづけていたのも、そのことに他ならなかったといってもよい。たぶん彼は雅子を小娘だとたかをくくって、一瞬気を許したというのが真相に近いであろう。少くとも雅子の家族の間では、団は長いアメリカ生活にもかかわらず、日頃決して他人にバタ臭いそぶりを見せない、アメリカ一辺倒だった時代に珍しい人物として語りつがれていた。それにも増して、眼の前の団は、アメリカかぶれどころか、なにしろ、囲炉裡に火が燃えているようなへんてこな飲み屋に十七歳の少女を呼びつけておきながら、得体の知れない女にお酌をさせて平然と楽しんでいられるほど、すでに押しも押されもせぬ日本男児だったのである。

母や姉の噂とは違って、彼にもまだそんなキザなところが残っていたのか、とひたすらおかしくて仕方がなかったことが、その時の自分のただひとつの直接の反応だったことを雅子は思い出す。今から考えると、雅子は「ダンちゃん」がその押し出しの立派な日本紳士面の下にひた隠しに隠していた、何やら軽薄めいた正体を偶然に盗み見てしまったような気がして、そうした自分にすっかり満足しきっていたような気がする。少くとも、その瞬間を境に、彼がいくら寛大な社長さんぶってみても、彼は雅子のスポンサーでもなく、単なる二十違いの従兄でもなく、確かに「マコ」の「ダンちゃん」になったのである。

ジョイスがけたたましくアパートの扉をノックした時、時計は六時半を少し廻っていた。扉を開くと、外の熱気と混り合った電気楽器の噪音がまともに顔に襲いかかり、雅子は思わずたじたじとなった。

「何を浮かない顔しているのよ。今日はフリー・フライディ。さあ、パーティーへ出かけましょう」

とジョイスは歌うような口調でにぎやかにいった。

彼女の後ろに立っていたビルが髭だらけの土竜のような顔をもぐもぐと動かして、

「今そこでジョージに会ったんだけどね。食料品店《グロサリー》へビールを買いに行って来るから、マコには僕たちと先にパーティーへ行っていてくれるようにといっていたよ」

雅子はジョイスたちと連れ立って、夕闇のせまりつつある外に出た。彼女のアパートから僅か数区画《ブロック》しか離れていない道路いっぱいに、数十人の男女がたむろして、もぞもぞとうごめいていた。

暮れかかった空いっぱいにその日最後の光彩を力のかぎり振り撒いている南西部の太陽の下では、青白い街灯の光がいかにも頼りな気で、覆いかぶさった街路樹の大木の影の中で踊ったりたたずんだりしている人々の姿は、なにやら影絵の昆虫の群れを思わせた。早いテンポの音楽にもかかわらず、踊っている男女の手足は、それぞれゆったりと自分の好みの単調な動作を不統一に繰り返しているようで、とうていきらびやかな野外舞踏会というわけには行かず、まして音楽に合わせて一糸みだれぬ決ったステップを踏むというにはほど遠い。

近づいてみると、それは確かにジョイスのいわゆる「あたしたちヒッピー」たちの群れだった。なるほどそこにつどった男女の風態は見るからにいろとりどりで、雅子のようなショート・パンツ姿はもちろん、ミニも、このごろ流行し始めたマクシもちらほらと見受けられ、ひげもじゃも長髪もいれば、短いジーンズのショート・パンツに上半身肌着一枚の男たちも、暑さの中でわざわざメキシコの毛織りのポンチョを羽織った女たちもいた。

しかし、そのさまざまな衣装がほとんどすべて清潔に洗いさらされてあることに、雅子はたちまち目を止めた。ちょうどジョイスのように、彼らの多くは無作法なヒッピー風俗にいっときの安らぎを見出してはいるものの、毎朝勤めや学校に出かける前にモーニング・シャワーで身体を洗う習慣を決して欠かすことのない、ごくあたり前のアメリカ人たちのように見受けられた。

もっとも、今やパーティーはすでにたけなわで、誰もかれも汗ばんでいたので、大気にただよう甘酸っぱい汗の匂いは、彼らの清潔な衣服から浸み出る洗剤の香りのために、かえっていや増すように思われた。ジョイスたちは雅子に生ぬるいビールを一本手渡すと、さっそく踊りに立って行ってしまったので、彼女は一人歩道の縁石に腰を下ろして、まわりを右往左往する男女の群れに目を当てた。

そこ独特の雰囲気は、雅子がそれまでに見聞きした上品《ディセント》な世界とも通じ合うようでありながら、確かにそうした抑制のすべてを忘れさせてしまう一種の魔力を孕んでいたといってよい。なにしろ、そこでは、天を引き裂く音楽が鳴り響いていても、踊りたくなければ踊る必要はさらさらない。相手とただしっかりと抱擁し合っているだけでも、いつものジョージのように、ただ無愛想につっ立っているだけでも構わない。だいたいそこでは、教授の家のパーティーと違って、互いに会話を楽しむには、スピーカーから轟き渡る音楽の音量がいかにも高きにすぎた。たぶん、その場に居る最低の条件は、いつもならばとうに静まり返っているO市の住宅街ではいささか常軌を逸しているこの無軌道な行事に対して、ただ積極的な敵意を抱いていないという点だけだったのではなかろうか。

さも肩身がせまそうに片隅にかたまってうずくまっているほんのひとつまみのほんもののヒッピーたちは、現実に人生から「降りて」しまった人々特有のいかにもけだるげで無気力な感じで、すぐそれと知れた。こうやって「あたしたちヒッピー」の間に入ると、彼らのうす汚れた顔色と貧弱な体格が、なぜかひときわ目立つのである。

だが、すでに人々はそれぞれ好き勝手なやり方でこのストリート・パーティーの共通の雰囲気にどっぷりと浸っていて、その場の汗くさい大気の中には、雅子やジョージのような異質な者たちさえ大手を拡げて迎え入れられるのではないかと思わせるほど、いわば無関心な寛容ともいうべきものがいちめんにただよっていたことは否定できない。なにしろそこは公道の真中なので、ときどき自動車が通りかかったが、まるでお互いに暗黙の了解でもあるかのように、その度に道路に群がっている人々は黙って左右に道を開き、自動車はヘッド・ライトを下げて、這うような低速で注意深く通り抜けて行くという風で、これではトラブルひとつ起りようはずがなかった。

もちろん、ベージュ色の車体の上に赤ランプを点滅させながら警察車《ポリース・カー》がやって来た時には、さすがに一瞬のどよめきが起って、電気楽器の音もこころなし低くなったように思われたが、警察車のスピーカーがそれを上まわる割れるような音量で、

「静かに、静かに」

といったので、みんないっせいに笑い出してしまう始末だった。苦笑を浮べた警官たちが、徐行している車の窓に向ってさし伸べられた無数の手といちいち握手を交してから立ち去ってしまうと、いわばこれで公認のものとなったストリート・パーティーはますます浮かれ立って行く気配であった。

雅子はときどきビンからビールを口に含みながらジョージの姿を探し求めたが、食料品店へ行

ったはずの彼が戻って来る様子はいっこうに見えなかった。

彼女は頭上に生い繁った街路樹の大枝の間をすかし見るようにして、すでにとっぷりと暮れ切った空を仰いだ。枝々は街灯の光に照し出されて黒々とした影を天空に投げ上げているのに、O市の果しなく広い夜空には星屑ひとつ見えなかった。その時雅子が、今にもこの漆黒の闇が巨大な塊となって降りそそぎ、街灯という街灯を打ち砕いて、そこに群れ集った人々をすっぽりと包みこんでしまうのではないかという予感におののいたのは、いったい何故だったのであろう。

彼女にそうした一瞬の不吉な予感を抱かせたものが、もし周囲の喧噪をきわめたパーティーと南西部の大自然の夜の静謐とのあまりにきわ立った対照そのものであったとすれば、見方によっては、ひとりジョージの帰りを待っている間に、すでに雅子はその場の雰囲気にすっかり同化していたのだということもできる。

浮かれ出したわけでもなく、ジョイスたちが置いて行ったたった一本のビールで酔っぱらってしまったわけでもない。彼女はまだ歩道の縁石にじっと腰を下したままだったが、下腹を揺さぶるようにして全身を突き抜けて行くロック・ミュージックの大音響に身を委ねていると、なぜか胸の底が奇妙に澄み渡って行くのが感じられ、雅子はふたたび自分ひとりの思念の中に没入して行った。

考えれば考えるほどおかしかった。その日いちにち、これほど団のことばかり考えつづけていたのに、雅子がはっきりと断言できたことといえば、彼女自身、「ダンちゃん」について何ひとつ知らないということだったのだから。前の戦争が始って間もなく――雅子はまだ生れてもいなかった――団はアメリカの高校生活を中途で切り上げて交換船で帰国すると、一年あまりでたちまち兵隊に取られてしまい、軍隊ではアメリカ帰りがたたって、ずいぶんひどい目に合ったらしいこと。復員してからは、父親のお金にあかしてそうとう自堕落な生活を送り、一度などは、たしか長唄の師匠か何かと心中行を計ったことさえあるらしいこと。それからどうにか立ち直ると、昔のつてを頼って、当時はまだ珍しかった留学生として、どこかのアメリカの大学を卒業し、そのまま父親が死ぬまで何年間か、長沼工業の関連会社の在米出先機関で働いていたこと。恐らく団の生涯のもっとも重要な出来事だったに相違ないこうしたことがらも、実は雅子の母親がどこからか漏れ聞いて来た噂にすぎなかった。

雅子にとって、「ダンちゃん」は常にはなはだ寛大なスポンサーだったこと以外、何ひとつ直接に聞き知ったことはない。従兄だというのに、彼女は団の家庭生活すら知らなかった。彼が子供たちの噂話ひとつ口にしないので、いつか雅子は一度お宅へ遊びに行ってもいいかと訊ねてみたことがあったが、すると、いつものように長く、重い沈黙があってから、やがて団は、

「そりゃあ、不可能だな。僕は夜中しか家にいないから」

とぽつりといった。

じっさい、アメリカ行きの奨学金を受けられることが本決りになって、雅子が母と連れだって

ただ一度団の自宅へ挨拶に出向いた時も、日曜日だというのに「ダンちゃん」は留守で、彼女たちを招じ入れた美しい夫人は、彼が雅子の学費を負担していたことさえ聞かされていない様子だったので、彼女たちは早々に引き上げる以外なすすべがなかった。

大袈裟にいえば、長いあいだ「ダンちゃん」は雅子にとってひとつの神秘だった。彼女が大学に学んでいた四年間、半年ごとにその時期になると、つまり、新学期が始って学費を納入しなければならない頃になるたびに、団は欠かさず電話をかけて来て、雅子をあのかすりのお仕着せを着た女のいる飲み屋——高級割ぽう店というべきかも知れない——へ呼び出すことを忘れなかった。彼女の前に山の幸、海の幸の皿を沢山並べさせて置いて、団はいつも静かに杯を口へ運んだ。ときどき手を打って女を呼び、新しいお銚子を誂えたり、お酌をさせたりしている様子は、どこから見てもいっぱしの旦那ぶりだった。そうして二時間ばかりたっての別れしなに、まるで忘れ物でも思い出したかのように、何気なくそっと雅子に封筒を手渡すのが団のやり方だった。そんな時、雅子は金銭の援助を受けること自体でなく、「ダンちゃん」の金銭の与え方にこめられた思いやりのようなものがひしひしと身にこたえたものである。

かすりのお仕着せの女が傍らにはべっていない時は、雅子はご馳走を少しずつ口へ運びながら、学校のこと、友達のこと、その他さまざまな他愛もない話題をひとりで喋りまくっていたような気がする。団はいつも茫洋とした微笑を浮べて肯くばかりで、ほとんど口を開こうとしなかったが、雅子は囲炉裡に燃える炭火越しに、ときどき「ダンちゃん」に視線を走らせることを忘れなかった。正直にいえば、いつの間にか、彼女はそんな時ふと炭火の小さな赤い炎に向けられる「ダンちゃん」の目の虜になっていたのである。

それはまさしく雅子との最初の「めぐり合い」の日、みずから向って三たび「ダアン」とつぶやくように呼びかけた団のあの同じ眼差しで、日頃の自信にあふれた大人ぶりとはあまりにうらはらな、たいそう深くかなしい色を宿していた。

膝をかかえて座ったまま、雅子はどれほどの時間を自分ひとりの思いに耽って費したのであろう。口元へ持って行った盃を一気にあける団の素振りを思わず真似て、雅子はビールびんを口に当てると、勢よく傾けてみた。不幸にしてそれにはすでに一滴の液体も残っていなかったが、その時何者かの腕が伸びて、冷え切った新しいビールびんをそっと彼女の手に握らせてくれた。

いつの間にかジョージが傍らに座っていて、足許には六本入りのビールのカートンが四つきちんと並べて置いてあった。ジョージは彼女の顔を覗きこむようにして何ごとか口にしたが、彼の声は音楽にかき消されて雅子の耳にはとどかなかった。

ジョージが帰って来たことにさえ気づかないほど、彼女のこころはこの大男のドイツ人と何の関係もない団の俤を遠く追い求めていたわけで、いつもの雅子ならば、ここは当然ジョージに対してひとこと謝罪の言葉を述べるべきところである。しかし、不思議なことに、その晩の雅子には、「ダンちゃん」の思い出が、今この瞬間の彼女自身とはもちろん、彼女に何ごとか語りかけているジョージとも、どこかで固く結びついているように思われてならなかった。

雅子がジョージの肩に頭をもたせかけると、彼は右手に持っていたビールびんを左手に持ち代えた。その大きな右手で包みこむようにして雅子の肩を抱くためである。それから音楽の拍子に合わせて両膝をかたかたと動かし始めたジョージは、音楽にかき消された言葉を繰り返すでもなく、もちろん彼女の非礼を咎め立てしようともせず、かといって、彼女を踊りに誘い出すわけでもなかった。日頃の雅子に似合わず、いかにもこころここにあらずといった有様でぼんやりと思いに沈んでいた彼女を、いわば遠くからじっと眺めながら静かに愛しむかのようなジョージの態度には、なにか団を思わせるようなものがあることに気づいて、雅子ははっとした。

それにしても、この夜の町の一角を揺がしながら轟き渡る電気楽器の騒音の中で、彼の沈黙の重さがひときわ重く感じられたのは何故だったのであろう。この不思議な寡黙さこそ、もしかすると雅子のなかでジョージと団とを結びつけるものの正体かも知れない、と彼女は考えた。

何の前触れもなく、音楽がはたと止んだ。

踊っていた人々は棒立ちになって、しばらくがやがやとざわめいていたが、やがて諦めたように、三々五々コンクリートの地べたに腰を下ろし始めた。彼らの頭越しに、長髪の楽士たちがビールびん片手に伸びをしたり、額に吹き出る汗を手の甲でぬぐいながら、うろうろと歩き廻ったりしている姿が見えた。

「音楽家たちもビールをいっぱい。いいじゃないか。暑い晩だからなあ」

とジョージがいった。

それはまぎれもなく常々聞きなれたジョージの声だったが、雅子はその時、彼の何気ない言葉のあまりにも単調な口調を耳にして、ふたたびはっとした。冷たさでも、無関心でもなく、まがうかたなくこの無礼講のストリート・パーティーを楽んでいる者の口調なのに、その単調さには、まるで人間の感情という感情がことごとく抜け落ちてしまったかのような、奇妙に虚ろな響きがふくまれていることに、雅子はあらためて気づいたのである。


そういえば、ただ一度だけ、雅子は団の口から直接に彼自身について語る短い言葉を聞かされたことがある。

あれは確か彼女がそろそろ大学を卒業する頃のことだったが、何かの都合で約束より三十分ほど早く例の店に着いてしまって、いつもの囲炉裡の部屋へ通されてみると、予想に反して、そこにはすでに団の姿があった。若い社員を一人そばにはべらせて、彼は何やら真剣な面持ちで外人客と議論していた。

思いがけず商談の最中に割りこんだかっこうになってしまったその半時間のあいだ、彼女は文字通り身の置きどころのない気持で、片隅に小さくなっているしかなかったが、あの時の「ダンちゃん」には、いつもの寡黙な日本紳士の俤がまったく感じられないのが、たいそう異様に思われたことを雅子は思い出さないわけには行かない。

工作機械に関する聞きなれない単語がひんぱんに出て来た彼らの議論は英語で交されていたので、彼女がすべてを理解できたわけではないことはもちろんである。だが、相手が五分喋れば間髪をいれずにこちらも五分喋り返すという風で、対等に相手と外国語で渡り合っているばかりか、次第に相手を理詰めで追いつめて行くあの「ダンちゃん」の印象が、単に当時の未熟な雅子の錯覚ではなかったことは疑いをさしはさむべくもない。堂々と自信に満ちた押し出しは常日頃と変るはずがなかったが、日本語を語る時はいらだたしいほど口の重い同じ人物が、外国語ではこれほど雄弁な議論を展開し得るという事実そのものに、雅子のこころは強く打たれたのである。客人が立ち去り、いつものように囲炉裡を挟んで団と二人だけで取り残されると、雅子は矢も楯もたまらず自分の疑問を率直に口にして、彼に説明を求めた。

だが、何の苦もなくたちまち日頃通りの「ダンちゃん」に立ち返った団の変貌ぶりこそ、むしろ驚嘆に値したというべきであろう。ぼそぼそとあのとぎれがちな太い声の日本語で、それでも彼は雅子の問いに答えてくれたが、その時の彼女には団の言葉が意味していたものをほんとうに理解することはできなかった。

要するに団は、昔はたいそうなお喋りだった自分が、喋るまいとこころがけているうちに、いつの間にか実際に喋ることができなくなっていた、と珍妙きわまりない告白をしたのである。だが、その告白は、ふだん使う機会がない英語については――会社には英語を喋りたくて仕方がない若い者が大勢いるので、外人の相手はふつう彼らに委せることにしている、と彼はいった――

事情はまったく別なのだという、ほとんど雅子の理解を超える注釈つきだった。いったん喋り出すと、英語を覚え立てだった若い頃の自分の得意が甦って、つい際限もなく議論を闘わせてしまうなどという夢のような団の説明を、当時の雅子でなくとも、素直に納得し得る者がいたとは思えない。

団がつけ加えて、

「だから……日本では……僕は……他人《ひと》から見るとなにがなんだか……わけのわからん男なんだな。他人の喋るのを聞きながら……ぜんぜん関係のないことを考えているんだから……まあ……無理もないがね」

といったので、雅子は憤然として、

「それじゃ、今もダンちゃんは、あたしと関係のないことを考えていらっしゃるの」

といい返してやったものである。

ほんとうに暑い晩だった。

雅子のようにじっと座りこんでいるだけでも、ビールの匂いのする汗の粒が絶え間なくにじみ出て来るほどだったから、今まで踊りまくっていた人々はといえば、シャツも長髪もべったりと肌に張りついているような始末だった。

噪がしい音楽が鳴り止んでみると、ストリート・パーティーの熱気はかえってあたり一面にむせかえり、かりそめの無秩序と陶酔とを煽り立てるように思われた。いつの間にか吹き始めた南西部の夜の重い風が街路樹の巨大な枝々をゆるがせて過ぎて行くにつれて、梢の間に積りきった昼の間の暑気を、一気に払い落すかのようであった。しっかりと腕を組み合ったジョイスとビルが雅子たちの前に立ちはだかったのは、音楽が休止に入ってから間もなくのことである。

「ハアイ、マサアコオ。ハアイ、ゲオルグ」

とジョイスは例によっていった。

「どう、こんなパーティーは日本やドイツにはないでしょう」

ビルが髭だらけの口を、これもまた例によってもぐもぐと動かして、

「ビールを借りて置くよ」

というと、足許のカートンから勝手に二本のビールをつまみ上げ、その一本をジョイスに手渡した。二人は天を仰いでさもうまそうにびんからひと飲みして見せてから、まだいかにも踊り足りないといった様子で、すでに鳴り止んだロックのリズムを口三味線で繰り返しながら、ビールびんを片手にひょこひょこと手足を動かしつづけた。

ジョイスの言葉は当っているようでもあり、当っていないようでもあった。ジョイスのいわゆる「あたしたちヒッピー」のストリート・パーティーが、たかだか音楽と踊りと酒の上の無作法にすぎないならば、そんなものは日本にだってあるはずだ、と雅子は考えた。しかし、もしこれが日本ならば、ジョージは先刻彼女をはっとさせたあのあらゆる感情を抜き去った無感動な楽し

み方が許されるであろうか。

ジョイス夫婦の足の間から、見るともなく、さまざまな人々の姿態が目に映った。一パイント入りのビールの大びんをラッパ飲みしながら、路上に座りこんだ人々の間をぬってふらふらと歩きまわる男もいれば、地面にながながと身を横たえている黒人の女や、お互いの汗に湿りきった柔かな金髪を皮膚からはがし取ろうともしないで、まるで死に絶えた蛙のようにじっと抱き合ったまま動かない白人の男女もいた。

座は乱れに乱れ、みんなに酔いが廻っていた。しかし、それがまったくの無秩序な乱脈とも明らかに違っていたことに気づかなかったほど、雅子は日頃の理性を失っていたわけではない。道幅こそ四台の自動車が並んで通れるほどあったが、長さは僅か百五十フィード足らずの限られた路上に酔っぱらった大勢の男女がぎっしりとひしめき合っていながら、誰に命令されたわけでもないのに、一一〇〇番地から一一一〇番地までの一ブロックからやたらに溢れ出ようとする様子もない。底ぬけの気安さと虚飾をまったく取り去った無礼講ぶりが、ひとを陶酔に誘って止まないのは嘘ではない。だが、だいいち、他人同士を距てる目に見えない壁は、良くも悪くも、その場でさえ必ずしも取り払われてはいなかったように思われた。見ず知らずの他人と目が合えば互いに微笑を交しはするものの、それはこうした場合の一種の挨拶以上のものではなく、互いに以前からの知人以外にはめったに近づいて行こうとしないところなど、教授の家のパーティーとさほど違ってはいないといえないこともなかった。

黒人のカップルがなにやら金切り声で叫び合いながら、蛇のように柔らかな腰をくねらせて彼ら独特のステップを踏みつづけていようと、「あたしたちヒッピー」はことさらに好奇の目差しをそそごうとするでもない。地面にべったりと寝そべっていても、ジョイスたちのように口三味線で踊りつづけていても、そこでは蹴とばされも押しのけられもしないかわりに、押しつけがましい義理も人情もなければ、軽薄な連帯感も友情もなかった。なにしろジョイスのような典型的な「あたしたちヒッピー」でさえ、雅子を半ば強引にパーティーに誘い出し、ジョージが遠くから買い求めて来たビールを勝手に飲み干していながら、踊りの相手はもっぱら夫のビルだけで、恐らく夫婦の間でしか頒ち合えない楽しみに浸り切っているのだから。その驚くべき秩序と無秩序の混淆は、雅子が過去数年間、愛したり憎んだりして来た彼女のアメリカのひとつの縮図であったといい得たかも知れない。

雅子は常になく自分の酒量を忘れて、つぎつぎとビールびんを空らにした。ストリート・パーティーの混沌にまみれながら、ジョージの大きな右手に両肩を包まれていると、それだけで彼女はこのうえない満足に身を浸すことができたのである。

ラレードの町をあるいていたら
ある日ラレードの町へでてみたら
ぼくのむかしなじみのカウ・ボーイが

ひとり粘土みたいにつめたくなって
真っ白な布につつまれて……

雅子の近くで、誰かがギターを片手に歌い始めた。
ちょうどこのストリート・パーティーのように、町を行くさまざまな職業のさまざまな人種の人々でいつもごったがえしているメキシコ国境の町、ラレードを歌ったフォーク・ソングであった。かき鳴らす絃の音に合わせて、いにしえの語り物を思わせる単調な旋律が繰り返されるにつれ、雑踏のさなかでひとり哀しく死んで行くカウ・ボーイの物語が歌い出された。じっと歌声に聞き入っていると、雅子はからだじゅうに興奮が煮えたぎっているのに、こころの一隅だけがますます底冷えして来るような、奇妙にちぐはぐな幸福感を味わった。

雅子が団からの最初で最後の手紙を郵便受けの中に見出したのは、前年の暑い夏が始まる頃のことである。それまで何度便りをしても決して返事を寄越さない団だったから、むしろ意外の思いで開封した彼女の前にはらりと落ちたのは、飛行機の切符と、一枚の小さなメモ用紙だけだったので、雅子は少しがっかりした。彼女がはじめて目にする太字の万年筆のぶっきらぼうな書体で、メモ用紙いっぱいに、
「マコ、Ph・Dおめでとう。航空券はマコのスポンサーの最後の投資。お母さんに会いに来

なさい。無理なら、そっちで現金に代えても良い。ＤＡＮ」

と書いてあるのが、「ダンちゃん」からの唯一の便りのすべてだった。

数週間ほど前に、雅子は団に何十回目かの便りを認め、四年間の努力が実ってようやくその五月に博士論文が受理された上、幸運にも引きつづいてＯ市の大学の研究スタッフとして採用されたことを報告してあったので、つまり、それは、彼女の最近の手紙に対する団の返事にすぎなかったわけである。

それにしても、この雅子のかつてのスポンサーのやり方は、いつもながら彼女にとってひとつの神秘だった。見れば同封されていた日本までの往復航空券の往路の日付けは、わずか一週間後のもので、振り返ってみると、そんな風にすれば、すでにアメリカの土地に根を下ろしかけていた雅子もたちまち飛んで帰るだろうと、「ダンちゃん」には先刻見透しだったとしか思えない。

数日後、誰に知らせるいとまもなく、雅子は慌だしく故国へ向けてＯ市を発った。一人で羽田に降り立ったとき、彼女が第一にしたことといえば、母親よりも先に、まず「ダンちゃん」に電話をかけることだったのに、予想した通り団は留守だった。雅子がさほど落胆を感じなかったのは、やはり久しぶりに母親とみずいらずで過す一週間を目の前にして、おのずと胸をときめかせていたからであろう。

しかし、母親とのその一週間のあいだ、まったく我ながら思いがけないことに、雅子が絶えず一種の不安にも似た不可解な居心地の悪さに捉われつづけていたことははっきりと認めなくてはならない。わずか四年前にアメリカへ去るまで、生れてこの方二十二年間もの長い年月、日々見なれていた品々に取り巻かれていながら、なぜか彼女はそうした品々のあいだでこころから落ち着くことができなかったのである。柱時計の音にしろ、歩く度にきしむ廊下にしろ、手洗いの匂いにしろ、ひとつひとつの事物に、彼女がそれぞれ単なる懐旧の情以上の感情をそそられたのはもちろんである。だが、家全体、町全体のたたずまいが、そこに往き来する人々をも含め、雅子自身の意志に反して、どうしてももうひとつなじみ切れない何ものかを内包しているような感じを、彼女は断ち切ることができなかった。

たった四年の外国暮しが彼女のどこをどう変えたのか、雅子自身かいもく見当もつかなかったのは嘘ではない。しかし、正直にいえば、彼女は自分の生れて育った場所から一刻も早く逃げ出したくて、そんな自分の気持に気づいたことが、またいっそう彼女の不安に拍車をかけた。たいそう短い彼女の帰宅をひたすら喜んでいる母親に本心を告げるべくもなかったが、その時の雅子は、まぎれもなく母親のこまごまとしたこころやり以外の何ものかを必要としていたのである。

団にいわれるままに、取るものもとりあえず大急ぎで帰国した自分の本心を雅子がはっきりと確認したのは、例の店の囲炉裡ばたで「ダンちゃん」と再会した時であった。そこは何もかも昔の通りで、初夏だというのに、わざわざ強い冷房装置を働かせている傍らで、炭火が小さな赤い炎の舌を出していた。

約束に五分ほど遅れて部屋に入って来た「ダンちゃん」の姿を見て、雅子ははじかれたように立ち上ったが、あらかじめ用意して来た四角四面のお礼の言葉は、胸の底から突き上げて来るものにさえぎられ、気がつくと、この二十六歳の理学博士はまるで小娘のようにしゃくり上げて泣いていた。「ダンちゃん」は黙って近寄って来ると、彼女をそっと抱いてくれた。「ダンちゃん」は微かに日本酒の匂いがした。

「ダンちゃん」さえいなければ、雅子は大学とも、電子顕微鏡とも、博士号とも、むろんアメリカとも無縁だったはずなのに……。今の彼女のこのやり場のない違和感や孤独感も、結局は貧しい従妹の学費を払ったりした「ダンちゃん」の物好きな義侠心のせいではないか。それとも、「ダンちゃん」は彼の「マコ」のうえに、みずからの見果てぬ夢を見つづけていたとでもいうのだろうか。

雅子はひたすらに「ダンちゃん」がうらめしく、彼の胸を両手で叩きながら、そこに顔をうずめてとめどもなく泣きつづけた。

その夜、団ははじめて雅子をいつもの店とは違った場所へ伴って行き、彼女は自分からすすんで「ダンちゃん」の神秘をはがそうとした。彼の身体をいく重にもくるんでいたものを取り去ってしまうと、そこにあったのは気前のいい金持の紳士でも、辣腕家の社長さんでもなく、二十年以上も昔の「ダアン」時代の記憶を、もっぱら日本的な振舞いと寡黙のうちに埋めつくそうと懸命に努力したあげく、生ける者の活力の醜ささえほとんど失いかけている、疲れ果てたひとりの感傷家の残骸だった。

しかし、雅子がはっきりとその事実を嗅ぎ取ったとき、彼女を見つめる「ダンちゃん」の目はますます深く、かなしく、その手は優しく、少し破廉恥に、雅子のなかに自分の過去を探り当てようとしていた。

ひっそりと横たわっている雅子に向って、

「いったん異質な種が播かれてしまったらもうお終いだ。あとはしょせん、どこで、どうやってそれを育てるかだけの問題さ」

と団は英語でいった。

もちろん、十七歳の雅子を無視して「ダ、ア、ン」とみずからに呼びかけた時と同じように、それが半ば団自身に向って語られた言葉だったことを、彼女はたちまち理解した。四十の半ばを過ぎた「ダンちゃん」の肉体が、まるで青二才の若者のように、いまだにそんな苦しみを呼吸していようとは、考えようによっては、これほど惨めで滑稽なことはない。

だが、十年前と違って、すでにアメリカ人の英語を聞きなれていた雅子の耳は、その団の独白が流暢ではあったが、まぎれもない日本なまりの英語であることを聞き取らないわけには行かなかった。明らかに、雅子にこの上もなく近く身を投げ出していたのは、この無情な現実のやいばにさいなまれている一匹の不幸な獣だった。背すじのあたりを冷たいものが走り、彼女はぞっとした。

しかし、その時雅子の肩を包んでいたのは「ダンちゃん」の浅黒い膚ではなく、街灯の光を柔かな金色の体毛に反射させている大きな腕で、日本酒の匂いの代りに、それはビールと汗の混り合った強い体臭を放っていた。

ショージと雅子の前には、互いの足が重なり合うほど寄りそったジョイスとビルがあぐらを組んで座りこみ、次々とビールびんを空らにしていた。雅子たちも負けずに飲んだが、あたりの騒がしい人声を圧倒するような大声で喋りまくるのは、もっぱらジョイスの役目だった。彼女は先ず保守的な南西部のO市でこのようなストリート・パーティーが行なわれたことの意義について長々と語ってから、「あたしたちヒッピー」が新しいアメリカを作り出す原動力になるだろうという彼女の持論を披瀝したり、ひと時代以前のビート族とジョイスたちの信ずる世代との相違について意見を開陳したりしてみせたが、そのあいだ、雅子はほとんどうわの空だったといってよい。

雅子には歴史も世代論も不要だった。今この瞬間、彼女自身がこのストリート・パーティーの場にいることについて、ここで彼女の肩を包んでいる腕について、考えなければならないことが山ほどあるように思われた。少くとも、ジョイスがことさら特別なアメリカ人ぶってみせるには、そこはあまりふさわしい場所とはいえなかった。そうやって地べたにべったりと座りこむ勇気さえあれば——今の雅子にとって、それは勇気ですらなかった——彼女が異質なものであることも、ストリート・パーティーに酔い痴れていられることも、ともに嘘ではなかったのだから。

たぶん「ダンちゃん」の言葉通りなのだろう、と雅子は考えた。帰って行く場所を失い、自分のなかに異質の種がすでに播かれてしまったことを否定するべくもなくなってしまった以上、もしこの汗みどろの秩序と無秩序の不思議な混淆のなかに立ち上り、日本で生れて育った彼女自身の痕跡を曳きずったまま、ほんもののヒッピーの無気力と自堕落の方へでも、ジョイスのいわゆる「あたしたちヒッピー」の平凡な幸せの方へでも、好むままに歩いて行くことさえ許されるならば、雅子にとって、それ以上の何を望むことができたであろう。

　ひとしきり、口笛がさかんに吹き鳴らされ、みんながざわざわと立ち上った。見ると、楽士たちが歩道の一隅に置き去りにされてあった楽器に立ち帰って行くところだった。重い夜の熱気をつらぬき通すようにして、いくつかの電気楽器がしばしそれぞれ勝手なメロディーの断片を試奏し終ると、ふたたびあたりを圧する大音響の合奏が始まった。

　ストリート・パーティーは最後の最高潮に向って突き進んでいるようであった。巨大な街路樹の枝々は折しもつのって来た風にざわめき立ち、人々の話し声はスピーカーから溢れ出るロックのリズムのなかに霧散して、青白い街灯の螢光に照らし出された一一〇〇番地から一一一〇番地までの一ブロックは、あたかも影絵の人形の乱舞を乗せた奇跡の孤島のように、O市の夜景の中に浮び上った。

　雅子の肩に廻されていたジョージの腕に一瞬かすかな力がこもったと思うと、彼の唇が動いて短い言葉を吐き出した。彼女の耳には、それは確かにありふれた英語の、しかし、ジョージの無愛想な口からはじめて聞かされる愛の告白のように響いたが、それを確かめるには、すでに音楽とあたりの夜気は、あまりに熱苦しく、濃厚だった。

雅子はあらためて、まじまじとジョージの顔を見上げた。まがうかたなく、彼の白くて広い額と無骨な鼻のあたりに、国籍喪失者めいた一種のあきらめにも似た寂しさがただよっていると感じたのが、ビールの酔いにたぶらかされた彼女の一時の錯覚であったといい切るのは簡単である。しかし、彼の寡黙さと無愛想な日頃のふるまいに、彼らの外見のはなはだしい相違にもかかわらず、ジョージと団との間に一脈相通ずる何ものかを感じ取ったその時の雅子の直感を、いったい誰が否定し得たことだろう。

雅子はみずからを励ましながら、ジョージをうながして立ち上った。ストリート・パーティーの一員になり切るために、彼女は是が非でも踊り狂わなくてはならなかった。歩道の縁石に座ったまま、ドイツ人のジョージと共に酔い、アメリカ人のジョイスの長広舌を聞きながしながら、日本人の「ダンちゃん」に思いを馳せていた自分の存在が、もしここでほんとうに受け容れられるのならば、雅子はこのO市の一角を揺がしている律動の大波に身体ごと呑みこまれ、見知らぬ者同士が作り出す暗黙の無秩序の秩序のなかに、みずからの場を確保できるはずであった。母国語を失うこともなく、かといってあの破廉恥の瞬間の「ダンちゃん」のように、おのれの哀しみを片端な外国語でいい表す必要もなく、彼のいう異質の種子をいつくしみながら、胸を張って生きつづけて行くことができるはずであった。

雅子はジョージと向い合って立ち、踊り始める前の一瞬、全身を音楽の波にゆだねた。いっぱいに暑気を孕んだ大気全体がひとつの律動となって彼女を押しつつみ、スピーカーから流れ出るほとんど咆哮にも似た歌声のひとつひとつの結び目が身体の節々をゆさぶる度に、雅子はみずからの手がおのずから交互に肩の高さまで挙げられ、ジョージの動きにつれて、微妙に腰をひねり始めている自分を意識した。

二人の呼吸はぴったりと合った。互いに三フィートあまりも離れて立っているのに、まるで目に見えない一本の糸に操られている二箇の人形のように、彼らの肉体はいくつかの単調な動作を繰り返しつづけた。頭上に輝く街灯の青い光と踊り狂う人々の影とが、雅子を中心にくるくると廻り、あたかも彼女を取り巻く世界の軸が逆回転を始めたかのように、ストリート・パーティーの光景全体はいずこことも知れない極北のかなたに向けて疾走し始めたかのようであった。

雅子の額から、手首から、涙のような大粒の汗がしたたり落ちて、コンクリートの路面をしとどに濡らした。先刻のジョージの短い言葉がほんとうに愛の告白だったのならば、これ以上の返答はあり得なかったはずである。

目の色の違いが何であろう。しっかとからみ合った視線を放ちながらきらめく互いの瞳の底に深く沈んでいるものこそ、雅子がみずからの生命を托すべきすべてでなくてはならなかった。同じ瞳を宿しながら、ストリート・パーティーの陶酔に身を浸し切ることができなかった「ダンちゃん」は、雅子が幸せを摑み取ろうとする一刻、一刻、現在をも、未来をも、みずからの手で葬り去り、結局は一箇の残骸となり果ててしまったではないか。

だが、ちょうど雅子の全身全霊が無遠慮な電気楽器の律動に容赦なく刺し貫かれたように、団の存在のすべてを遂に打ち砕くものはいったい何であろう。雅子が確信している通り、もし富でも、女色でも、ましてひとかどの日本紳士ぶりでもないとしたら、それはもっと非常で硬質な、たぶん一発の突然の銃声とともに飛び散る冷酷な散弾のようなものであるはずである。

雅子の妄想のなかにぱっと拡がった団の血しぶきと重なって、ひとすじの光線が彼女の瞳を射ぬいたように感じたのはその時である。

「危ない！」

ジョージの大声が聞えたかと思うと、雅子は彼の身体の下敷きとなって、コンクリートの路上に倒れ伏していた。

ジョージの腕に抱かれたまま、そうやってどれほどの時が過ぎて行ったのかはさだかでない。確かなのは、ジョージに押し倒されたとたん、鋭い光が一瞬汗に濡れた雅子の顔を照らし出したのにつづいて、二人から一フィートと距てないあたりを何やら巨大なものが疾走し去るとともに、瞬時にして音楽は止み、あたりが阿鼻叫喚の巷と化したことである。

後から思い返してみると、ストリート・パーティーの群衆の只中に全速力で突入した一台の自動車が人々を空中高くはね上げるひとつづきの仮借ない轟音、大気をつんざくブレーキの激しい金属音、そして、しばしの時を置いて、次々と硬い地面にたたきつけられる沢山の肉体が放ったあの無残な鈍い音響、苦痛と恐怖に満ちたうめき声などを、雅子はひとつ残らず確かに耳にしていたような気がする。

しかし、ジョージに助け起されてからも、しばらくの間、彼女は実際にその場で起った事態をじゅうぶんに理解できないでいた。雅子のこころいっぱいに拡がっていた団の血しぶきが、現実の血なまぐさい光景と二重映しになって、一瞬彼女を盲いさせたのかも知れない。だが、他者を無視し合うことによってのみ醸し出されていたあのいっときの和気藹々の逸楽が、たった一箇の鋼鉄の塊の無法きわまる闖入のゆえに、かくもたやすく跡かたもなく潰え去ってしまうなどということが、いったいあってよいものだろうか。

「リンチはやめろ！　無駄だ！　リンチは無駄だ！」

常にないジョージの大声で、雅子は我を取り戻した。

見れば、一一〇〇番地のはずれのあたりに、自動車が前輪のひとつを歩道に乗り上げた無様なかっこうで停っていて、いきり立った一群の男たちがその周りをとりかこみ、口々に何事か大声で叫びながら、握りこぶしを振り上げては、自動車の屋根や窓ガラスを渾身の力で殴りつけているのだった。

雅子はジョージの片手にすがったまま、茫然として周囲を眺めやった。あたりは血にまみれた人々でいっぱいだった。コンクリートの路面にうつ伏せに倒れたまま微動さえしようとしない者。足の自由を失ったのか、両手で必死に歩道に這い上ろうとしている者。上半身を街路樹の根もとにぐんなりと寄りかからせ、うつろに半眼を見開いている者。幸いにも難を免れた人々はといえば、ある者はこうした酸鼻の様を目の当りにして身がすくんでしまったかのように、じっと棒立ちになったまま動かず、ある者は意味もなくうろうろと歩き廻り、ある者は泣き叫びながら怪我人を抱き起こそうとしていた。

「そうだ」とジョージがいった。「リンチなんかどうだっていい。今は怪我人の応急処置が第一だ。マコ、君のアパートへ行って、あるったけのタオルを持って来よう。怪我人をくるんだり、包帯代りに使うんだよ」

二人がいつもとはうって変ったジョイスの姿を認めたのは、混乱した人々の間を縫って、雅子のアパートへ向って駆け出そうとしていた時である。目を地面に落したまま、骨太の両腕を力なくだらりと垂れ、前かがみになっておろおろと歩を運んでいるジョイスの姿は、ちょうど失った小銭を探して歩きつづけるうらぶれ果てた一人の老婆を思わせた。

ジョージが近寄って声をかけると、彼女はいっぱいの涙で焦点の定まらない茶色の瞳を二人に向けて、

「あたしの夫《マイ・ハズバンド》、あたしの夫《マイ・ハズバンド》」と弱々しいかすれた声でいった。「あたしの夫はどこにいるの。あの人の姿が見えないのよ。さっきまでいっしょに踊っていたのに……。ほんのちょっとあの人から離れていたら、そのあいだにあの自動車が……」

「よし、僕がいっしょに探してあげよう」

きっぱりとそういったジョージは、それから雅子に向って、

「マコ、君は一人でタオルを取って来てくれるね」

ジョージの低い声はその底に断固とした意志を秘めていた。

雅子は彼に命じられるままに、残った力をふりしぼって走り出した。アパートまでのわずか数ブロックがほとんど無限の距離に感じられたが、それは彼女が犠牲者を救いたいという人道主義的な衝動ゆえに気がせいていたからではない。自分が目に見えない糸で操られる二箇の人形の片割れと化しきったかのように、ジョージの命令に唯々諾々と従うことによって、「ダンちゃん」の記憶を破り棄てようとした先刻の決断を、ふたたびみずから確認しようとしていたからに他ならない。つまり、彼女にとって、ストリート・パーティーはまだとうてい終焉に至るべくもなかったのである。

慌ただしくアパートの扉を開くと、雅子は先ずバス・ルームに飛びこんで、そこにあったすべてのタオルを鷲摑みにしてから、アパートじゅうの電灯という電灯をことごとく点けてまわった。台所の布巾はもちろん、もしかするとスーツ・ケースの片隅にひそんでいるかも知れないものまで、家の中のありとあらゆるタオルのたぐいを探し出したいと思ったのである。もちろん、冷静に考えれば、この際そうやって時間を浪費することと、取り敢えず手許にあるタオルを一刻も早く現場へ届けることとの間の得失は論ずるべくもなかったが、そうした彼女の振舞いは、団をめぐって終日動揺しつづけた雅子のこころが惹き起した、その日の彼女の一連の試行錯誤の表れの

ひとつだったとしか説明のしようがない。

激しく息を吐きながら雅子がその無益な作業に熱中し始めた時、けたたましく電話のベルが鳴り始め、彼女の神経を逆なでにした。日頃の彼女ならば、こうした慌ただしい変事のさなか、誰からとも知れない電話などには当然一顧も与えずに、その場に必要な行為を着実に遂行しつづけたに違いない。しかし、その時、現実に雅子がしたことといえば、鳴りつづけるベルの執拗さに耐え切れず、手に持っていた十数枚のタオルを床に投げつけると、寸時の躊いの後、結局受話器を取り上げるという、その日彼女が犯した最大の過ちだったのである。

「マサアコオ・ナガニューマですか」と中年女の間のびした声が聞えた。「こちらはサザン・ユニオン電報会社です。あなた宛ての外国電報がとどいていますが、いま電話で伝えましょうか。それとも、プリントしてお宅へ配達した方がいいですか」

相手のいかにものんびりした口調にいらだって、思わず床を足で踏み鳴らしながら、雅子がいま直ちに聞かせてもらいたいと答えると、

「本文はなにしろ英語じゃなくて、外国語なのよ。ちんぷんかんぷんで、あたしには暗号みたいなものだから、よかったらひとつひとつ綴りでいわせてもらいたいんだけど。ええと、最初の語は、エム、エイ、ディー、オー、エム……」

備えつけのメモ用紙に一字、一字、相手がゆっくりと口にする文字を書きなぐりながら、受話器から伝えられて来る文章のあまりに遅々とした進み方に、雅子はほとんど狂気のような憤りを

覚えた。

ようやく相手が綴り終えたものは、明らかに日本語の電文で、それは次のように読めた。

「マドムサン　キュウシ　ジサツラシイ　イサイフミ　ハハ」

開け放した扉口から、救急車のサイレンの音が忍びこみ、こちらに近づくにつれて、次第に雅子の部屋いっぱいに拡がった。

かわあそび

去年の夏も暑い盛りの頃、ほとんど数年ぶりに、私に外国語の電話がかかって来た。いつものように夜おそく研究所から帰った私が、身体に沁みついた汗の匂いを狭い風呂場で流し落していると、妻は私の背中に向って、もうこれ以上待てないといった調子でその「大事件」を語り始めた。

やたらに慌しいばかりの夫の生活をよそに、平凡な団地妻の幸福を摑みかけている彼女にとって、いきなり電話機から飛び出して来た英語がどれほど胆を冷やすものだったか、私はよく理解できるような気がした。妻はその時の狼狽ぶりを、手ぶり身ぶりをまじえながらおどけて再現して見せ、「なにしろあたしは国文科出身ですからね」といって笑った。

「それはそうと、英語だったことは確かだろうね」

私の問いに、彼女の答は明快だった。

「だって、あたしにも少しはわかったんですから、確かに英語だったわ。あたしがドイツ語やフランス語を知っているとでも思ってるの」

いきなり若い男の声で「ヤスシいる?」という異国語が聞えたとき、妻は思わず畳の上にへたりこみそうになる衝動にやっと耐えながら、少くとも数分間の沈黙を余儀なくされたのだそうだ。こちらの反応がないので、相手はかえって慌てたらしく、何やら早口に喋りつづけたが、必死の思いで彼女の耳がかろうじて捉えたのは、私の名前と、そればかりは相手がゆっくりと繰り返した「彼はいつ家にいますか」という言葉だったという。

「だから、あたし、日曜日《サンデイ》、日曜日《サンデイ》、ってどなり返してやったのよ」と彼女はいった。

ほんとうは、そんな場合の日本人の通例どおり、たぶん彼女の応答も蚊の鳴くような声だったのだろう。しかし、それを口に出す代りに、

「英語の電話がかかったら、僕だって慌てるさ。いくら英会話学校が流行ったって、本気で英語だのアメリカだのっていっていたら、この国では人に笑われるだけだからね。僕もアメリカのことはもう忘れたよ」と私はいった。

私が独身時代の五年あまりをアメリカで暮したことは、妻もよく知っていたし、私に一人や二人外国の知り合いがあってもちっとも不思議はない。だから、彼女もいずれそんなこともあるだろうとは思っていたが、英語なまりの奇妙な発音で口にされた夫の名前を実際に耳にしたときの慌て方ときたら、我ながら滑稽だったと妻はふたたび繰り返した。

数日後の日曜日、再度かかって来た電話を受けたのは私だったので、彼女は夫の前で腰を抜か

す醜態を演じないですんだ。

「ヤスシ？　キャピイです。覚えてる？　ほら、O市のディヴァイン博士の息子ですよ」と相手はいった。

挨拶をぬきにして親し気に話しかけて来る若い声に、一瞬、私は長い年月を飛び越えて、毎日外国語を操って暮していた日々に強引に引き戻されたような、奇妙な錯覚に捉われた。

キャピイはさすがに少し高ぶった声で、

「あの吝嗇な親父がめずらしく金を出してくれたんでね。夏休みの学生旅行団に参加して、ヨーロッパを大急ぎで見物してから、一週間前にソ連船《ラシアン・ボート》でヨコハマに着いたんです。それから日本を方々見て廻ったんだけど、明日の晩にはもう発たなくちゃならないんですよ。あなたに会うのがこの旅行の僕の目的のひとつだったけど、残念ながら、もう無理だろうなあ。でも、僕はいつか必ず日本に戻って来ますよ。親父がシモノセキ時代をいつも懐しそうに話す気持がわかったような気がするんです。少くとも、僕はメキシコ人より、日本人の方がずっと好きだってことを、再確認できたような気がするな」と一息にいった。

まるで数日前の妻のように、私は受話器を手にしたまま、しばらく言葉を返すことができなかった。久しぶりに聞く外国語に驚いたわけではなく、キャピイの声を耳にして、自分が久しく意識の片隅に追いやろうとしていたものが、いちどきにどっと私に襲いかかって来たからである。

私が最後にキャピイに会ったのは、北部での四年余の生活を終えて、帰国の途上、懐しい南西部のO市を再訪した時だったから、あれからもう何年になるのだろうか。その時、彼はまだ高校《シニア・ハイ》の一年生《フレッシュ・マン》になったばかりで、両親と話しこんでいる私の廻りをうろつきまわっては、私に話しかける機会をねらっている背丈ばかりひょろ長い少年だった。

はじめてディヴァイン博士に出会ったO州立大学の学生健康管理所《ヘルス・センター》の赤煉瓦の建物のこと、緑の公園に囲まれた広大な駐車場の真中で、いつも青色の遮光ガラスに激しい日光を冷ややかに反射させていたメディカル・タワー・ビルディングのこと、その一隅にあって、常にとりどりの人種の患者たちが予約時間《アポイントメント》を待っていた、薬の匂いひとつしない博士の清潔な診療所《オフィス》のこと、度の強いあめ色の縁の眼鏡の奥で人のよい眼を懸命に見開きながら、間のびしたあの甘い南部なまりで、ときどき見当違いな発言をして笑わせた長身のディヴァイン夫人のこと——次から次へ、現在の私とはまったく無縁な筈の人々や光景が、執拗にあざやかな追憶となって私の胸に積もり重なった。

キャピイが私に新婚の感想を求め、私がディヴァイン夫妻の近況を訊ねてから、電話線を距てた私たちの会話は、ようやく日常の調子を取り戻したように思われた。

「あそこでは何もかも相変らずでね。あなたが今行ったら、五年前に訪ねてくれた時とぜんぜん変っていないのに、かえってびっくりするんじゃないのかな」とキャピイはいった。

あれから、もう五年になるのか、と私は半ば呆然と考えた。

私がディヴァイン博士と知り合ったのは、北部で受けることになっていた専門分野の教育に備えて、いわば準備のための最初の九ヶ月あまりをO市で過した時だったから、すると、今から十年も前のことになる。もっとも、帰国直前にふたたびO市を訪れたとき、私は彼の一貫して変らない暮しぶりにあらためて感嘆の念を惜しまなかったくらいだから、たとえ今の私の生活が当時とはあまりに異質なものであろうと、彼の日々が依然として一定の拍子を刻みつづけていることに、何の不思議があるわけもない。

しかし、かつてあの碧く広い空の下で、そこに静かな生活をいとなむ人々とこころを通い合わせ、彼らの平穏な日常の確信を共にしたと信じた自分があったことが、今ではまるで夢の中の出来事のようにしか感じられないのは、単に過ぎ去った年月のせいなのであろうか。仮にあの頃そう信じていたのが、外国の土を踏んだばかりの留学生にありがちな一時の感傷にすぎなかったとしても、少なくとも、この私自身、人を知り愛することの幸せを知った一瞬を持ったという事実は、どうしても否定してはならない筈だ、と私は考えた。

私たちはしばらく最近のO市の様子や、今の私の仕事などについて話し合ったが、やがて、話題はふたたびディヴァイン博士へ戻って行った。

「親父には、楽しみといえば魚釣りしかないのも相変らずでね。せっかくの休みの日だっていうのに、朝の五時に起き出しては、車でカヌーを引っ張って、C河へ出かけて行くんですよ。十年前と同じでしょう」とキャピイは話しつづけたが、ふいに慌てた口調になって、

「大変だ。長距離電話《ロング・ディスタンス》は高いんでしょう。もう切らなけりゃ……」

その口調がディヴァイン家のつつましい暮しぶりを思い出させて、私は思わず声に出して笑った。子供たちが大学を卒業するまでは、念願の日本再訪どころか、ただひたすら働きつづけるしかないというのが、ディヴァイン博士の口ぐせだったのである。

「日本には相手払い通話《コレクト・コール》の制度がないんですってね。ずいぶん不便な話だなあ」

キャピイは兄弟にでもいうような正直な冗談を口にしてから、ふと思い出したように、

「ところで、あなたの『白い百合《ホワイト・リリー》』も、とうとう北部へ行ってしまいましたよ。あれからもう三年以上になるけど、やっぱり彼女には、南西部は暮しにくいところだったんでしょうね。そういえば、北部へ去る前に、彼女はヤスシのいる日本で暮したいなんていってたっけ。もっとも、今頃は結婚して、もう子供の二、三人はいるかも知れないな。メキシコ人は子沢山だからね」とキャピイはいった。

O州立大学の大学院生活を始めてまだ数週間にもならないある日、私は朝から激しい悪寒に悩まされ、一人思いあぐねたあげくに、勇を鼓してヘルス・センターの応急処置室《イマージェンシイ》を訪れた。慣れぬ異国で病み、恐らく見るからに不安におののいていた私を診察してくれたのが、当時まだ四十代だったディヴァイン博士であった。センターのスタッフは殆んど第一線を引退した老医師たちだったが、その中に彼のような篤志家の現役の開業医が少数混っていることを、私は後になって知った。州立大学の学生たちのために、彼らは月に何回か交替で奉仕しているという話だった。

絶えず静かな笑みをたたえた両眼をしばたたきながら、六尺ゆたかな体軀とはたいそう不釣り合いな早口の小声で、ささやくように語りかけるのがディヴァイン博士の特徴だった。私の悪寒はただの風邪が原因だが、高熱が下るまでしばらくヘルス・センターに入院したらどうかとすすめてから、彼はさらに言葉を継いで、懐中の乏しい私を安心させるために、薬代以外は一セントも支払わなくてすむ大学の学生保健管理の仕組みを説明してくれた。

センターの二人部屋のベッドのひとつで、数日間私は昏々と眠りつづけた。博士の予想に反して、私の熱はなかなか去らなかったが、たぶん自分でも気づかないまま、初めての外国生活で神経をすっかりすり減らしてしまっていたのであろう。数日が過ぎて、ようやく人心地を取り戻し始めた頃、うつらうつらまどろんでいた私は、看護婦の声で我に返った。

「ヤスシ、目を覚すのよ。お昼ごはんです。はるばるアメリカまでやって来たのに、眠ってばかりいたら、せっかくの奨学金がもったいないわ」と彼女はいった。

今になってみると、それまでの私の習慣には、自分の名が見知らぬ看護婦にこんなに親し気に呼ばれることなど決してあり得なかったと、その時はじめて気づいた私は、故国を離れて以来、そうとう上の空で日を送っていたらしい。

一瞬、私は彼女の容姿に目を奪われた。

日本では見かけないひどく扁平な角ばった縁の眼鏡を別とすれば、黒い髪といい、小柄な背丈といい、白衣に包んだ細やかな身のこなしといい、そこに立っている清楚な姿は、一見、私が見なれていた日本の少女たちを髣髴させるような気がしたのだ。

彼女が胸につけた名札には、当時私の知識にあったどのアメリカの名前とも違う、不可解な綴りが記してあった。

私の視線に気づいて、

「あたしの名前を正確に発音できる人は一人もいないのよ。インディオの言葉をスペイン語風に綴ったもので、もともとは白百合っていう意味なんですって。だから、英語を話す友達は、あたしのことをホワイト・リリーって呼んでるわ」と彼女はいった。

その口ぶりから察すると、この国では彼女も自分と同じ外国人なのだろうかと私はいぶかったが、彼女の身についた雰囲気は、明らかにアメリカのものだった。まだ私には、他のアメリカ人と特にきわだって異質なものを、彼女から感じ取ることができなかったのである。

「正確にいえば、あたしはメキシコ系合衆国市民というわけね。あたしが生れたのはこの州の小さな町だけど、人口の六割はメキシカンで、あたしも含めて、家の中では今でもスペイン語を使っているのよ」ベッドに上半身を起した私の膝に昼食の盆を置きながら、手短に疑問を晴らしてくれた「白い百合」は、それから、冗談めかした調子で、「もっとも、よきアメリカ人たらんとする者は、家の中でも英語を話すべし、というのがあたしの主義でございます」

軽い笑いにまぎらせた口調にもかかわらず、奇妙に真剣な光をたたえて私を見つめていたその時の彼女の黒い瞳と、私と同じ膚色の尖った鼻の先端にうっすらとにじみ出た汗とを、後になって私はしばしば思い出した。

私はディヴァイン博士にすすめられるままに、体力が回復するまで、さらに数日をヘルス・センターで過した。日が落ちて、病室の窓越しに見えるかずかずの星座が、夜ごと故国とまったく同じように輝くのが、私にはひたすら不思議に思われた。

当時O市ではまだ珍しかった日本人留学生に興味を抱いたためか、些細なことで看護婦を呼びつける傍若無人な同室の若者が退院した後の気安さのためか、「白い百合」は検温などで病室を訪れる度に、しばらく私と無駄口をたたいて行くようになった。

おかげで、私は「白い百合」についても、合衆国という国についても、いつくかの新知識を得ることができた。O市から西方に二十数マイル、サン・ミゲルというメキシカン・タウンには、若くして亡くなった両親の家で、今では彼女の親代りの兄が床屋を営んでいるが、残念ながら、メキシコ人であることに満足しきっている彼の生き方に、彼女自身はどうしても賛成できないのだと「白い百合」はいった。

アメリカといえば、白人と黒人しかいない国だと一人合点していた私にとって、特にO市のような南西部には多数の貧しいメキシコ系市民が住んでいて、多くの場合、彼らは他の地域では黒人の仕事と見なされている単純労働に甘んじて日を送っているという彼女の話は、まったく新しい発見であった。その頃、まだ卒業まぎわの実習を受けている看護学生だった彼女は、私の病室を足しげく訪れることも、「よきアメリカ市民」になるための訓練の一部と信じこんでいるように見えた。

見舞ってくれる知人一人いない病床の私は、「白い百合」の小麦色の細い面立ちをたいそう美しいと考えたが、それが主として病んだ私の孤独感のなせる業であったことはもちろんである。だが、後になって考えると、私たちがただの看護婦と患者の間柄にすぎなかったにしては、彼女は私の目にあまりに好もしく映りすぎていたといえるかも知れない。


私たちを互いに引き寄せるきっかけとなったのが、私の退院後数週間目にかかって来たディヴァイン博士からの電話であったことは間違いない。彼は例のささやくような早口で、モーター・ボートで数十マイルC河をさかのぼり、かわべりの州立公園でバービキューを楽しむ週末のかわあそびに、私を招いてくれたのである。

よかったら女友達《デイト》を連れて来給え、といった博士の軽口にそそのかされて、私は「白い百合」を誘ってみる気になった。

まだ午まえだというのに、広い河幅いっぱいにあふれるような強い光を反射させている南西部の太陽が目に痛かったが、ディヴァイン博士の操縦する貸しモーター・ボートが水面をすべり始めると、涼やかな微風が私の頬をくすぐった。青と白の二色に塗りわけられた小さな船体は、軽いエンジンの音を響かせながら、ゆるやかなC河の流れをけたてて進んだ。

水上スキーを楽しんでいる人々のモーター・ボートとすれちがう度に、彼らが立てる人工の波で、私たちのボートはひとしきり大きく揺れた。両岸の生い繁った樹々の間に整然と立ち並んでいる家々は、幼い頃の私をしばしば空想の世界にいざなった西洋の絵本の、かずかずの挿絵を思い出させた。凝った造りの山小屋風の住宅や、正面に巨大な円柱をあしらった南部式の大邸宅に混って、白塗りの質素な家もあったが、みないい合わせたように、広々とした緑の芝生に囲まれていて、無心に走り廻る幼い子供たちや、二つ並べたローン・チェアにじっと腰を下ろしている老夫婦の姿が望見できた。

ディヴァイン博士は、ときどき速度を落して、私のためにあたりの風景を説明してくれた。美しい家々の中でもとりわけ人目を引く宏壮な邸宅の前を過ぎた時には、それがかつて連邦政府の高官を勤めたある実業家の持ちものであるといって、博士は彼にまつわるいろいろな挿話を話して聞かせた。

「ああいう大金持ちは、あたしたちとはぜんぜん違う人種なのよ。なにしろ、あの家のまわりには、ぐるりと金網が張りめぐらしてあるんですからね。ほんとうは、C河にも金網を張りたがっているんでしょ。でも、このあたしは、いつでも貧乏人の味方です」とディヴァイン夫人がおどけて叫んだ。

立ち上って、邸宅に向けて拳固を突き出して見せたとたん、ボートが揺れ、ぶざまに均衡を失ってよろめいた自分の姿に、夫人はにぎやかに笑いさざめいた。

私たちは船着き場から三十分ほど河をさかのぼった対岸の目標に向って進んでいた。そこはC

河の本流とはひときわ趣を異にした潟《ラグーン》をなしていて、博士のお気に入りの場所のひとつだということだった。

「去年の夏、あのラグーンで、主人は一フィート半もある、こんなに大きな鯰《キャット・フィッシュ》を釣り上げたのよ。ああ、あの重かったことといったら、この力持ちのあたしが、どうしても持ち上げられないいくらいだったわ」

ディヴァイン夫人のいかにも大袈裟な身ぶりと、まるで水を切るスクリュー音と競い合うかのようなとてつもない大声に、それまで艫で神妙にひかえていた「白い百合」も、つりこまれて、思わず大きな笑い声を立てた。

すると、その瞬間を待ってでもいたように、博士が振りかえって、何ごとか彼女に向って話しかけた。

それは、私がかつて学んだことのない言葉であった。

「まあ、先生はスペイン語がおできになるの」

「白い百合」の表情がたちまち明るくなるのを目にして、私はほっと気持がなごむのを感じた。この辺りのメキシコ人たちの立場について、すでにいくぶん彼女から聞かされていた私は、「白い百合」をかわあそびに伴っては来たものの、ディヴァイン夫妻が私の客人を喜んでくれているのかどうか、多少気がかりでないこともなかったのだ。

ぴったりと身体に合った萌黄色のスラックスの上に、同色の木綿のブラウスをまとった彼女の首には、微風になびくスカーフの黄色があざやかだった。

「あのキャット・フィッシュは、ずうたいは馬鹿でかかったが、たいそう肉がしまっていて、メキシコ風に料理した味はこたえられなかった、といったんだよ」今度は私に向って、博士は先ほどのスペイン語を英語に直してみせて、「わたしはメキシカン・タウンに生れて育った男だから、英語よりスペイン語の方が得意なくらいなんだ。もっとも、たいがいの白人は、スペイン語なんかたちまち忘れてしまうがね。それに、私のメキシコ料理の腕前ときたら、今すぐ医者を廃業してもやって行けるんじゃないかと自認しているほどなのさ。わたしの診療所の看護婦は全部メキシカンだし、メキシカンの患者も大勢いるんだよ」

そのにこやかな言葉が、「白い百合」の気分をほぐさせるためだったばかりか、O市のスペイン語を話す市民たちに対する博士の一貫した態度を暗示するものでもあったと私が覚ったのは、しばらく後のことである。

急にモーター・ボートの速度が落ちた。見ると、知らない者なら見過してしまいそうな、ほんの三十フィート足らずの細い水路を通って、ボートは奥まった入江へ進入して行くところだった。入江の奥深くに注ぐ小川とC河の本流との間に、どんよりとよどんだ水が、まるで沼沢のような地形をかたちづくっていた。一エーカー半もあろうかと思われるラグーンの中央のあたりで、博士はボートのエンジンを停めた。

突然、静寂が私たちを襲った。

周囲は自然のままの灌木の丘陵にとりまかれ、水際のところどころに佇立する大木の枝々からは、ほとんど水面にとどくほどに垂れ下った名も知れぬ宿り木が、深い陰りを落していた。

そこは、O市の周辺に拡がっているあの平坦な乾いた大地からはまったく想像もつかない、暗緑色の谷間の底にひっそりと静まりかえった、文字通り無音の天然の密室であった。

動きを止めたモーター・ボートのまわりを、故国のうぐいにそっくりなパーチの群れが、ときどき白い腹をきらめかせながら泳ぎ廻っている様に、私は目を当てた。

しばしの沈黙の後、

「ヤスシ、ここがわたしのお気に入りの場所だといった意味がわかっただろう。ここをぜひ一度君に見てもらいたいと思っていたんだ」

そういって、博士はとある大木のひとつを指さした。

「朝早く、この場所にカヌーを停めて、一人で釣糸を垂れていると、決って、あの下から四本目の枝に垂れ下っている宿り木と、幹との間から、さっと朝陽が射しこんで来るんだよ。すると、このよどんだ水面に、突如としてひとすじの光の帯が走って、わたしのこころは、瞬間、きりりと締め上げられるんだ。そんな時、わたしはもうキャット・フィッシュのことなんか忘れてしまって、魚たちといっしょにお喋りをする。わたしが自分の過去や未来について話すと、魚たちは人間の罪や幸福について答えてくれるのさ」

ささやくような早口をいっそう低めて、ディヴァイン博士は問わず語りに、彼と日本とのなれそめについて語った。

彼は大戦直後の半年たらず、衛生兵としてシモノセキに駐留したことがあったが、たぶんそのこと自体は、あの頃の大勢のアメリカ青年が共有したありふれた経験にすぎなかったのだろう、と博士はいった。しかし、当時自分の生き方を思いあぐねていた彼にとって、その経験は殆んど決定的な意義を持つことになったという。昨日まで戦火を交えていた日本兵たちを満載した船団が、続々と帰港して来る敵国の港町の一角を、夜も更けてから、当の敵国人の医師の一人とともに語らいながら歩き廻って、何の危険も感じないでいられたことの驚き、極度に乏しい医療設備にもかかわらず、傷ついて帰り着いた兵たちや貧窮にあえぐ市民のために、日夜懸命に立ち働いていた若い日本人医師たちに協力する喜び、軍規を破って、そうした医師たちと企んだ、アメリカ側から牛肉を、日本側から野菜を持ち寄って開いたスキヤキ・パーティ——こうしたシモノセキ時代の記憶のひとこまひとこまが、その頃聖職に就こうとなかば思い定めていた彼の人生行路を、大きく左右するひとつの要因になったと博士はいうのである。

恐らく復員以来、始めて行き合った日本人の私にその物語りを語るのに、この彼の「お好み」のC河のラグーンほどふさわしい場所があるであろうか、と私は考えた。

「おかげで」と博士は傍らの夫人を見やりながら、「このマージョリーにはずいぶん苦労をかけたよ。一人前の医者になるまで、長い学生生活だったからね。その間、わたしたちの生活を支えてくれたのは彼女だったんだ」

「日本人にメキシカンのデイトがあるなんて、素敵だわ。あたし、ほんとうに嬉しいわ」

それまでの話題とは何の脈絡もなく、博士の思弁的な口調とはまったく対照的なほがらかさで口にされた夫人の言葉に、私は苦笑した。しかし、その明るい声が、まるで大きな幼児のように無邪気な夫人の人柄を映し出すと同時に、「白い百合」へのそれとない思いやりを含んでいたことを、その時私は感じ取っていたと思う。

「では、ラグーンをひと廻りして、本流へ返ろうか」エンジンを始動しながら博士はいった。

「まだ君に見てもらいたいところがいっぱいあるんだ。特に、もう少し河をさかのぼると、サン・ミゲルという町が見えるんだが、わたしの生れ故郷なんだよ。もっとも、今日のところは、遠くから眺めてもらうしかないがね」

「白い百合」のために、私はひそかにその小さな偶然を喜んだ。サン・ミゲルといえば、彼女の家族が住んでいる町でもあることを思い出したからである。

C河の本流へ戻ったモーター・ボートは、全速力で河をさかのぼり始めた。

そろそろ空腹を覚え始めた私に、ディヴァイン夫人はボートに積みこんだバービキュー道具の組み立て方を説明したり、赤いアイス・ボックスの蓋を開いて、中のタッパ・ウェアにきちんと並べられた鶏肉を見せてくれたりした。彼女の家に代々伝えられた独特のソースに漬けこんだ鶏肉を炭《チャコール》で焼く時のかぐわしい香りについて、市販のいわゆるバービキュー・ソースのいんちきさ加減について、彼女の長広舌はいつ果てるともないように思われた。

しかし、「白い百合」がディヴァイン博士と同じメキシカン・タウン出身の看護学生であることがわかって、船上の話題が、次第に彼女に集まって行ったのは、当然のなりゆきである。彼らは互いにすっかり打ちとけて、ひとしきり、サン・ミゲルの町の共通の知人の噂話に花を咲かせた。私はひとり黙って耳を傾けながら、彼らが口にする私の見知らぬ人々の名が、たいそう多種多様であることに興味を引かれた。あるものはアングロ・サクソンの名前だったが、多くは明らかにスペイン系のもので、なかには、ドイツ系ともスラヴ系とも、私には判断のつかない名も混っているようだった。

川幅も、ゆるやかな流れもいっこうに変らなかったが、モーター・ボートが川上へ進むにつれて、光景は少しずつ変化した。あたりにはもはや家々も、人の姿も見かけられず、緋色の地層をのぞかせている切り立った断崖の間を通り抜けると、両岸は荒涼としたゆるい起伏の広がりだった。背の低い灌木に混って、そこかしこにぽつねんと生えている柳の木の下で、ときどき数頭の牛がまばらな草を喰んでいたところを見ると、そこは牧場の一種であったのかも知れない。

「白い百合」たちは、サン・ミゲルのスペイン語の名を冠した目抜き通りの、最近の変貌ぶりについて語っていた。

「ずいぶん昔の話だから、君がまだ生れてもいなかった頃だがね。以前、あの通りには、実にいろんなメキシカンの店が並んでいたものだった。小さな店が、みんなそれぞれ魅力的なたたずまいを競っていて、そんな店先を覗いて歩くのが、子供の頃のわたしの唯一の楽しみだったよ」

博士の回顧談に応じて、夫人の明るい大声が聞えた。

「ところが、今はどうでしょう。アメリカじゅうどこへ行ってもあるような食料品店《グロサリイ》や安売り《ダイム》・百貨店《ストア》の支店が二つ、三つあるだけじゃないの。おまけに、ダイム・ストアのファウンテンでいつもとぐろを巻いているのは、みんな黒人なんですからね」

まだアメリカ生活の日が浅かったその頃の私には、彼らが故郷の町に抱いている深い愛着の異常な複雑さを理解することはできなかったような気がする。

「そう、ああいうものがどこへでも出没するようになったのは、ほんのここ十年くらいのことだからね」

そういって、博士は優しい目で夫人に微笑みかけたが、ふと会話から取り残されている私に気づいたらしく、まことに彼らしい思いやりを見せた。たぶん、私がひとりで退屈しきっているとでも、思い違いしたのであろう。

「よかったら、こっちへ来て、ひとつモーター・ボートを運転してみないか」

私はいわれるままに、博士に代って操縦席に座った。小さな棒状の把手を前後に動かして速度を調節しながら、円形のハンドルで進行方向を定める操作は、思ったより簡単だったが、私は慎重に、ゆっくりとボートを進めた。衝突の可能性を恐れずに、近くをすれちがう他のモーター・ボートに向けて、船首を多少立て気味にするのが、こちらの揺れを少なくする秘訣であることを、私はじきに会得した。そうやって、ボートをできるだけ巧みに操ろうと、私はおよそ半時間以上も注意を傾けていただろうか。

だが、その間も、私は後部ではずんでいる話に、ときどき聞き耳を立てることを忘れていたわけではない。私と同様スペイン語を解さない夫人のために、さいわい、会話は英語で交されていた。しばらくの間、「白い百合」はどうやらもっぱら聞き役にまわっているらしく、夫妻がかわるがわる語る幼年時代の思い出話に合いづちを打っていたが、話題は次第に深刻な傾きを帯び始めて行く様子だった。

博士がメキシコの偉大な文化的伝統を誉めたたえ、それを生んだ民族に対する彼の熱烈な愛情を披瀝するのに答えて、今はすっかり日頃の自分を取り戻した「白い百合」が、合衆国のメキシコ系市民について彼女の持論を展開していた。かつて、ヘルス・センターの病室で私が始めて「白い百合」の名を聞き知った日、彼女が苦い笑いにまぎらせながら述べた同じ言葉が、ふたたび口にされるのが私の耳に入った。

「あたしたちメキシコ系アメリカ人は、スペイン語なんか忘れてしまった方が、かえって幸せなのよ」

彼女は彼らが現在の生活に甘んじて、みずからの努力を怠り、ディヴァイン博士のような多くの善意の人々の協力すら、結局は無に帰するしかないことの不幸を嘆いてみせた。しかし、なぜかその時私は、インディオの名を持つ「白い百合」のひそかな悲しみは、むしろそうした事実よりも、すでに遠い祖先の言葉を失い、今また昔の征服者の言葉を忘れようと努力することが、ほんとうに幸福へつながる道であると確信しきれずにいる彼女自身にあるのではないかと、漠然と考えたことを覚えている。

「だから、専門の技術を身につけて、立派なアメリカ人になろうとしているあなたに頭が下るのよ。診療所に欠員ができたら、主人は必ずあなたを傭うと思うわ」とディヴァイン夫人がいった。

その言葉に博士は深く頷くと、私に向って、この州が合衆国に併合される以前、メキシコ兵がいかに勇敢に戦ったか、その後大量に移住し始めた白人たちのために、メキシコ系の住民がどれほどの暴虐に耐えて来なければならなかったかを、熱心に説いて聞かせた。博士は続けて、

「わたしたちはその償いをしなくてはならないのに、このごろのアメリカ人は、黒人で頭がいっぱいで、彼らのことを考える閑がないらしいんだな。最近の黒人たちは、むしろ加害者になってしまって、損をするのは、大人しいメキシカンみたいな連中だけだっていうのに」

今の私には、博士の説明に何やらちぐはぐなものが含まれていたことがわかるが、その時、私はひたむきな彼の口調と、それにもまして、私たちの周囲に拡がる広大な南西部の自然に酔いしれていたのであろう。

ひとしきり、私たちは灌木の蔭にひそんでいるかも知れない鹿たちの姿を探すことに熱中した。その辺りは、夕暮れどきになると決って鹿の群れが出没する場所で、ときには、白昼ですら、餌を求める子連れの鹿を見かけることがあるという話だった。

単調な景色がつづき、流れもまた単調だった。いつの間にか、行き交う色とりどりのモーター・ボートも姿を消し、頭上から照りつける正午の太陽が、私の操縦につれてゆったりと回転を続けるエンジンの鈍い噪音を、澄み切った大気の中に吸い取って行った。

「ほら、サン・ミゲルが見えて来たわ」私に向って「白い百合」が叫んだ。

知らぬ間に、私たちはサン・ミゲルの町を眺望する地点にさしかかっていたのである。

「そうだ、エンジンを停めて、しばらく遠くから我が故郷を眺めようじゃないか」とディヴァイン博士が応じた。

船上から眺めると、ゆるい起伏の続く大地のかなたに遠く見えかくれするサン・ミゲルは、意外にも、貧しい家々のひどくまばらな集落にすぎないように思われた。いつも深緑の巨木と芝生にひっそりと囲まれているO市の住宅地に較べると、その町のわびしい平坦な土地に、樹々はあまりにも少かった。

目に立つものといえば、白ペンキの剝げかけた小さな家々が点在するほぼ中央のあたりにそびえ立つ正体不明の灰色の石の壁だけで、ひとりそれのみが奇怪な存在を重々しく主張しているかのようであった。

「あれは昔スペイン人の修道院があったところだよ。サン・ミゲルというのも、もともとはあの建物の名前だったのさ。このごろ、州ではあれを観光名物のひとつにしようとやっきになっているらしいが、なかなかうまく行かないんじゃないかな。なにしろ、ひどく陰惨な感じのする場所だからね」と博士はいった。

ゆるやかなC河の水にまかせて、私たちのモーター・ボートはしばし流れのままにただよった。

それから語られたディヴァイン博士の物語りで、私は敗戦直後の日本以外に、さらに重要ななにかが、この一人の真摯な医師の今日を作り上げていることを、あらためて発見したように思った。

何歳の時だったかはっきりと記憶していないが、まだごく幼かった頃の博士は、ある日、あの修道院跡の石壁に囲まれた内庭で、二人のメキシコ人が私刑される有様を、偶然目撃したというのである。

恐らく窃盗か何かの嫌疑をかけられて、彼らは法廷で裁かれることもなく、身の明しを立てるすべも知らないまま、暴徒たちの怒りにさらされ、とうとう私設の絞首台に登ることを余儀なくされたのであろう。悪童たちに混って、幼い彼は崩れかけた石壁の間から覗きこんでいたが、息絶えた肉体が吊り下ろされて、内庭の赤茶けた地面に横たえられた瞬間、そのうす汚れた白の着衣からはみ出た腹部の筋肉が微かに蠢くのをはっきりと目にした時、博士は身の震えをどうしても止めることができなかったという。

彼のなかで、スペイン語を話す隣人たちへの憐憫がおぼろなかたちを取り始めたのは、たぶんその時以来のことだったのだろう。

やがて、屍体がとり片づけられ、内庭に人影がなくなった後、強烈な太陽から死刑執行人たちの白い禿げ頭を守る筈であったテン・ギャロン・ハットが三つ、首吊り台の下に忘れ去られ、土埃にまみれて転っていたことを、今でもはっきりと思い出すことができる、と博士はいった。

「いやねえ、そんな暗い話はやめにして、そろそろバービキューにしましょうよ。さあ、ヤスシ、全速力で公園まで飛ばして頂戴。みんなお腹が空いたでしょう」とディヴァイン夫人がいった。

「白い百合」の視線が、先ほどからじっと自分に注がれていることを私は知っていた。奥底に淡い憂いの色を秘めながら、何事かを烈々と語りかける彼女の眼差しのきらめきに、その時、私は激しく魅せられた。

ディヴァイン家伝来の焼肉なんかどうだっていい。「白い百合」とともに、ぜひともあの修道院の内庭に立ってみたい、と私は考えた。


かわあそびの日を境に、私たちは急速に親しさを増した。私はしばしばC河に博士の魚釣りのお伴を仰せつかった。朝もまだ明けやらぬ頃、彼が巧みに操る不安定なカヌーの上で、私たちはともども何尾ものキャット・フィッシュやパーチを釣り上げたものだ。

夕暮れどき、東向きに僅かに傾斜したディヴァイン家の裏庭《バックヤード》の芝生で、私は博士の魚料理の腕前に見とれた。木蔭にしつらえた野趣ゆたかな石の竈に燃える炭火で、さも楽し気に我々の早朝の獲物を植物油で揚げていた彼の後ろ姿を、私は今もありありと思い出す。

ディヴァイン家に招かれない週末は、私は「白い百合」と形通りのデイトをして過した。自動車を買う余裕のない他の貧しい学生たちを真似て、私たちは広い大学構内《キャンパス》の中央で絶えず七色の水しぶきを撒き散らしている大噴水のあたりを散策したり、講堂で上映される古い映画を楽しんだりした。

だが、まったく私の意表をついて、彼女がもっとも好んだのが凧上げだったことを思い出すと、私の胸にあらためてひしひしとせまって来るものがある。

キャンパスから歩いて十五分、平和公園《ピース・パーク》と呼ばれるハイウエイ沿いの細長い公園で、土曜日の午すぎ、ひとすじの細い糸を操りながら、小さな布張りの凧を首尾よく風に乗せようと、私たちは何度時の経つのを忘れたことだろうか。

「白い百合」は念入りに髪型を整えることもなく、他のアメリカの少女たちのように、週末ごとに異った服を着て男友達《デイト》の前に現れることもなかった。だが、毎日の忙しい勉強と実習から解放されて、底なしに澄み切った南西部の大空高く舞うひと張りの凧に打ち興じているその姿に、いつの日かこの広大な合衆国のどこかに幸せを見出す時を夢見て、今はひとり懸命に小さな城を築こうと努力している彼女の憧憬と哀しみを、私ははっきりと感じ取ったように思った。

ある意味では、私は依然として彼女の患者であり、彼女は私の看護婦だった。生れて始めて、私に凧上げの楽しさを教えてくれたのも彼女だったし、凧上げで息をはずませている私の頬に、みずからの歓喜の汗の香りをひそやかに移しかえてくれたのも彼女だった。私たちの立場が入れ替った時があったとしたら、上げそこなった凧が高い木の枝にからまって、私が彼女にはできない木登りを試みた何回かだけであったかも知れない。

何ヶ月かの後、チリ・パウダーと呼ばれる香料で安い挽肉と腐りかかった古いトマトをあえ、長い時間煮込んで作る栄養豊富な経済料理の手ほどきをしてくれたのも彼女だった。だが、私が彼女から教授を受けたのが、その地方の家主たちの芸術的な命名でステュディオ・アパートメントと称されている実は一部屋きりの彼女の仮住居であったと聞いたら、ディヴァイン夫人も、もはやあのかわあそびの日のように、私たちの出会いを大袈裟に喜んではくれなかったかも知れない。

九ヶ月の日々は、こうしてまたたく間に過ぎて行った。

しかし、私がO市を去る日が近づいても、彼女は決して私をサン・ミゲルへ案内しようとはしなかった。自動車を持たない私たちにとって、僅か二十数マイルの距離がひどく遠く感じられたというだけではない。できることならば、彼女はその町から、そして、特にそこで小さな床屋を営んでいるという彼女の兄から、逃れたいと願っていたのである。

とりわけ、彼女の言葉を借りれば、「根っからの人種差別主義者《レイシスト》」である親代りの兄の床屋に、私を引き合わせるのが恐ろしい、と折にふれて彼女はいうのだった。

「『安い料金、多くの友達』というのがお店の宣伝文句なんだけど、ほんとうは、兄はメキシカンしか好きじゃないのよ。でも、兄は白人のお客を断ることはできないわ。なにしろ、『安い料金』のおかげで、兄は町でもいちばん愛されているメキシカンの一人なんですから。その代り、兄はメキシカン以外の有色人種が大嫌いだわ。酔っぱらうと、何の理由もないのに、あたしが今にも強姦されかかってでもいるみたいに、きまって口ぎたなく黒人をののしり始めるのよ。人々に愛されるメキシカンびいきの黒人嫌い。兄は日本人を見たこともないでしょうけど、ちょっとディヴァイン先生たちに似ていると思わない」と彼女は私を見上げて訊ねたものだ。

いよいよO市を去らなければならない日が目前にせまったある晩のことである。

「白い百合」とともにディヴァイン家のお別れの晩餐に招かれた私は、生れて初めて口にした強烈なメキシコの透明な酒で、場所柄もわきまえず、したたかに酔っぱらってしまった。燃えるような頭をかかえて、「白い百合」に介抱されながら、私はようやく彼女のアパートにたどりついた。

常になく泥酔した私の胸を、執拗にくりかえしよぎったあの一夜の夢を、私は長いあいだ忘れることができなかった。とうとうその土を踏むことのなかったサン・ミゲルの町が、ひとつの幻となって、めくるめく私のこころにいっぱいに拡がったのである。

不可思議な宇宙のただなかに羽搏いていたその時の私にとって、サン・ミゲルの町は、むき出しの赤土の広大な道路を挟んで、朽ちかけた街路樹と扁平な廃屋の無限の連りの列であった。町の半ばには、石の壁に囲まれた円形の広場が位し、中央に前のめりにのめったひとつの塔が、虚空を突いてそびえていた。

静まりかえったその光景が、不思議なことに、あのC河の潟《ラグーン》の天然の密室とひとつに重なった。

そして、いつの間にか、錯雑した意識の中で、私は両腕にずっしりと重い「白い百合」の屍を抱えたまま、赤茶けた土埃の上に立っているのだった。この私自身の手で、絞首台の無慙な綱の輪にぐんなりと吊るされていた彼女を抱き取ったのは、ほんの一瞬前だった筈なのに、目を閉じた彼女の細い横顔が微かに幸せの色をたたえているのは、いったいどうしたわけなのであろう。乱れた純白の着衣からはみ出た彼女の胸のあたりは、確かに私の腕と同じ膚色で、屍にまだ僅かに残っている温もりが、直かに私に伝って来た。

傍らには、彼女に私刑を加えた大男の影があり、目をこらすと、意外にも、それは満面ににこやかな笑みを浮べたディヴァイン博士に相違なかった。優しい仕草で、彼女が手にした釣竿を彼女の腹の傷口に突き立てると、一瞬、息絶えた「白い百合」の肉が蠢いて、修道院の内庭にか、それともラグーンの水のよどみにか、点々とあざやかな鮮血をしたたらせるのであった。

それなのに、私の幻想の町の上には、あくまで碧い大空が限りなく拡がり、軽ろやかな風に乗って舞っている彼女の愛する凧が、鈍いモーター・ボートのエンジン音にも似た大自然の静謐な不協和音を、絶え間なく響かせつづけているのだった。

ヘルス・センターの病床で感じた「白い百合」のあのかりそめの美しさが、とうとうほんものになったのだ。もしかすると、凪にはためく凧のうなりは、彼女の屍がもらす幸せの喘ぎなのではあるまいか、とその時私はまったく論理を失った頭で、しきりに考えていたことを覚えている。

数日後、専門分野の訓練を受けるために、私は北部の大都会へ向って〇市を発った。


キャピイの電話は、私が四年余の北部での生活を終えて、ふたたび〇市を訪れた時の、懐しさと入り混った複雑なとまどいの気持を、はっきりと思い出させた。まるで過去から突然立ち現れた亡霊のように、親し気に語りかけて来るキャピイの声を耳にしていると、私の脳裡にディヴァイン博士のささやくような早口と、「白い百合」のじっとりと汗ばんだ肉体の感触が同時に甦り、こころをきりきりと痛ませるのである。

もちろん、私はあの地で出会った人々の平穏な日常の確信を疑っているわけではない。だが、もしあのときのとまどいこそ、唯一の真実であったことを認めざるを得ないとしたら、私のあらゆる幸福は根こそぎくつがえされてしまうと、私は考えた。

C河でのかわあそびの日、ラグーンの天然の密室で、そして、サン・ミゲルのまばらな屋並みを遥かに眺めながら語られた博士の真摯な物語りに、何やら疑いめいたものを抱かざるを得ない今の私は、彼の好意への裏切りというより、おのずからあらゆる誠実を否定し、そうすることによって、みずからの真実のすべてをも貶めていることになる。

いや、何よりも、私があの「白い百合」のひたむきな瞳と、私と同じ膚色の素足を、ぜがひでも記憶の片隅に追いやろうとして来たのはなぜなのか。それが私の生涯の、あまりに短すぎる一時の錯覚の幸福にすぎなかったとでもいうのだろうか。

それればかりか、現在の私は、いったい何によって支えられているのであろう。不備きわまる研究所の設備はもちろん、外国語の電話にあわてふためいて、私の晩い帰宅を待ちかねたように笑ってみせた妻の何の疑惑も知らない幸せすら、みずから依り頼むには、実はあまりに脆弱にすぎるという事実を長いあいだ無理にも無視しつづけようとして来た自分を、今こそ認めるべきなのではあるまいか。

正直に告白しなくてはならないが、努力の末に北部の大学でようやく学位をかちえて、意気揚揚と帰国する途上、懐しいディヴァイン博士の診療所で忙し気に立ち働いている「白い百合」に再会したとき、私はいまや彼女に魅せられることを忘れかけている自分を発見したのである。

もちろん、その時、私たちの間には、互いに取りかわしたかずかずの親密な便りがあり、過ぎ去った日々の想い出があった。

それにもまして、私たちが繰り返し文字の上で夢見たあげく、結局は懐中と時間の乏しい者同士の淡い空想に終ってしまったひとつの計画があった。それによれば、私たちはいつかの年の冬季休暇に、彼女の住む南のO市と、私が暮していた北の都会との中間のどこかの小さな村で、文字通りの白い降誕祭《ホワイト・クリスマス》を祝い合う筈であった。北の住民にはただひたすら忌むべきものしかない果てしなく凍てついた積雪も、南の彼女にとっては深い喜びの源になるかも知れないという思いつきが私たちのはかない計画の発端で、万一それが実現していたとしたら、もしかすると現在の私の妻と生活もあり得なかったかも知れない。

今考えると、キャピイからの電話が、たちまち再度私のなかに喚び起した不安の遠因は、ディヴァイン診療所のメキシコ人看護婦の一人として働いていたあの時の「白い百合」が、ふと洩した一言にあったような気がする。

かつてともども無邪気に凧上げを楽しんだハイウェイ沿いの細長い公園で、二人だけの過去や未来を語らいながら、並んで腰を下ろしていたとき、彼女はいった。

「ディヴァイン先生はほんとうに素敵な方だけど、この頃、先生も結局はふつうの白人と変らないんじゃないかと思うことがあるわ。いつだったか、先生と奥さまがパーティへお出かけで、あたしがお宅でお子さんたちのお世話《ベイビー・シター》をしてさしあげたんだけど、何かのきっかけであたしがキャピイの腕を取ろうとしたら、あの子がひどく思いがけないことをいい出したのよ」

白人とメキシカンが腕を組んで歩いていたりすると、みんなに変な目で見られるから、お前は決してそんなことをしてはいけない。たとえ進歩派《リベラル》が何といおうと、それが自分の育ったサン・ミゲルの町の習慣なのだ、と博士は幼い頃から常々キャピイにいい聞かせていたという。

たぶん、私自身をも含めて、異ったものを愛することのほんとうの意味を、そして、人間の善意と憐憫にはおのずから憎悪の種が孕まれていることを、私がはっきりと知らされたのはその時である。

もしあのかわあそびの一日の直後に聞かされたのであったならば、まったく意外な彼女の話に、恐らく私は驚天動地の思いを味わったに相違ない。しかし、その時の私は、むしろ我ながら思いがけないほど、驚きとはあまりに距った冷徹さで彼女に耳を傾けていられる自分自身を通して、O市を離れて以来僅か四年余の年月がもたらしたみずからの変質を、嫌でも透視せざるを得ない破目に陥ったのである。

「白い百合」の言葉は、なぜか私に、町一番の「愛されるメキシカン」である彼女の黒人嫌いの兄を思い出させた。彼女の憧憬を乗せて、澄み切った南西部の大空にはためくひと張りの凧の記憶とともに、ゆるやかなC河の流れに浮ぶモーター・ボートで、和やかに微笑み交しながら、互いに優しく黒人への嫌悪を語り合ったディヴァイン夫妻の様子を、私がまざまざと思い出したのもその時だった。

恐らく、九ヶ月のO市の生活の後、白人の技術者たちに立ち混って暮した北部での日々が私を変えたのである。その間、いわば彼らと競い合う立場の外国人であったにもかかわらず、私が常にディヴァイン夫妻のような善意の人々に囲まれていたという僥倖こそ、かえって私の変質を促した大きな要因であったともいうべきかも知れない。結局、あの合衆国という不可解な社会にあまりに長く留りすぎて、私はとうとうその毒に当てられたのであろう。

私は蕩児でも好色でもないつもりだが、北部の大都会の長い冬が続くあいだ、厚い外套の下で活潑に歩を運ぶ女たちの白い脛の美しさに、私は折ある度にうっとりと見とれたものだ。まったく同じ外套であっても、黒い足をのぞかせているものからは思わず目をそむける反応が身についた私は、かつてそれゆえに私を引きつけた「白い百合」の自分と同じ膚の色合いが、その時の私の目にむしろうとましく映ったことを、どうしても否定できなくなってしまっていた。「白い百合」に魅せられることを忘れかけた私には、彼女が生きつづけなければならない場所で「よき市民」でありたいと願っているあらゆる「白い百合」たちを惑わせるものが、あの国の基を作りあげた白人たちの美観と、文化を異にする人々に対する彼らの感性とが、いつの間にか拭いがたく沁みついてしまったのである。

つまり、「白い百合」に似た皮膚を持つ私自身は、それだけ醜悪になっていたばかりか、彼女をも、私と同じ日本人の妻をも、同時に醜さにおとしいれたことになる。

だが、少くともあの九ヶ月のあいだ、私が清楚に咲き誇る白百合のすべてを激しく愛したことも、そして、これまでも、これからの一生も、恐らくそうした情熱とは無縁であろう妻の平凡な幸せを拒否しきれないでいることも、嘘ではない。

みずからの支柱を喪失し、しかも、自分に変らぬ好意を寄せつづけてくれる人々をすら、いわば一刻の夢として忘れ去ろうと願わなくてはならなくなってしまったこの私は、いつの日か、あのサン・ミゲルの赤茶けた大地で処刑されたメキシコ人たちのように、何ものかの手で罰せられるのではあるまいか。だが、もしそれが私の逃れられない宿命ならば、憐憫と憎悪の入り混った修道院のあんな堅い石の壁の間でではなく、この国の深い山奥に今もなおきっと残されているに違いないどこかの破れ寺の境内で、あの白いものの影ともども、人知れず吊るされたいものだ、と私はひとり胸の裡でつぶやいた。

庭園にて

ハンク・レイトマンと私の父との奇妙な交友を思い出すたびに、私は自分がまるで不幸の塊であるかのような気持になる。レイトマンの言葉を借りれば、取るに足らない彼らの「小さな不幸」が、私の平凡な毎日の生活のなかでふと理不尽に拡大され、一瞬、私自身がその虚妄の大きな影にすっぽりと包み込まれてしまうのである。すると、それからしばらくは、自分がいるべきではない場所で、どこにも属さず、誰にも知られないまま朽ち果てるしかないのだという不安な確信から、どうしても回復することができなくなる。そんなとき、私はあらゆる意志と行動とを奪われていて、一方では、ここ以外に自分の生きる場所はないことをはっきりと意識しているのに、我にもあらず、私は抗い難い違和感と敗北感に身をゆだねてしまう。いわば子供が戯れに池に投げ棄てた壊れかけたプラスティックの人形のように、私の体は水でいっぱいになりながら、かといって水に溶けこむこともできず、浮き上ることも沈むこともならないまま、ひたすらただよっているしかない。

こうした一瞬に私がしばしば襲われるようになったのは、半年前に留学生生活を切り上げ、故国に帰って来て以来のような気がする。もしかすると、それはただ北アメリカ南西部の広い澄み切った大空に慣れた私の五感が、五年ぶりに湿った日本の大気に触れて、しばしとまどっているだけなのかも知れない。それとも太平洋を挟んだ両岸の生活には、アメリカにいる間は気づかなかった何か目に見えない落差のようなものがあって、それがレイトマンと父とをよりしばしば思い出させるだけでなく、彼らの小さな個人的不幸を、不必要に増幅して見せるのだろうか。

私はO市の清潔な食料品店《グロサリイ・ストア》の色とりどりの商品の山や、粉石鹸と乾燥機《ドライアー》の熱気が入り混った自動洗濯屋《ウォッシュテリア》の薬品のような甘酸っぱい匂いを、そこで過した私の生活のひとこまひとこまとともに、殆んど郷愁の念に似た、切ない懐かしさで思い出す。

O州立大学のキャンパスは、市のダウン・タウンに近い高台に位していて、そのほぼ中心には、中央図書館《メイン・ライブラリイ》が三十七階建ての白亜の塔の偉容を誇っている。いつもうす暗い塔の内部は書庫になっているが、各階の窓辺にはキャレルと称する小机が一列に並べてあって、ひとりひとりの大学院生に割り当てられている。十三階にあった自分のキャレルで、私は五年間の殆んど三分の一以上の時間を過したのでないだろうか。毎週の厖大なリーディング・アサインメントをどうにか消化するために、机にかじりついていると、貸し出し《チェック・アウト》の請求のあった書物を探して歩き廻る図書館員の足音や、どこかのキャレルで何事か語り合っている他の学生たちのささやき声などが、異様に高く響くように思われ、私は軽い苛立ちを押えることができなかったりしたものだ。

気分を鎮めようとして外へ目をやると、窓辺ではいつも小鳥たちが無邪気に戯れていた。眼下には、三万人の学生を収容する各学部《ディパートメント》の建物や寄宿舎《ドーミトリィ》が散らばり、さまざまな色彩ゆたかな服を着た学生たちが、三々五々歩き廻っている。正面広場の南東の一角に位置する古い煉瓦造りの建物はギャリソン・ホールと呼ばれ、その二階の一室には、外交史のソーンダース教授の巨大な机と並んで、私が三年間彼の助手《アシスタント》として働いた小机が置かれてあった。

そして、美しいキャンパスのはるか向うには、深い緑に包まれて、O市の全貌が拡がっている。大学からほど遠くない州議事堂《キャピトル》のドームを挟んで、南北に走るコングレス・アヴェニューに沿っているのが、ダウン・タウンである。私の窓から、その東側の黒人街と南側のメキシコ人街の貧しい家並みとともに、西側の高級住宅地の一部と、市の周辺に急速に建設されつつある白人居住区が望見できる。もし窓から少し西側へ顔をつき出せば、私のアパートがあったウエスト二十二番の通りや、さらにその少し北側の、メディカル・タワーと呼ばれる瀟灑なビルのたたずまいを見ることができる。青色の遮光ガラスをふんだんに使ったそのビルには、私のかかりつけの医師の診察室《オフィス》があって、私は華氏九十八・六度以上の熱を出すたびに、あわただしくそこへ車を走らせたものだ。そして、はるか東側には、緑の芝生が美しい市立空港《ミューニシパル・エアポート》があり、空港とダウン・タウンの中間あたりを、コングレス・アヴェニューと平行して、O市唯一のフリー・ウェイが南北に縦貫している。それは同時に、合衆国を貫く州間自動車専用道路《インター・ステイト・ハイウェイ》でもあって、自動車以外にこれといった陸上交通の手段を持たないO市を陸路訪れる者は、誰しも必ず通らなければならない道なのである。

大きな樹木と緑の芝生のあいだに、まるで白塗りの玩具の町のように、いかにも整然と立ち並んでいるO市の家並みは、人口二十万の中都市とはとうてい思えないほど、のどかな雰囲気をただよわせていて、たしかに人を魅了してやまない一種の静謐さに満ちていた。もちろん、ダウン・タウンに近い議事堂では絶えず政治上のかけ引きが行なわれていたし、黒人を差別するイタリヤ料理店やガソリン・スタンドの前で、ときどき座りこんだ若者たちを検挙する警官隊が出動したりしていたという点では、O市も激しく動きつつある合衆国の一部には違いなかった。しかし、大都会でかしましい環境汚染騒ぎも、底なしに澄み切った青空の下では、まだ実感をもって受け止めるのはむずかしい。学生たちの反戦デモですら、この町では何やらなごやかな野外パーティのようで、木立ちの間にしつらえたスピーカーから轟き渡る正義の叫びも、まばらな拍手の中に空しく消えて行くしかないように思われた。

「タムラ・ジャパニーズ・ガーデン」の完成も間近だと聞いたのは、新学期の登録《レジストレイション》の最中だったから、九月はじめのことだったろうか。九月といってもまだ真夏と変らない強烈な太陽と、声高に喋り合う学生たちの熱気とが入り混って、体育館《ジムネイジアム》は文字通りむせ返るような暑さだった。学部ごとに一列に並べられた机の前に行列を作って、彼らは忍耐強く自分の番が来るのを待ち、そうしてようやく各自その学期に取りたい科目《コース》の登録をすませるのである。多くの学部学生《アンダーグラデュエイツ》は、少くとも二つ以上の学部の課目を取らざるを得ないから、登録カードを提出して、名前を目指すクラスの名簿に書き加えてもらうというだけの目的で、暑いさなかを何度も繰り返し行列に並び直さなくてはならない。

絶え間なく押し寄せる学生たちの波を次々とさばいて、彼らがさし出すカードを手際よく整理するのは、駆り出された私たち助手の役目だった。助手たちは朝早くから続くこの単純な作業に、たちまち嫌気がさしてしまう。おまけに、助手といっても、たいていは大学院生の身分でもあるので、他の学部のセミナーに出席する必要がある時は、比較的手のすいた頃を見はからって、自分も行列に並ぶ側に廻るという一人二役を演じなくてはならず、その気苦労も馬鹿にならない。

しかし、何よりも私たちを滅入らせたのは、体育館の激しい熱気だった。南西部の厳しい夏にもかかわらず、なぜかこの建物にだけは、冷房装置が取り付けられていなかったのだ。互いに要領よく立ち廻って、ときどき涼を取りに出ないと、着ているものはおろか、髪の毛や手の爪の先端まで、全身これ汗にまみれてしまうのである。

その日私が何度目かに涼みに出たのは、午後ももっとも暑い盛りの頃だった。湿気の少ないこの地方では、ふつう直射日光を避けて木蔭に入ると、たちまち汗が引いて行くのだが、朝から人いきれのなかで蒸れ切った私の身体は、もはやまったくいうことをきかなくなってしまったように思われた。体育館の外にまであふれ出た学生たちの列を横目に見ながら、私は隣の政治学部《ガヴァメント》の建物へ避難することにした。私もかつてそこで授業を受けたことがあり、地下室に学生用の休憩室があることを知っていたのだ。

両開きの扉を押して入ると、なかは人工の冷気に満ちていたが、人影はまばらだった。私は休憩室の自動販売機でドクター・ペパーを買い、片隅のソファに腰を下ろして一口飲んでから、ようやく人心地ついたような気がした。

「ヤスシ」と私の名が呼ばれて見上げると、コカ・コラの瓶を手にしたジーナ・ホイットンだった。

「気の毒に、あなたまで駆り出されるなんて、ほんとうにひどいわ。アメリカ広しといえども、あたしたちほど汗びっしょりの人間は一人もいないでしょうね」と彼女はいった。

「僕はいま口をきく気力もないんだ。アメリカ合衆国という文明国では、留学生ばかりか、君みたいな美人にまで、奴隷労働を強制するのかねえ。さっそく日本の新聞に投書する必要がある」と私はいった。

「どうぞ、お好きなように投書したらいいわ。日本はあたしの関心《ビジネス》じゃないって、いつもいっているのに、まだわからないの。それはそうと、あなた、外国人のくせにコカ・コラを飲まないなんて生意気よ」

今度は私がジーナをやりこめる番だった。彼女はみずから平均的アメリカ人をもって自負して見せる趣味があり、私がコカ・コラよりドクター・ペパーを好むのは、彼女の母国に対する反逆であるというのが、彼女が好んで口にする冗談だったのである。

「愚かなアメリカ人よ、その過ぎたる愛国心が、君の祖国を世界中の嫌われ者にしているんだぞ」と私は答えることにしていた。

ジーナは人目もはばからず、小娘のように身体を折って笑った。私たちは知り合ってもう数年になっていたから、彼女はそれ以上言葉をつづける必要がなかったのだ。ジーナの挨拶代りの軽口が、反語的に彼女の本心を語っていることを、私はすでによく理解していた。

彼女によれば、コカ・コラを好むのは愛国心とは何の関係もなく、たまたまアメリカに生れ、恐らくそこで一生を暮らすことになるジーナが、この国でもっとも広く好まれている飲料を愛好するのは、ごく自然な現象にすぎない。つまり、コカ・コラはたぶん多くのアメリカ人の体質に合っているのだろうし、それに何よりも彼女自身、現在のアメリカでは、コカ・コラがいちばん美味であると感じているのだ。たとえコカ・コラを好まないアメリカがあっても、それは彼女の「関心《ビジネス》」ではないし、彼女にとっては、どちらがよりアメリカ的かなどという議論はおよそ意味をなさない。要は、気の合った同士が仲良く暮らして行くことだが、コカ・コラを好むアメリカ人同士だって、実は互いに理解し合っているわけではない。だが、幸いなことに、合衆国というのは、コカ・コラを好む者と好まない者とが、歴史的に並存して来られた場所ということになっているのだから、生半可な同一性や愛国心を求めもせず、強制もしないのが、むしろ平均的アメリカ人の美徳なのだ、とジーナはいうのである。

私たちはしばらく軽口をたたき合った。政治学部の冷房はよくきいていて、私たちがそれぞれの飲み物の瓶を空らにする頃には、熱気のために異常な赤味を帯びていたジーナの顔色もすっかりおさまり、尖った鼻の先端に散ったいくつかのそばかすが、かえって彼女の白い額を引き立たせているように思われた。彼女の瞳は澄みきった深い湖の色をたたえていて、こうして暑さしのぎの冗談を交している時ですら、白熱した政治論でも闘わせているかのように、ときどき華やかにきらめくのが私は好きだった。

やがて、体育館の単純労働に戻ろうとして、どちらからともなく立ち上ったとき、ジーナはいった。

「日本はあたしの関心《ビジネス》じゃないけど、あなたは日本庭園に興味があるでしょう。そろそろ完成するようよ。B・F・から聞いたんだけど、O市もいよいよ国際都市になるというわけね」

B・F・というのは、親からもらった名前が気に入らなくて、頭文字で呼ばれることを好んでいる変り者の男で、生化学か何かで学位を取ろうとしているジーナのかつての男友達《ボーイ・フレンド》だった。いつもうす汚れたヒッピー・スタイルのこの男は、かつてM・P・として日本に駐留したことがあり、日本文化に憧れていると称していた。

「B・F・から聞いたのなら、間違いないだろう。日本は彼の関心《ビジネス》だからね」と私はいった。

「B・F・はどうでもいいけど」とジーナは私の皮肉を軽く受け流した。「あたしはむしろ、庭そのものより、タムラという農夫《ファーマー》に関心があるわ。彼が日系だからというのではなくて、六十過ぎた老人が、自分の過去をひとりでこつこつ庭に刻んでいる姿なんて、想像するだけで素敵じゃないの」

その点は私もまったく同感だった。私はまだ田村氏に会ったことはなかったが、彼はO市に住む唯一の日系一世で、彼を幸福にしてくれたアメリカに報いるために、独力で日本庭園を築き上げてO市に寄附しようと、老後の毎日を無料奉仕に精出しているという話を、私はかねてから聞き及んでいたのだ。

「もしB・F・が見物に行くなら、僕もいっしょに行ってもいい。タムラに会えるかも知れないよ」と私はいった。

「あたしもいっしょに行ってみたいわ。授業が始まるとお互い忙しくなるし、善は急げというじゃないの。よかったら、今日行ってみましょうよ。奴隷労働から解放された直後に庭園に遊ぶのも、なかなか乙なものかも知れないわ」

もしかするとジーナのこの言葉を、私は最初から予期していたのかも知れない。

「B・F・はどうせ研究室で実験でもしているでしょうから、あたしが一応連絡しておくけど、水入らずも悪くないわね」と彼女はつけ加えていった。

「タムラ・ジャパニーズ・ガーデン」は、ダウン・タウンから南西に約三マイル、数多いO市の公園のなかでももっとも大きな、ジルカー・パークの一部ということになっている。その日、

B・F・にはとうとう連絡がつかなかったというので、私は結局ジーナと二人で出かけることになった。大学のカフェテリアで食事をすませると、もう五時半を廻っていたが、夏時間《ライト・セイヴィング・タイム》という奇妙な制度のおかげで、この地方では八時半を過ぎないと日が暮れない。私の古いヴォルクスワーゲンは、まだ高い太陽の光をまともに受けて、ほとんどハンドルに触れることができないほど熱し切っていた。

キャンパスの辺りからジルカー・パークへは、いくつかの行き方があるが、私はいつもそのもっとも西寄りの道を好んだ。大学からウエスト二十四番通りのだらだら坂を下り切ったところで左に折れ、ブル・クリークと呼ばれる小川に沿って、ラマー・ブールヴァールを南へ向うのである。昔ながらの大邸宅が生い繁った巨木の間に見えかくれするあたりを過ぎると、やがて、黄色や橙色をふんだんに使った大きな看板の下に、農具店や自動車販売店が立ち並び、街角で黒人たちがたむろしてバスを待っているのが見える。

その先は土地のひとびとが市の湖《シティ・レイク》と呼んでいるコロラド川の一部であるが、ダウン・タウンの高層建築を左に見ながらそこの橋を渡り、ま新しい市立講堂《ミューニシパル・オーディトリアム》の広大な駐車場の裾を過ぎたところを右へ折れると、ところどころにトレーラー住宅地《キャンプ》を散見する丘陵地帯にさしかかる。そして、さらに五分あまり車を走らせ、突然丘陵が切れて、広々とした空間が拡がったところが、ジルカー・パークである。

日本庭園は、パークの奥まった端にある小さな丘の、裏側の斜面を利用して作られていた。丘の頂上に建てられた集会所《ミーティング・ハウス》の陰に隠れるようにして、庭園に通ずる小径があった。赤茶けた石ころだらけの小径を危げない足どりでたどって行くジーナの後ろ姿に、その時あらためて他のアメリカ娘と異るものを感じたのは、たぶん私の錯覚だったのだろう。五フィート三インチ足らずの小柄な背丈は別として、流行の長い亜麻色の髪を無造作に風になびかせながら、ハッシュ・パピイの足先を軽やかに進めて行く様子は、彼女の日ごろの口癖通り、先ず平均的な二十代のアメリカの娘としか見えなかった。しかし、彼女は私が知っていたふつうのアメリカ人たちとは、確かに違っていて、彼らのように、私の前でことさら不自然に寡黙な態度を取ることもなく、或いは恐らく善意の社交性から、あらゆる外国的なものについて浅薄な賛辞と質問を繰り返して、私を当惑させるようなこともなかった。常に朗らかな外見にもかかわらず、ジーナにはどこか厳しく己れの分を守るようなところがあり、それが彼女の性格の奥底にひそむ本来のつつましさのように思われて、私にはこころよかった。

しばらく小径を下って行くと、最初に小さく折れ曲ったところで、径は二つに岐れていた。枝ぶりのさえない松の木が二、三本植えられているところを見ると、そのあたりから、どうやら日本庭園が始まっているらしかった。右の径は中途から自然石を使った石段になっていたが、その両側にぎっしりと生えている灌木の枯れかけた葉は、O市周辺の到るところで見受けられるものだったので、私は少し失望した。

私たちが石段を降りかけたとき、私は下から登って来る人影に気づいた。汚れた労働着に身を包み、背を丸めて、いかにも疲れ果てたような歩調で歩むその姿は、間違いなく若い留学生の青柳だった。私とはただの顔見知りにすぎなかったが、彼は横浜の高校を卒業して、直ぐにO市へやって来たという話だったから、まだ二十歳前後の若者のはずであった。

地面に眼を落したまま、青柳は足を引きずるようにして石段を上って来ると、まったく私たちに気づかなかったかのような素振りで、黙って通り過ぎて行こうとした。

「田村さんのお手伝い?」と私は声をかけてみた。

青柳ははじめて眼を上げたが、決してジーナに視線を向けようとはしなかった。

「足立さんか」と彼はつまらなそうに私の名を口にした。「まあ、手伝いといえば手伝いだけど、いってみれば、強制的バイトだね、一時間七十五セントしかくれないんだから。もっとも、こっちにもあんまり手伝う気はないんだけど」

「でも、田村さん自身、勤労奉仕だそうじゃないか。君たちに払う金も、田村さんのポケット・マネーから出ているんだろう」と私はいった。

「足立さん知らなかったの」青柳はさも意外そうな口振りだった。「なんでも、実費は市から出ているって話だよ。どうせ、あの爺さんのことだから、少しぐらいぴんはねしてるんだろうけど。しかし、爺さんもまったくひどいなあ。たった一人で庭を造っているんだって、宣伝してるそうじゃないの。実は、僕みたいな日本人の人の好いのが、みんなただ働きさせられているんだからね」

立ち止って、私たちの日本語のやり取りを眺めていたジーナに、私は青柳の言葉を要約して聞かせた。

「もしそれが本当なら、B・F・の説は少し間違っていたわけね。タムラは鷹揚な芸術家はだの農夫《ファーマー》ではなくて、アイディアと名前を売りつける商人かも知れない。ますますタムラに興味が出て来たわ」とジーナはいって、それから、青柳に訊ねた。

「あなたは強制的バイトだっていったそうだけど、もしタムラに協力する気がないなら、なぜもっと有利な仕事を探さないの」

彼は依然としてジーナを無視しつづけながら、日本語で私にいった。

「だって、お互い日本人同士だもんなあ。手伝わないわけにはいかないよ。足立さんみたいなアメリカかぶれは別かも知れないけど」

私はその言葉を何とジーナに説明するべきか、一瞬とまどった。その間に青柳は立ち去りかけたが、思い出したように振り返ると、

「下に田村さんがいるけど、気をつけた方がいいよ。足立さんみたいな日本人は、お高く止って手伝わないいって、爺さんいつも怒っているんだから」

五分ほど下ると、径は大きく左へ曲っていた。途中ところどころに、躑躅らしい木がまとめて植えられた斜面があり、そこここに庭石や小さな石燈籠があしらってあったりして、青柳の批判にもかかわらず、私はこのような土地へ日本の庭を移そうという田村氏の苦労が理解できるよう

な気がした。

「あなたがアメリカかぶれとは、面白い見方もあるものね」ジーナはゆっくりと歩きながら、私を見上げていった。「なにしろあなたは、二言目には、ここの生活は仮のもので、自分の生活はほんとうは日本にしかないというひとなんだから。あたしは根っからのアメリカ人だから、アメリカでしか暮せないと思っているけど、ほんとうは、アメリカだの、日本だのという議論はどうでもいいの。あなたがアメリカかぶれなら、きっとあたしは人間かぶれなんでしょう」

「いや、君はきっと洋服《ドレス》かぶれだと思うよ」と私はいった。

始めてジーナの衣装戸棚を見せてもらったとき、六フィートばかりの大きな備え付け戸棚《ウォーク・イン・クロゼット》にぎっしりと吊るされた服の数に、私はすっかり魂消てしまったのだ。ジーナの笑い声を聞いて、私は青柳との不愉快な会話を忘れようとした。

右側は急に展望が開けて、広々としたジルカー・パークの芝生の彼方に、コロラド川に沿ったダウン・タウンの遠景が拡がった。その広大な眺めとは殆んど対照的な唐突さで、左側の狭い斜面の中腹に、田村氏の苦心の作らしい枯れ山水のごときものがあった。中央におよそ十フィートほどもある大きな石が据えられ、恐らく将来は池になる筈の手前の窪みには、非幾何学的な構図で、飛び石や丸太作りの太鼓橋などがあしらわれている。太鼓橋の対岸は一段と高くなっていて、大人がようやくくぐれるほどの高さの小さな赤い鳥居の先に、十畳間ばかりの平らな空間が作られていた。田村氏らしい小柄な東洋人が、そこで六十がらみの白人と立ち話をしていた。

短く刈り上げた白髪の下の皺だらけの丸顔にいっぱいに微笑を浮かべ、田村氏は何事か熱心に説明していた。ともすれば前こごみになりがちな肩をぐっとそらせながら、日に焼けた太い両腕をときどき拡げて身振りするさまは、見るからに長年の苦節を乗り越えて来た、精力的な一世の老人であった。

「どうやら、あなたのいわゆるジャパン・ロビイの新手が現れたようね」とジーナがさも愉快そうにいった。

田村氏と話している白人のことだった。O市には好んで日本人留学生に近づいて来るアメリカ人の一群があって、彼らはそろって日本通を自称していたから、私は多少の皮肉をこめて、つねづねジャパン・ロビイと呼びならわしていた。彼らはB・F・のようにヒッピーもどきの学生だったり、戦後日本に駐留したことのある元将校の市会議員だったりしたが、多くは何らかの日本経験を持っていて、留学生の面倒をよくみてくれたし、留学生の方からいっても、ジーナのように日本にまったく無関心なアメリカ人と親しむ機会は、それほど多くあるわけではない。しかし、えてして彼らの日本は、長い年月の間に絵空事のような美しい幻の国と化してしまっていたり、あるいは、自分たちの現実の不満を解消すべき見果てぬ夢として止っていることが多いように、私には思われたのだ。

私が田村氏に声をかけると、

「よう、ジャパニーズ・ボーイか」と彼は日本語でいったが、アメリカ流に握手の手をさしのべて来た。それはまぎれもなく、日本の農夫の、厚い掌と節くれ立った指であった。紋切り型の挨拶のあと、私がジーナを紹介すると、彼は満面に笑みを浮べて、

「あなたのような美人《フェア・レイディ》はいつでも歓迎だ」とあまり上手くない英語で、せいいっぱいの世辞をいった。そして、私を指さすと、「この日本人の男は幸運だ。あなたのような美人を手に入れたのだから。あなたのような美人を迎える以上、彼は素晴らしいアパートを持っていなくてはならない。私の庭はこの男のアパートや、彼の美人ほど素晴らしくはないだろうが、よく見てもらいたい。なぜなら、これは日本の庭だからだ」

そういって、彼はぶしつけな高い笑い声を立てた。田村氏が独特のしゃがれた大声で口にした「彼の美人《ヒズ・フェア・レイディ》」や「手に入れる《ゲット》」という言葉に、私はすっかり当惑した。それは、私たちが大学のキャンバスでは決して耳にすることのない類いの冗談だったからである。

「あたしが知っている日本はヤスシだけで、日本のことがわかるとも思わないんですけど、ただあたしはタムラさんとお話してみたくて……」とジーナはいいかけた。

田村氏はそれをさえ切ると、ふたたび日本語になって、不愛想な口調で私にいった。

「話すことなんぞ何もないよ。わたしは英語が嫌いなんだ。今このひとに」と彼は小さな眼で傍らの白人の老人を見やって、「庭の説明をしたところなんだ。このひとは日本に長かったから、日本語が上手なんだよ。お嬢さんが庭のことを聞きたいなら、このひとから聞いてくれないか」

私は彼の突然の不機嫌がどうしても理解できなくて、ふたたびとまどった。

「コンニチハ、ワタシハ、ハンク・レイトマンデス」と男がなまりの強い日本語でいって、日本流の会釈をしてみせた。

私は思わずジーナと眼を見合せた。日本式のお辞儀と片言の日本語――これは、私のいわゆるジャパン・ロビイたちが必ず最初に見せる一種の道化で、それが必ずしも彼らのほんとうの関心を示すものではないというのが、今ではジーナの持論になっていたのだ。

私たちが予期した通り、レイトマンはたちまち英語になって続けた。

「わたしはタムラの英語と同じで、日本語を聞き取ることはできるが、喋るのは得意ではないんだよ。しかし、わたしはタムラと永年のつきあいだし、庭のことも聞いたばかりだから、英語でよかったら、知ってることは何でも喜んでお話ししよう」そういって、彼は小さな笑い声を立てた。

レイトマンは私たちの質問に答えて、庭園はすでに八分通り完成したこと、私たちが立っている平らな空間には、いずれ四阿が作られること、中央の巨石の傍らに大きな椿の木を植える計画があること、数日中に配水管が完成すれば、小さな人工の滝が下の池に注ぐはずであること、ゆくゆくは赤や白の鯉を池に放ちたいと田村氏がいっていたことなどを、静かな口調で説明した。

ふつうジャパン・ロビイたちの会話には、社交家につきものの、相手かまわぬ雄弁と高笑いが伴っていたから、レイトマンの異様なほど低い声や、ときどき言葉を失ったかのようにふと黙り込んだりする話し方が、私は少し意外だった。

「タムラとわたしは、お互い今では悠々自適の身だから、ときどき行き来しているんだよ。わたしは造園のことはまったくの素人だから、ここに来たのは今日が始めてだが、タムラが英語を話したくないときには、彼に代って、市の公園課と電話で交渉したりすることもある。その代り、彼はわたしの下手な日本語をいっしょうけんめいに聞いて、直してくれるんだ。だから、そのお嬢《ヤング・レイディ》さんの南部なまりがヤスシに伝染してしまったみたいに、わたしはタムラ方言の日本語しか話せないんだよ」とレイトマンはおどけていった。

「では」とジーナは私に片目をつぶってみせて、「ヤスシの方が、あなたよりずっと優秀な生徒なのね。ことさらいっしょうけんめいに聞き耳立てなくても、あたしは彼の英語が全部わかるわ」

「いや、それはタムラの責任じゃない。わたしは彼と知り合う前に、何度も日本へ行ったことがあるんだから、わたし自身の責任だよ」

彼は田村氏と私を等分に見て、苦笑した。

「レイトマンさんも、軍隊で日本へいった組ですか」

それがジャパン・ロビイの典型のひとつなので、私はそう訊ねてみた。

「朝鮮戦争が始まる前の二年間、わたしは東京で情報将校をやっていた。しかし、あれは嫌な時代だったよ。わたしは戦前の日本を知っていたからね。そもそも、戦後東京へいったのは、わたしがもっと昔に日本で英語の教師をしていたことがあって、これでもどうにか日本通として通用していたからなんだ。英語教師というのは、日本語を使わなくてもすむから、アメリカ人からいえば、なかなか都合のいい身分でね。とうとうわたしの日本語は今でもご覧の通りだが、おかげで、わたしはずいぶんいろんな日本人に会うことができた。わたしの学生は英語の方はさっぱりだったが、いろんな連中が、さんざんわたしを引き廻してくれたものだよ」

私の儀礼的な問いに答えるレイトマンは、たいそう懐かしそうな口ぶりだった。しかし、彼の上機嫌が、私には少し滑稽だった。自分の上機嫌を誇示しようとして、黒味がかった褐色の体毛もあらわな両腕を矢車のように振り廻しても、彼の低い声と地味な語り口が、なかなかそれに伴って行かないのだ。

それから、レイトマンは何気なくつけ加えた。

「そういえば、当時、わたしはヤスシと同じ姓を持った日本人を知っていたよ。わたしがA学院の専門学校《カレジ》で教えていたころの友人だが……」

「A学院ですって」私は聞きとがめて、思わず大声を出した。「僕の父も、生前A学院で教えていたんですけど……」

私にとって、それは嬉しい驚きだった。たとえ彼がジャパン・ロビイの一人だったとしても、そして、父が私にとってもはや遠い存在であったとしても、外国で自分の父親の古い知己にめぐり会うのは、決して不愉快な経験とはいえない。きっとレイトマンも両腕を大きく拡げて私を抱擁し、この予期せぬめぐり合いを、大仰に喜んで見せることだろう。

しかし、私の言葉を聞くと、その時レイトマンはなぜかありありと驚愕の色を面に出して、口ごもった。

「わたしは一九二八年からの三年間と、大戦直前の一年間、A学院で教えたんだが……」

私が頷いてみせると、

「では、君はキヨシの息子さんなのか」

レイトマンは私の父の名をつぶやいて、まじまじと私を見つめた。

今度は私が驚愕する番だった。レイトマンの顔が一瞬朱に染まり、その両眼に、苦痛にも似た色がちらとよぎるのを、私は確かに眼にしたような気がしたのだ。

「ほんとうに世界は狭いものね。あたしは人生の偉大なる瞬間の目撃者になったんだわ」とジーナは、一人で幸福そうな笑い声を立てた。

「人間かぶれ」の彼女は、このような国境を越えた不思議な邂逅に想像力を暖くくすぐられ、恐らくレイトマンの、あの一瞬の表情を見落したのであろう。

突然、田村氏が例のしゃがれた大声の日本語で叫ぶように喋り始めて、私の驚愕に火を注いだのは、その時だった。

「おい、わたしは帰るよ。わたしは帰るが、このことだけは、この連中によくいい聞かせてもらいたい。いや、ほんとうは、あんたにいいたいんだ。いいかね、あんなだだっ広い芝生だけが公園じゃないんだ。このわたしの汗の結晶は、あんなもんと違うんだ。正真正銘の日本の庭なんだ。一家に主人があるように、日本には天皇陛下という方がいらっしゃる。残念ながら、この頃天皇陛下は象徴というものになられたそうだ。しかし、この庭は、O市の日本人全部の象徴なんだよ。だから、これは、天皇陛下みたいなものなんだ。いいかね、わたしはO市に日本人の天皇陛下を造って、アメリカ人どもに見せてやるんだ」

それは確かに、突如として堰を切って落された、激情の声だった。私たちは彼の激情に呑まれて、言葉を失った。

国籍を持っている以上、田村さんだってアメリカ人ではないか、と私は我に返っていいかけたが、なぜか私の掌に、彼の厚い手の感触が甦って私を黙らせた。私は反射的にレイトマンを見た。田村氏の永年の友であり、日本語を解する彼が、田村氏の今の言葉をどのように受け止めたか、私は強烈な興味にかられたのだ。

しかし、いつの間にか、庭石のひとつに腰を下ろした彼の顔は、はるかに眺望するO市のダウン・タウンのあたりに向けられていて、その横顔からは、何の表情も読み取ることはできなかった。ジーナは田村氏の激しい口調に怯えたように、私の腕に手をかけて、沈黙していた。

「わたしは帰るよ。三ヶ月したら、日本の総領事を招んで、ここの開園式をやる筈だから、あんたも日本人として協力してくれるように」と田村氏は私にいった。

彼が立ち去ると、私は急に疲れを感じて、土の上に腰を下ろした。先ほどのレイトマンの表情といい、田村氏の突然の激情といい、そのとき、私にはあまりにも不可解なものが多すぎたのだ。

唐突な事の成り行きに、私たちはしばらく呆然として言葉を忘れていた。レイトマンの大きな鼻と禿げた頭に僅かに残っているいかにも硬そうな褐色の髪とが、痩せた長身にまとった派手な花模様のシャツと、なぜこんなによく釣り合って見えるのか、と私は何の脈絡もなく考えた。

やがて、その場を救ったのはジーナだった。

「レイトマンさんは、この庭をお好きですか」と彼女はいった。

常に才気にあふれ、いつもひねりのきいた会話を好むジーナとしては、それはあまりに凡庸な質問で、かえって田村氏の態度が与えた彼女の心理的動揺をよく示しているように思われた。しかし、彼女の言葉で、私は彼がふつうのジャパン・ロビイたちとははっきり違っていることに、確信が持てたような気がした。彼らならあらゆる日本的なものに、いつも大仰な賛辞を惜しまず、ことごとに自分の個人的感慨を吐露することに性急なのに、レイトマンはタムラ・ジャパニーズ・ガーデンについてまだ何の意見も口にしていないことに、私はあらためて気づいたのだ。

さしもの南西部の強い陽光も、徐々に薄れ始め、長く伸びた灌木の影が地面を這いながら、庭園を覆いかけていた。ジルカー・パークの広い芝生では、誰かが無線操縦の模型飛行機を飛ばせているらしく、乾いた空気を切る小さなプロペラの金属音が、風に乗って微かに伝って来た。

レイトマンの視線はまだ遠くへ向けられたままだったが、私は何となない安堵を感じた。さきほどの冷たい無表情のかわりに、彼の頰のあたりに老人特有の疲れた優しさの色が浮ぶのを、私ははっきりと目にしたのだ。ジーナの問いに答えて、彼があのもの静かな口調で、日本の庭のこと、樹々のこと、花々のことを語り出せば、その場の鉛の沈黙は一瞬のうちに溶け去り、私たちはふたたび南西部の軽ろやかな夕暮れのなかに解放されるはずであった。

しかし、レイトマンの口から、低く、殆ど一人言のように語り出されたのは、私がまったく予期しない言葉だった。

「一九〇五年五月十八日S県に生れる。同郷の素封家から学資の援助を受け、一九二五年A学院を卒業。一九二七年東部P大学に留学、二年後英文学《イングリッシュ》の修士号《マスター》を得て帰国、母校A学院の講師になる。素封家の娘と結婚、三子をもうけ、かずかずの詩やアメリカ小説の飜訳などを発表するも、一九四三年二月十七日、東京のS川で変死体となって発見される。当時まだ少なかった自動車事故の、まれな犠牲者の一人であったと信じられている……つまり、最後の瞬間を除けば、ずいぶん平和で幸せな生涯だった筈なんだよ」

それが私に語りかけていることを、私はようやく理解した。彼がたった今語り終えたのは、幼いころからしばしば母に聞かされて来た、私の父の短い生涯だったのである。

父が死んだときまだ四歳に満たなかった私には、父の記憶はまったくないが、私は母の口を通じて、父の生前の仕事や親しい交友関係についてはかなり詳しく知っていたから、これまでまったく未知の人だったレイトマンが、父の生涯の詳細な日付けまで記憶していることを、私はたいそう不思議に思うばかりだった。レイトマンの言葉の異常さを私がほんとうに理解するには、まるでひたすら自分に語りかける独白であるかのように、僅かにつぶやき出された彼の口調の何気なさにも増して、そのとき私が聞き入っていたO市が、あまりに静謐にすぎたのであろう。

ジーナはこうした場合にいつも見せるさかしさで、敏感に私のこころの動きを捉えたようだった。

「レイトマンさんは、そんなにヤスシのお父さんとお親しかったの。それにしては、ヤスシが今まであなたを存じあげなかったのが、ほんとうに不思議だわ」と彼女はいった。

レイトマンは、静かな微笑が浮んだ顔をジーナに向けた。

「キヨシとわたしの関係をお話するには、先ずあなたのさっきの質問にお答えしなくてはならないと思う」と彼はいった。

「わたしがこのタムラの庭園を好きかどうかということだが、はっきりいえば、わたしはどうしても好きになれない。タムラはO市の日本人の象徴だといったが、これは彼の不幸の象徴だよ。なるほど、日本の木を持って来て植えることはできる。しかし、庭石の色を見てごらん。日本では露に濡れて美しい灰色を緑の樹々の間に沈めている庭石も、ここでは醜く赤茶けて、干涸びてしまう。いちめん乾き切って赤茶けた石で覆われた日本庭園なんて、見たことがあるかね。

「この庭はタムラの生きがいだし、彼が文字通り欲得を抜きにして打ち込んでいるのも嘘ではない。彼は日本の血を引く者なら誰でもこれを誇りにしなければならないと思いこみ、ヤスシのような生粋の日本人が、ここで白人の娘と英語で話し合うことさえ、タムラには癪の種なんだ。

しかし、ほんとうは、ここの庭石の色の異常さに気づかないほど、タムラ自身アメリカの人間になってしまっているんだよ。

「もちろん、タムラ自身はそれに気づいてはいないし、日系に加えられたさまざまな迫害を乗り越えて功成り名とげた今のタムラにとっては、ジーナとヤスシに腹を立てるなんてことは、ごく小さな不幸だろう。だが、わたしにいわせれば、その小さな不幸が、ヤスシのお父さんを殺したんだよ」

レイトマンの派手な花模様のシャツの下から、彼の体臭が異様に強く匂って来るような気がして、私は噎《む》せた。

いつの間にか、ジーナは私に寄りそって、じっとレイトマンを見つめていた。その時、たぶん私は、自分のなかですでに死に絶えた父の記憶をたどろうとしていたのではない。私にとって、父はあまりにも長いあいだ、ただ母の幸せを支えるにすぎないひとつの失われた幻だった。これはレイトマンの独白なのだ、と私は自分にいいきかせた。しかし、まるでもつれた糸のように、躊いがちに次々とつぶやき出されるこの独白は、いったいなぜかくも激しく私に働きかけるのか。

「キヨシとわたしの関係は、たぶん君たちが想像しているほど近いものではなかった」とレイトマンは言葉をつづけた。「少なくとも一九二八年からの三年間は、わたしたちはたぶんただの同僚の教師以上の関係ではなかったのだろう。もちろん、そのころ彼はまだアメリカから帰ったばかりで、流暢な英語を話せる当時数少ない日本人の一人だったから、あのうす暗い校舎の廊下で顔を合わせる度に、わたしたちは長い立ち話をしたものだ。彼はよくアメリカと較べると、日本の社会生活がいかに貧しいかについて語り、あの国の非能率的な人間関係のなかで、せっかくの彼の斬新な知識が黙殺されてしまうことの不幸を嘆いてみせた。僅か数年のアメリカ生活で、すっかりその毒に当てられてしまい、自分の国がひどく居心地悪くなってしまったと照れくさそうにいうのが、あの頃のキヨシの口癖だったよ。

「しかし、当のアメリカ人だって、当時は例の大恐慌でひどい目にあっている最中だったから、わたしは正直いって、キヨシのいう彼の不幸に同情する気にはなれなかった。それに、ほんとうは、わたし自身、あの頃は日本にいながら、日本のことなんかまったく眼中になかったんだ。

「わたしの名前を聞いて、君たちにもわかっただろうが、わたしはユダヤ人だから、二十年代のアメリカ人がユダヤ人に与えた仕打ちが我慢ならずに、わたしは当時日本へ逃げて行っただけだったんだよ。だから、今でもタムラが故郷の栄光と彼自身の野心とをどうしても切り離して考えることができないように、あのころのわたしの頭は、いつも母国アメリカのことでいっぱいだったんだ」

レイトマンは言葉少なに、彼が若かった頃のアメリカで、ユダヤ人であったことの意味について語った。ドイツ系のユダヤ人である彼の祖先は、十九世紀半ばに移民して来て以来、着々とアメリカ社会に地位を築いた。そのころのアメリカでは、まるで魔法使いのように不気味な神秘的力を具えた人種として、いわば伝説的なユダヤ人像が巷間に伝えられていただけで、日々の生活で差別されることはほとんどなかったのだった。ふつう彼らはただのドイツ系移民として扱われ、レイトマンの父親が弁護士として成功した頃には、彼の家族は完全にアングロ・サクソンのアメリカに同化していたという。

しかし、彼らの不幸は、世紀が変って、貧しい東ヨーロッパのユダヤ人が大量に流入して来たときに始った。東欧系の彼らは、それまで合衆国ではまったく異質のものだった習慣と言語を持ち込んで来たのである。それはまだレイトマンが生れたばかりの頃だったが、彼の家族をはじめ、ドイツ系のユダヤ人たちは、すでに事実アメリカの一部になりきっていたにもかかわらず、ふたたびユダヤ人として、東欧系の同胞と同一視されるようになった——レイトマンの言葉を借りれば、歴史の力のいたずらで、レイトマン家は、アメリカ人からふたたびユダヤ人に返ることを強制されたのだというのである。彼が大学を出た二十年代のアメリカは、こうしてユダヤ人学生の入学が制限されるなど、もっとも偏見が熾烈を極めた時代だったのだ、とレイトマンはいった。

「キヨシとわたしのほんとうの関係は、お互い自分たちのこころに、『タムラ・ジャパニーズ・ガーデン』を持っていないことを知ったときに始まったんだとわたしは考えている」レイトマンは静かに語りつづけた。「わたしの考えでは、わたしたちがお互いをほんとうに意識し合うようになったのは、わたしが二回目の日本滞在を切り上げて帰国し、ふたたび相まみえる機会が失くなってしまってからのような気がする」

ひとつひとつの言葉を探りながら低く語りつづけるレイトマンの声は、あの田村氏の激情の叫びとはあまりに違っていた。これほど無器用な雄弁を、私はかつて耳にしたことがなかった。しかし、ジーナの凡庸な問いと、そして、たぶん私自身の存在とが、長いあいだ彼のなかにひそかに堆積した何かを、その時、恐らく彼自身に反して、こうして激しく吐き出させているのだということを、私ははっきりと理解していたような気がする。

「一九四一年の一月、九年ぶりにふたたび日本を訪れたとき、キヨシもわたしもすっかり変ってしまっていた。キヨシは日本の学者生活がすっかり板についていたばかりか、ときには無格好なカーキ色のファシストのユニフォームを着てみたりして、けっこう幸せそうだったよ。一方、その頃までには、わたしもけっこう幸福なアメリカ人になっていた。ヨーロッパで派手なユダヤ人迫害が始まってからというもの、たぶん憐れな我々の人種に同情が集ったせいで、アメリカではみるみるユダヤ人の株が上ったんだよ。ひと昔前なら信じられないことだが、二度目に日本を訪れたとき、実は、このユダヤ人のわたしが、アメリカ政府の諜報機関から給料をもらっていたんだ。わたしを傭ったのは、MISという陸軍系の機関だったが、そんなことはどうでもいい。きっと誰かが、偶然にわたしの過去の経験と若干の日本語の能力を知って、ふたたびA学院から口がかかったわたしに、眼をつけただけだったのだろう。

「キヨシの『アメリカの毒』も、わたしがユダヤ人であることも、もはやわたしたちにとっては、ごく小さな、取るに足らない不幸でしかないはずだった。つまり、キヨシもわたしも、それぞれの環境のなかで、この日本庭園の醜い庭石のように、赤茶けた色あいに染っていたんだよ」

ほとんど私にもたれかかるようにして、地面に足を投げ出しているジーナの体重が、私に直かに伝わって来た。

レイトマンがたった今明かして見せた彼の職業と、彼のもの静かな語り口とがあまりにそぐわないように思われ、私はひたすらその謎を知りたかった。しかし、もし彼がほんとうに波瀾万丈の生涯を送って来たのなら、それを夕暮れた空の下の微かなつぶやきと化してしまうものは、このO市の不思議な静謐の魔力以外にあり得たであろうか。

「スパイといっても、わたしは映画の主人公のように、勇ましい軍事機密につながっていたわけではない」とレイトマンは言葉をつづけた。「MISの無能な傭い人の一人だったという以外は、わたしはきわめて幸せな平均的アメリカ人になっていたんだ。わたしの役目は、万一日米が開戦して、あらゆる合衆国の公館が閉鎖された後に、日本のごくふつうの庶民の日常生活について、こまごました情報を送ってくれる日本人を探すことだった。できれば本人たちの安全のために、相当の地位を持っているひとたちが望ましかったが、その点を除けば、あたりまえの日本のインテリなら誰でもできるような仕事だったのさ。

「そして、キヨシもわたしがこうして張った網にかかった一人だった。彼がいつの間にか日本の幸せな庭石になってしまっていたことは、さっきお話した通りだが、キヨシがかつて彼のいわゆる『アメリカの毒』に当てられたことのある男だということを、わたしは忘れてはいなかったというわけだ」

それは、私にとって、あらゆる意味で奇怪な告白だった。レイトマンの言葉は、父がかつて祖国を裏切った男であったことを明らかに示唆していたが、私はその物語りに、日頃から父の祖国に何の関心もないと公言している白人の女性と、固く手を握り合ったまま、身じろぎもせずにじっと聞きほれていられる自分自身に、先ず驚いた。レイトマンが発《あば》きつつある「彼のキヨシ」は、私の母の胸の奥に今でもそのまま匿われている平凡で幸せな父の像と、あまりにそぐわないように思われたので、たぶんその時私は、それが自分とは何の関係もないひとりの過去の男の挿話にすぎないかのような錯覚に陥っていたのであろう。

「キヨシの場合もそうだったが、これと思う人物に眼をつけたとき、わたしのやり方は決して説得しないということだった」

レイトマンは、父が如何にして彼の「網にかかった」かについて語った。

彼自身不幸なユダヤ人であることを止め、幸福なアメリカ人の諜報部員としてふたたび日本に立ち帰ったとき、レイトマンは父のなかの『アメリカの毒』が決して一時の浅薄な感慨ではなかったことに気づいたというのである。

「わたしはMISの平凡な傭い人で、幸せなアメリカ人になっていた。かつて生れ故郷を逃げ出したユダヤ人だったということは、当時のわたしにとっては、ごく小さな不幸にすぎなかった。だから――『しかし』ではなく、『だから』とわたしは敢えていいたいのだが――だから、かえってわたしは、その小さな不幸の正体を、よりよく知るようになっていたんだ。自分自身の生れ故郷で、この土壌にしっかり根を下ろしたときになって、結局は自分が異質の種だったことを認識するほど執拗な記憶はない。すでに完全に生れ故郷の一部になり切っているとすれば、今度それを否定することは、自分自身を拒否することだからね。

「その執拗さと来たら、ちょうどこの日本庭園の灌木のようなものだ。タムラの第一の敵は、白人でもヤスシのような日本人でもなく、緑の苔に代って生い茂る灌木の無数の小さな種だということを、彼もそのうち気づくだろう。わたしはＭＩＳの職員の一人として、キヨシのそんな記憶に働きかけただけだったんだよ。

「わたしがキヨシにしたのは、たいそう簡単なことだった。九年前よりもいっそううす暗くなった校舎の廊下で、顔を合わせるたびに長い立ち話をして、ある時、何気なくある連絡員の第三国人を彼に紹介しただけなんだ。古い友人に戦時下の自分の暮しぶりを伝えるのは、決して大それた反逆行為ではないと、わたしはキヨシにいったし、わたし自身もまたそう信じていた。

「真珠湾のニュースを聞いたのは、わたしがワシントンに帰任して二十日足らずのことだった。戦争のあいだ、わたしはそこで、キヨシのようなひとたちから、多くは朝鮮半島経由で、ひそかに送られて来る手紙の分析にあたっていた。彼らのおかげで、ワシントンのわたしたちが、戦争中、東京の外食券食堂や国民酒場のメニューまで知りつくしていたことは、君たちも聞いているだろう。

「キヨシの手紙は、次第に苦渋の色を濃くして行った。ある時、彼は隣組の防空演習の情景を詳しく描写した後で、子供たちのためにどこかでようやく手に入れた三枚のアメリカ製チョコレートが、彼の二つの故郷の間で揺れ動く忠誠心を象徴していると書いて来たことを、わたしは今でもはっきり覚えている。しかし、彼はそのころ、勇ましい戦争の詩を発表したり、S区の大政翼賛会の役員になったりしていたんだよ。つまり、キヨシの中の『アメリカの毒』は、そうとうにしぶとくて固い種を持っていて、彼の生活が肥え太れば太るほど、全身にその毒性が拡がるだろうというわたしのカンは、みごとに当っていたわけだ」

「レイトマンさん」長い沈黙を破って、その時ジーナがいった。

私のなかで、あまたの問いが胸いっぱいに拡がり、出口を求めてあがいていた。日が陰るにつれて急に冷え始めた土の上に長いあいだ座っていたにしては、彼女の掌がじっとりと汗ばんでいることを、私は混乱した頭の隅で意識していた。しかし、日頃のジーナに似合わず、その時彼女の声が深い悲しみの響きを帯びていたことは、たぶん私の錯覚ではなかったような気がする。

「ずいぶんいけない想像ですけど、あたしは、ヤスシのお父さんが亡くなったのが、あなたの秘密の仕事のせいだったような気がしてならないの。ほんとうに、あなたのキヨシは、自動車にはねられたのかしら……」

レイトマンは答えなかった。

それは、ほとんど永遠の静寂のように思われた。

知らぬ間に日はとっぷりと暮れ、濃い闇に包まれかけた日本庭園のはるか彼方に、O市のダウン・タウンの高層建築が、いちめんに華やかな電光を輝かせていた。しかし、昼の間はその豊かな緑に、ひとびとの健康な生活を深く抱いているこのO市は、また同時に、かつては「大《グレイト》アメリカン沙漠《デザート》」と呼ばれた地域のオアシスのひとつでもあるので、ごくまれには、暑い一日が暮れた後、西方から突如として激しい突風が吹きつのることがある。その夜、突風は必ずO市を襲うであろうと、私は半ば確信した。突風の襲来の前に、ジーナが彼女の声の翳りをふり棄てて、今日の午下りの彼女に立ち返り、遠いO市の街灯の火を瞳の澄みきった深い湖の色にきらきらと反射させながら、小娘のように身体を折ってあの軽快な笑い声を響かせてくれることを、私は空しく願わずにはいられなかった。

レイトマンは、なぜかジーナの問いを避けて通った。

「キヨシは古い友人にときどき手紙を書いただけだったのに、あのころは、それだけで彼を憎んだひとたちがいっぱいいいたんだよ」と彼はいった。「キヨシの手紙は、いつも彼の毎日をおのずと反映していて、わたしにかつての日本時代をまざまざと思い出させた。ワシントンのオフィスで働いているあいだ、彼の秘密の手紙ほど、わたしが心待ちにしたものはない。もっとも、わたしはもはや彼に指令する立場にはなかったから、私から彼に語りかけるすべはなかった。だが、彼からの一方的な便りのおかげで、わたしはキヨシの存在を、ますますいつも身近に感ずるようになったんだよ。

「もし彼が生き永らえたら、今キヨシは日本にアメリカ庭園を造っただろうか。わたしはそうは思わない――ちょうど、わたしがユダヤ庭園を作らないようにね。旧知の友にこまごまとした日常の便りを書くことが祖国への裏切りになることの不幸は、たぶんこのタムラの庭園の比ではないだろう。それは、わたしたちの庭園が、かつてわたしが日本へ逃げ出したようなやり方では、決して作ることができないということを意味しているんだよ。タムラはそんな屈折した悲しみに決して気づくことはないだろうが、もしわたしたちが、不幸というにはあまりに幸せで平凡な人間だというならば、彼の日本庭園は日本の象徴ではなくて、たぶんわたしたちみんなの、取るに足らない小さな不幸の象徴なんだよ」

私にはどうしてもわからなかった。いったい、父にとって、アメリカの毒とは何だったのか。もしレイトマンが正しいならば、私自身が今、この足で踏みしめている土地の記憶のために、父は家族を捨て、みずからの生命をも捨てたというのか。いったい四十年前のこの土地で、父は何を見、何を知ったのか。父の僅かなアメリカ生活がほんとうに彼の小さな不幸の種を播いたのなら、それが次第に彼を蝕んで行くあいだ、なぜ父は母の前ですら、彼の幸福の仮面をはずそうとしなかったのか。幸福と不幸の混淆が、ひとを母国の異邦人にするなどということが、ほんとうにあり得るのか。では、なぜこの国で暮したあまたの日本人が、みんな父たちの小さな不幸を頒ち持っていないのか。父の反逆と、死は、今の私にとって、いったい何なのか。

私は自分に父の記憶がないことに苛立った。父について、レイトマンについて、問わねばならないことがいっぱいあったのに、私はどうしてもそれを言葉にすることができなかった。

たぶん今夜、週末以外は求め合わないという禁戒を破って、私はジーナを私の部屋へ伴って行くだろう。私は彼女の優しさに身を投げかけて、私に失われた父の記憶をたどることを忘れるだろう。霞んでゆく思考の片隅で、私はただそれだけを繰り返し考えていた。

私は五年のあいだ、アパートからO州立大学までの十五分、朝晩歩き慣れたピーカンの巨木の並木道を忘れることができない。

数十年前までは市の高級住宅地の一部だったといわれるその辺りも、急速に発展した大学の拡張に伴って、今では若い学生たちにほとんど占領されている。しかし、そこは同時に、引退した老夫婦や大学の関係者が住む閑静な住宅地でもあるので、若者といえども、身勝手な罵声を響かせるというわけにはいかない。秋の夕暮れどき、一日の大学での仕事を終ってそこを通りかかると、顔見知りのみずみずしい助教授《アソシエイト・プロフェッサー》の奥さんが、乳母車《ストローラー》を押しながらピーカンの実を拾い集めていたものだ。紡錘型の固い殼を割った後、ナッツは砕いて、自家製のケーキの材料に使うか、クリスマスまでそのまま保存して置くつもりだというのが、彼女の説明だった。その風景には何のきらびやかさもないが、私が生れて始めて持った平穏で確信に満ちた精神生活を、この上もなく象徴していたのである。

あの午後の出来事があってから、日々はまたたく間に過ぎて行った。私はその間に所定の授業《クラス・ワーク》を取り終り、大学院生にとって最大の難関である博士論文の提出資格試験《クウオリファイング・イグザム》にも合格することができたから、ある意味ではたいそう気楽な身分になっていた。

私の一日は、中央図書館《メイン・ライブラリイ》で論文の下調べをすることから始った。午後はギャリソン・ホールの一室で、外交史のソーンダース教授のために日本語の文献を読み、そして、一度アパートへ帰って、買い置きのT・V・ディナーで夕食をすませると、ふたたび図書館のキャレルへ取って返す。私はこうした単調な毎日の繰り返しを愛して、飽きることを知らなかった。O市の静かに雰囲気にとっぷりと五体を浸しながら、図書館やソーンダース教授の研究室《オフィス》で発見する微細な過去の事実に胸をときめかす小さな喜びが、あらためて身に浸みわたる日々であった。

あの日以来、私がレイトマンと「タムラ・ジャパニーズ・ガーデン」を避けつづけて来たのは、半年後にせまっていた資格試験のせいだったといったら、私はみずからを欺くことになるであろう。たぶん私は、あの午後の記憶をこころの片隅に押しやることによって、せっかく手に入れた単調な生活の確信を保ちつづけたかったのである。

あれから数ヶ月たって、O市から九十マイル離れた大都会から長距離電話がかかって来たことがある。その都会の日本人会会長と名のる男の声で、近く田村氏の日本庭園の開園式《オープニングセレモニイ》が総領事の「御臨席の下に」取り行なわれることになったと告げ、私にもO市在住の数少ない日本人の一人として、「日米親善のために」協力を求めて来たのだ。私は彼の申し出をにべもなく断った。青柳のように「お互い日本人同士だから」というだけの理由で、あの庭にさらに虚飾を加える手伝いをする気にはどうしてもなれなかったし、このような「日米親善」に加わることによって、もしソーンダース教授のために日本語の文献を調べる午後が失われるとしたら、今度こそ、私は自分がほんとうに田村氏を憎み始めるのではないかと危惧したのだ。

その代り、B・F・ウィルソンに誘われて開園式を「のぞきに」行ったジーナから、私は後になって式の様子を聞いた。田村氏が胸を張って、日本の庭と日本の精神の関係について演説をしたが、いつかのジーナへのお世辞ほどには、彼の英語が明瞭ではなかったこと、壇上で青柳が独唱する桜の花の歌に合わせて、一人の少女が日本舞踊を披露したこと、式の後では、生け花に飾られた会場で日本の食物が供されるなど、さまざまな趣向がこらされていて、そのひとつひとつにB・F・は感嘆の辞を惜しまなかったこと――彼女はそのありさまを、身振りまじりで、生き生きと再現してみせた。その日ばかりは清潔なシャツに赤いネクタイを締めたB・F・は、特に日本の茶道《ティー・セレモニイ》が気に入り、長髪をふりみだして、長いあいだその奥義を語りつづけたという。縁なし眼鏡の下の団栗まなこをしきりとしばたたきながら、口髭についた緑色の水滴を手で拭っている彼の姿が目に浮ぶようで、私は苦笑した。

しかし、ジーナによれば、その日彼女はとうとうレイトマンの姿を見かけなかったという。もしかすると、数ヶ月前の思いがけない私との出会いが、レイトマンの胸に秘められた「小さな不幸」をふたたび激しく揺さぶったために、彼もまたタムラ・ジャパニーズ・ガーデンを、そして、たぶん「彼のキヨシ」の息子をも、避けようとしているのではなかったか、と私はいぶかった。

あの日、暮れ切ったジルカー・パークを後にするとき、互いに固く再会を約したにもかかわらず、以来彼からは何の連絡もなかったし、私はレイトマンのあの不器用な雄弁の残響を恐れるあまり、自分から強いて彼を訪問する気にはなれなかった。

その後、私は一度だけ遠くからレイトマンを見かけた。北の方の州で、公民権運動の学生たちが州兵に射殺されるという事件が起り、全米の大学が挙げて抗議のデモを行なった日のことである。私は州議事堂《キャピトル》の前の広い芝生につどったひとびとに混って、ジーナとともに大きな楡の木蔭に腰を下ろしていた。

最初にレイトマンに気づいたのはジーナだった。見ると、ひとびとの群れから離れて、議事堂の中央入口に通ずる石段の半ばあたりに、あの日と同じような派手な花模様のシャツをまとって、レイトマンの痩せた長身が立っていた。彼の瞳が次々と登場する弁士に向けられているのか、それとも、樹々の梢で遊び戯れている栗鼠《りす》たちを見つめているのかを知るには、私たちはあまりに彼から遠かった。しかし、巨大な灰色の建物の下にじっと腕を組んでひとり立ちつくしている彼の長身は、なぜか異様に孤独の様相を帯びていたので、そのとき私たちは、どちらからともなく、立ち上って彼に近づくのをはばかったのだ。

こうして、私はレイトマンと再会する機会を永久に失ってしまった。

日本庭園の開園式から、およそ一年たったある朝のことであった。

十月に入ると、O市の朝はなかなか明けない。七時を過ぎても、まだ濃い朝靄があたり一面にたちこめているのである。そんなある早朝、私はジーナのノックの音でたたき起された。まだ醒めきらない眼をこすっている私に、彼女は黙って「O市ステイツマン・アメリカン」紙の朝刊をさし出した。ぶあつい新聞の十二頁目に、大きな広告写真の蔭に隠れるようにして、十数行の小さな記事がレイトマンの死を伝えていた。恐らく心臓障害によるものらしいが、郊外の自宅の居間でひっそりと息絶えていたレイトマンを、隣家の夫人が偶然に発見したというのである。「O市には彼の身寄りがないので、葬儀はケンタッキィ州ルイヴィルから飛来することになっている妹の――夫人の手で取り行なわれるはずである」と記事は結んでいた。私はレイトマンが退役陸軍少佐の称号を持っていたこと、彼が一生独身であったことを始めて知った。

それはたぶん誰の眼にも、ひとりの退役軍人の老人の侘しい、だが、平凡な死と映ったことであろう。しかし、私にとって、それは二重の死を意味していた。こうして、ふたたび相まみえることなくレイトマンがこの世を去った以上、「彼のキヨシ」もまた、彼とともに死なねばならない、と私はせまって来る胸の裡でつぶやいた。

あの夕暮れ、彼の物語りが明らかに示唆していた父の非業の死は、見守られる家族もなく、みずからの胸に秘めた「小さな不幸」に生涯罰せられつづけたレイトマンの孤独の死とともに、今こそ、この私自身の手で葬り去らなくてはならない。もし「タムラ・ジャパニーズ・ガーデン」がレイトマンと「彼のキヨシ」の小さな不幸の象徴であるならば、私はこのO市の静謐のすべてを、是が非でも私のこころの庭園に造りあげるのだ。そして、彼と父との奇妙な交友の墓碑銘を、一枚の板に刻みつけ、そのピーカン並木の小枝のひとつにぶら下げて置けばよい。

「ところで、昨夜B・F・が警察沙汰を起したらしいわ。誰かからハッシシを買っている現場を押えられて、逮捕されたそうよ」とジーナはいった。

彼女のこの異常な早朝の訪問は、明らかにレイトマンのニュースを伝える目的だったにもかかわらず、それに触れたくない私の気持に気づいて話題をそらしてくれたジーナの、いつもながらのさかしさに私は感謝した。

「B・F・ほどいつも異質なものに憬れているひとはないけど、彼もこれでとうとう破滅かも知れない。タムラの開園式の日のことを思い出すわ。B・F・はあの日本のなまぬるい緑色の飲み物に、アメリカにはない哲学を見出したつもりになっていたけど、あたしにいわせれば、彼がそんなに夢中になったのは、ほんとうはコカ・コラの味がどうしても忘れられなかったせいなのよ。ヒッピーみたいな振舞いができるのも、研究室の実験あってこそのことだったのに、彼はとうとうそれに気づかなかったのね」

彼女は一息入れてから、言葉をつづけた。

「あたし自身、ごく当り前のアメリカ人だから、コカ・コラの味は忘れられないけど、あたしはコカ・コラなしに暮せないことを自分でちゃんと知っているわ。つまり、B・F・は平均的なアメリカ人になるという、たいそう簡単なことができなかったのよ。あたしみたいな平均的アメリカ人には、わざわざ感心して見せるほど異質なものなんか、何ひとつない。あたしは、異質なものがいつも隣に座っていることに慣れきっているのよ」

たぶんその時、ジーナは私たちの未来について語っていたのだ。彼女にとって、日本人である私の異質性は、驚異でも奇怪でも滑稽でもないが、一方、彼女の生活がコカ・コラの風土に抜きがたく根を下ろしていることも認めなくてはならない、と彼女はいった。だから、日本が彼女の「関心《ビジネス》ではない」ことも、私への愛情も、彼女にとって、残念ながらともに否定することのできない事実だとジーナはいうのである。

私はレイトマンの死について、やがて訪れるであろうジーナとの別離について考えた。もしジーナが「平均的アメリカ人」であるとしたら、彼女は当のアメリカにももはや稀れにしか存在しない「平均的アメリカ人」なのだということを、私は五年間のO市の生活から学んでいた。しかし、私にとってかけがえもなく貴重なこの「平均的アメリカ人」に、私はいったい何を要求したらいいのだろうか。レイトマンと「彼のキヨシ」の関係のように、ジーナと私のほんとうの関係は、私たちが相まみえることのなくなった時に始まるのだろうか。

「このごろB・F・みたいな『ジャパン・ロビイ』がひどく軽薄に見えて来たのは、あなたがごく平均的な日本人だったお蔭なのよ。少くとも、それだけはあなたに信じてもらいたいわ。ごく平均的なアメリカ人でいるのは、ときどき、とてもつらいことなのよ。さあ、あたしはコカ・コラが好きだけど、ドクター・ペパーの好きなヤスシに、朝ご飯を作ってあげましょう」とジーナはいった。

O市の冬はいつも何の前触れもなくやって来る。毎年十一月も半ばを過ぎるころになると、ある日午前中の仕事を終えて昼食に立つとき、私はふと、図書館の冷房が少し強すぎるのではないかと考える。すると、決ってその昼すぎ、私が大学のカフェテリアを出て一時間ばかりたった頃、突如として風が立ち、急激に気温が下り始める。そして、それから数日のあいだ、北からの激しい冷風が吹き荒れるのである。ひとびとはその昼まで、薄い木綿のシャツに身を包んでいるだけだから、震えながら家に帰ると、慌てて翌日のために去年の外套を用意しなければならない。

何日か吹きつのった北風が収まると、南の太陽と冷えきった空気とが入り混った、奇妙なO市の冬が始まる。ひとたび日蔭に入ると、たちまち冷気が手足を痺れさせるのに、厚いセーターを着こんで日向を歩いていると、真冬とは思われない程の暖かさに、全身がじっとりと汗ばんで来るのだ。

しかし、南西部の冬がほんとうにひしひしとこころにせまって来るのは、たぶん夜の時間であろう。日が暮れて人通りが絶えた後、ときたま走り去る自動車のエンジン音の間を縫うようにして、固いコンクリートの路面に散りそそぐピーカンの枯れ葉が風に煽られ、絶え間なく乾いた微音を鳴り響かせるのである。その頃、私たちの禁戒はいつの間にか破られていて、私はウエスト二十二番通りのアパートで、いく夜ジーナとともに真冬のO市の音に聞き入ったものだろうか。

そんな冬のある夜、私は日本の小説家が、古式にのっとった割腹自殺を遂げたというテレヴィジョンのニュースを聞いた。私の帰国の日は数ヶ月先にせまっていた。

IV

文芸評論二題

常識の仮面——坂上弘小論

かつて河上徹太郎氏は氏の岩野泡鳴への傾倒ぶりを、「……泡鳴の描写論、或いは彼の描写の方法論は何かといえば、それは彼の文章が彼の生きている呼吸にぴったりと合うということに外ならない」(『日本のアウトサイダー』)と表現したことがある。泡鳴ならずとも、恐らくこれは作家にとって最大の賛辞となり得る言葉だと思うが、それを我らの坂上弘について援用させてもらっても、さほど場違いではあるまいというのが私の考えである。

しかし、不幸にして、坂上は半世紀前に物故したわけではなく、まだ三十代も半ばの「新鋭作家」なのだから、ともすれば文学史専攻の学生たちの手垢にまみれるしかなくなった泡鳴に新たな照明を当ててみせた河上氏の賛辞を、坂上に対してまっこうから振りかざすと、多少の不協和音をかもし出すのは致し方ない。

最近、坂上は「ひねた新人作家」と題された『東京新聞』の匿名の戯評に登場したが、それによれば彼は「……文章のよさでは当代随一じゃないか」と評価されている一方、「坂上は外から材料をからめ取ってくる虚構派じゃないから、作品にドラマがない。……たしかに坂上は読者へのサービス精神に欠けるところがあるね」と評されている。そして、そこではさらに「坂上のやっていることは結局自己確認の作業だと思うよ。だから自分の触覚でたしかめられた材料にしか手を出さないんだ」というのが、彼の「サービス精神に欠ける」作家的資質なのだと説明されている。要するに、坂上の「描写論」は「当代随一」だが、それが「彼の生きている呼吸にぴったりと合」っていること、つまり、坂上の私小説的な持ち味が、彼の作家としての抜き難い特性でもあり限界でもあるというのであって、たぶんこれは作家坂上弘についての一般的な印象を代表するものなのであろう。その結果、『週刊朝日』の匿名の『朝の村』書評のように、「……十年以上の筆歴の所有者のくせに、それにしてはパッとしない存在だと思える……一口にいうと、それは坂上弘の感性が特異であって、ほとんど全く通俗的でないというところに由来しているらしい」という推測も生まれれば、また、『読売新聞』の無署名の書評子の「……どことなくとっつきにくく、他人に通じにくい特殊な話を語っているという印象をあたえるのはなぜだろうか。それは……作者の『肉親嫌い』の内容が特殊で、『共通感覚（コモンセンス）』を欠いているところがあるからだろう」という『野菜売りの声』についての意見が表明されることにもなる。

坂上が「パッとしない」かどうかは私にはわからないが、もし「通俗的」という言葉が、いわゆる失神小説やくの一小説は別として、広く司馬遼太郎から井上靖、志賀直哉に到る文学を網羅し得るならば、果たして坂上弘が「通俗的」でないかどうか、彼の作品がそれほど「コモンセンス（常識）」を欠いているかどうかを、読者に考えて頂きたいというのが私の出発点である。

例えば、作家として円熟の域にさしかかっている坂上の最新作「百日の後」（『群像』昭和四十七年新年号）の冒頭の二行、「梅雨の明けきらぬ七月の初旬に、私は、すずきを一匹手土産に貰ったことがある。そのときはふと自分にひどくそぐわない姿が出来上ったことに気が付いた」（傍点筆者）という、たいそう破格な文章は、「当代随一」の文章の書き手のものとして、どのように解釈したらいいのか。少くとも、ここで次のような安岡章太郎氏の坂上評の一節を引用して置かなければ、私は怠慢の誇りを受けることになるであろう。

「その文章は、まったく文章を感じさせないほど透明であり、地肌がそのまま透けて見える極上のワニスのような文章とは、たぶんこういうものかと思われるほどだ。しかし、素直な演技というものが必ずしも役者が生地のままで動いていることではないように、文章が透明であるということは、じつは非常にメンミツな分析と計算からつくられているということなのである」（『毎日新聞』文芸時評）と安岡氏は書いている。

坂上について、安岡氏はここで二つの重要な事実を指摘していると思われる。第一は彼が非常な技巧家だということであり、それはとりもなおさず、坂上の「透明」な「描写論」が、恐らく一般に信じられているように、彼の「特異な感性」から自然流露的に流れ出るものではないかも知れないということである。つまり、坂上は実は高度に人工的な技巧を弄する文章家なのかも知れず、してみると、彼の作品中にときどき何気なさそうに現れる文章上の破格は、読者をそこでしばし立ち止らせるための、作者の巧みな穽なのであろう。そして、いうまでもなく、この種の秘かな文学的陰謀こそ、読者に対する作家の最高の「サービス」のひとつなのだから、坂上弘が「読者へのサービス精神に欠ける」作家だという定評は、少くともこの点では当っていないといういうべきである。

従って、安岡氏が示唆している第二の点は、こうした技巧派の「透明な文章」が「彼の生きている呼吸にぴったりと合う」としたら、そこに描かれている世界では、当然「役者が生地のまま動いて」はいないということである。坂上自身、短編集『早春の記憶』の「後記」で、「自分の自我がつよまり、肉親の一言のような、ごく自然なすがたをもったものを殺戮しつつあることに気づく……。このような『私』がいる以上、われわれの実生活とよんでいるものにはフィクションによって浸蝕される余地がひろいようだ……」と書いている。坂上の作品は大別して、いわば少年もの、田舎もの、サラリーマンもの、に分類できると思うが、それらに共通した私小説風のよそおいにも拘らず、もし伝統的な心境小説の一種として読んでしまうと、殆ど「透明」の域にまで達した非常な抑制力でその底にこめられている、そうとう強烈な作者の主張を見失うかも知れないと危惧しないわけにはいかない。

もっとも、坂上が一貫して比較的少数の素材を執拗に追及していることは否定できないし、例えば「日々の収拾」の冒頭の「〔十年もの間〕……彼は一度も父の家に足を運ばなかった。それは彼が父の家を出てからもう家には行くまいとかんがえた感情の行違いがあったからだった」という何気ない一節の背後に、「澄んだ日」の主人公の行動を憶測したり、「野菜売りの声」の美代子と「日々の収拾」の道子を重ね合わせてみたりする権利は読者のものであろう。そうすることによって、もし最近の坂上ファンが、彼の近作の静謐さからは殆んど想像もつかない「澄んだ日」や「ある秋の出来事」の強烈きわまる物理的パンチ力に驚嘆するとしたら、それだけでもはやこの「新鋭作家叢書」の目的の一端は達せられたというべきである。しかし、坂上がどの程度彼の「実生活」から素材を得ているかという推測は、未来の坂上弘研究家に委ねるべきなのであって、それは我らの坂上の「生きている呼吸」、いいかえれば、彼がどれほど「実生活」を信じているかとは何の直接の関わりもない。かつて坂上が中央公論新人賞を受賞したとき、伊藤整は「……この人は自分の地を出していけば、そのまま文学になるという確信のようなものをもって書いている……」といったが、もしかすると、作家坂上はさほど「自分の地を出し」てはいないかも知れないのである。

昨秋、坂上は『新潮』に寄せた志賀直哉の追悼文で次のように書いた。「事実をありのままに書いたもの、と氏〔志賀直哉〕はよく云う。事実は事実である。断片的なものである。この事実をつなげているのは、氏のなかの自己である。如何なる織りものが生れるかは、そのときどきの自己の有様に左右される。これは文体を持つ人の宿命だろう。志賀氏は随所でこういう文学があることを明示してきた。」どうやら坂上は、私小説作家にとっては必須の「事実」をあまり信じてはいないらしい口ぶりなのである。

もっとも、彼が好んで描く素材に関するかぎり、彼の作品の世界は「事実」の上に構築されているということができよう。いわゆる少年ものは今日の我国のどこにでも転っていそうなジェネレイション・ギャップの拡大された物語りだし、田舎ものは醜怪な田舎者の巨大な集落にすぎない日本の都会の実相への接近であり、サラリーマンものに到っては、いわば源氏鶏太氏の一連の作品に描かれている人間関係の心情のハイ・ブラウな吐露であるとすらいえるかも知れない。そういう意味では、坂上は昨今の我国の「事実」の「断片」を繰り返し描いてみせているのであって、彼の作品には「共通感覚」が欠けているどころか、辟易するほど「常識」に満ちあふれているのである。「他人に通じにくい特殊な話」をすると考えられているこの作家が描く主人公は、意外にも時としてあまりに「常識」的な感慨をもらす。

例えば、「野菜売りの声」の主人公は、「兄弟姉妹のなかでなにも自分だけが律気になることはあるまい」と考えるが、それは「役人だった彼の父のなかで彼が似ているなと思って厭になったのはこの律気さだった」からである。事実、この主人公の大学生は女を旅館へ連れこんでも奇妙に「律気」で、気取ったプレイ・ボーイの型からはほど遠く、だいたいこの短篇自体、彼の「律気さ」を通して母親と美代子と野菜売りのおばさんとが重なり合う効果をもり上げるように、巧みに構成されているのである。また坂上には、会社の宣伝部に勤める主人公の上司の死と私生活上の先輩の男の死とをからめて描いた「早春の記憶」という秀作があるが、その今や中堅社員である主人公と「〔映画フィルムの〕コマ数一つわからなくても自分ではもう一人前のつもりでいる新人」とが何気なさそうに対比させられるようなとき、この下士官めいた中堅社員の眼の「事実」さかげんに、いささかうんざりしない読者はあまりいないだろう。

そして、こうした坂上の「律気さ」、「常識」さかげんは、初期の作品であり、一見あまりに反社会的なティーン・エイジャーの物語りに見える「澄んだ日」についても、いささかも異なっているわけではない。

主人公八代峻の「行為は最初から予定されていてやるのではなく、やってしまってからすべてが明瞭になる。彼はそれが出ないうちから結果の中に身を置いており、行為の意味をまずはじめに拒否するのは利己主義の倫理で、そうなってしまえばもはや抜け道を考えることはできなかった」にも拘らず、しょせんは、「彼が思うことで、一つの事件ははじまり、語られる。彼の感情とやってきたことは彼の思うことを通して一つの結果へ、彼が生きている事実に還ってきた。出来上った事件はありきたりの秩序の中へ蔵いこまれた」。だから、「これでは彼は変わりようがない」のである。八代峻の兄に対する「律気さ」は百貨店での一件を通して否応なく示されるし、「愛することはなにもできない彼にとって一番よい逃亡なのだ」と明確に認識している高校生は、その若年にも拘らず、まるで「日々の収拾」の、わざわざ重役の葬儀に出向いて来る定年退職後の父親のように、「社会にばくぜんと義理立てしている」以外のなにものでもない。

かつて三島由紀夫は「ある秋の出来事」を評して、「『殺さない悪』を自分〔坂上〕は持っている――殺す悪ではなくて、殺さない悪ということです。ほかの作者はみんな殺すという悪を持っているわけですね。殺さない悪を持っているというので、この作品にちょっとほれたんです」（『中央公論』新人賞選後評）といったが、「殺さない悪」とは、一言にしていえば人間社会の確固たる「事実」であり、坂上の「律気さ」を語ってまことに妙を得ていると考えられる。要するに、私は我らの坂上弘の「共通感覚」を再発見し、彼が単に「自己確認の作業」に没頭している非「通俗的」な作家ではないことを強調したうえで、彼の文学的資質は上等の羽二重のようだが「読者へのサービス」に欠ける退屈な作家だという、純文学の神話を打破したいのである。

だいたい、坂上をひとりよがりな心境小説家と規定するには、彼の作品はあまりに動的に時代相を反映している。「澄んだ日」にしろ「春の埋葬」にしろ、そこに描かれている空襲の回想場面が、第一次戦後派の戦争描写と較べても、文学的迫力においてまったく遜色がないものであることを疑う読者は殆んどいないだろうし、「日々の収拾」の雰囲気には六十年代後半の我国のサラリーマンの平安と不安が如実にただよっているばかりでなく、作者は「たしかに彼らの間では弱々しい人間が続出しているような時代だった」修二の家出当時と、「曽て彼が父の家から出るときに持ち合せていた」「拒否する心の強さ」が「危険視されている」十年後とを、さり気なく対比させることを忘れていない。「澄んだ日」や、ここには収められていないが「バンド・ボーイ」などの異常なパンチ力を具えた初期の作品群が、例えば石原慎太郎の「太陽の季節」とほぼ同時代に書かれたこと、そして、「ある秋の出来事」が完成されたころ、ある大学教授の妻と次男が性格破綻者の長男を殺害した事件が新聞紙上を賑わせたことがあったという事実を、ここに記して置くのも無駄ではないだろう。坂上弘は時代の推移に対するきわめて鋭い眼力を具えているのである。

坂上にとって、歴史の推移は先ず即物的なディテイルを通じて捕えられる。敗戦によって突如として揺ぎ始めた「春の埋葬」の農村の秩序は、首吊りをした猫をめぐって展開され、村に「匂いのように入りこんで」来た「敗戦後の変化」は、何よりも先ず「セロファンにくるまった黄土色の英語の書かれた見なれぬ空箱」である。玉音放送によって戦争という「考えればどこまで行けばよいのかわからない恐怖が、夏のさなか、突然なくなった」とき、作者は先ず「庭に敷きつめられた大豆が大急ぎで筵ごと片づけられ」と書くことを忘れない。また、「日々の収拾」の金魚は主人公と「父の家」の関係の歴史を象徴していると思われるが、それは同時に、空襲後の焼跡で「家族が欅の木の下に雨宿りしていたとき、乾いた破裂音がして、金魚鉢が割れた」あの戦時下の日々とおのずから共鳴し合う仕組になっているばかりでなく、ひいては、父親の歴代のペットであるカナリアや血統証附きのシェパード犬などと併置され、「昭和十年代」から現在に到る「サラリーマン家庭」の社会史的な一面を浮き彫りにする。

抽象的で思弁的な議論によってではなく、こうした日常の事物によって時代が語られるとき、作品の世界と読者のひとりひとりが実際に生きた個々の歴史との距離がぐっとせばめられるのは当然のことであって、三島由起夫の評言を借りれば「家というものの中を書いていて、同時に外を書いている」(『中央公論』新人賞選後評)このような効果が、「非常にメンミツな分析と計算」の結果ではないなどということを、私は殆んど信じることができない。坂上は一見その「特異な感性」で「自分の触覚でしか確かめられない材料にしか手を出さない」内攻的で思弁的な作家に見えるが、実は彼の「描写論」はきわめて乾き切った即物的な核を持っていて、それが客観的で、ゆえに普遍性を具えているという意味で、そうとうに「通俗的」な傾斜を帯びているというのが私の考えである。

事実、「透明な」文章の随所に即物的な目が光り、個々の事物のイメイジを楔として自由自在に時間の壁を超えながら物語りが進められて行く「ある秋の出来事」の技巧は、殆んど圧巻といってよい。そこでは、電車の「金属のきしる音」、「通過駅の電気時計」、車中で出会った学生たちの一人の「話すときの頭の振り方」、埃っぽい郊外の道に一人の老婆が撒いている水などを接点として、読者は一瞬にして作品と同化させられるのであって、その度に心理にきざす緊張感が重なり合うにつれ、殺気をはらんだ作中の人間関係に次第に読者を組み込んでいく間合いのサスペンスは、ありきたりの推理小説をはるかに凌駕するというべきである。そして、坂上の作品が持つこうした即物性のメカニズムは、極度に殺気を抑制した「日々の収拾」などの近作についても、本質的にはいっこうに変わってはいない。

臆測をたくましくしていえば、恐らくこのことは、坂上が「事実」信仰の私小説家のよそおいをいっこうに捨てようとしないことと密接に結びついているのであろう。

しかし、その思弁的な心境小説家のよそおいにも拘らず、彼の即物的な核から容易に推察できるように、坂上が意外に文学的な行動派であることをここで指摘して置かなくてはなるまい。「ある秋の出来事」の主人公の友人小室が、反語的にそれを証明しているもっとも良い例であろう。彼は哲学的な語彙で会話することによって主人公の家庭の状況を解説する役割りを負わされているが、例えば、「だがどうすればいいんだい、ぼくたちが過去のひろがりのなかからある一つの愛か憎悪か思想を忘れずに覚えていて選びとってしまったら」という主人公の切実な問いに対して、小室は「それはそのことだってやっぱりぼくたちにとっては仮説なんだよたぶん寓話なんだよ」などという。結局彼は「しかしぼくが兄と妹を持ったことは寓話なんだろうか」と反問する主人公に答えを与えることはできない。一篇の結末で「兄を殺そうと思ったせいで自分は家を出て行くのだと思う」という妄念にさいなまれている主人公に向って、小室は「きみの降りて歩いてくるのを見てたら、颯爽としてたね」といい捨てて、通りすがりの学生デモに加わり、見ず知らずの若者たちと腕を組んで立ち去ってしまう。つまり、主人公は、小室との対話を通じて一切の思弁的な欺瞞を拒否し、そのうえにしか成立し得ない凝似行為を拒否し、饒舌を拒否して、もっとも文学的で人間的な行動、すなわち「殺さない悪」を選び取るのである。

「澄んだ日」では、こうした坂上の文学的行動性がより直截に、だがそれだけに未成熟なかたちで示される。八代峻は家庭と学校の秩序に反逆しながら、一方では「民衆の怒りをあらわし、喜びや悲しみの健康なひびきをもっている」「熱狂的な」うたごえを「どうしても……好きになれない」自分を知っていて、小室利夫を北海道のゲリラ活動から既成の秩序へ引き戻す側に加担する。そして、それはもっぱら「彼自身の住むその社会の動きにすべてがかかっている以上、彼はそれを見捨てたように拒否するわけには行かなかった。彼が覚えたブルジョワという言葉は、ブルジョワ世界が実践活動家になることによって消え去らないときに、彼の条件であり、彼の可能性《チャンス》だった。家は一つの機会《チャンス》だった。家は彼にとって一つの象徴だった」からである。八代峻はこうして「虚無を想像することはできたが、それだからといって、彼が虚無的であることを人と人との間で誇ることは」できない「彼自身の住むその社会」の「共通感覚」を通じて、「おれは愛について喋りたいんだ。いろいろと愛と思える事柄を聞きたいんだ」という文学的行動を撰択する。そして、同時に、作家坂上弘は「律気さ」と「透明な」文章の即物性の核とを「常識」に通う秘かな橋梁として、「一つの機会《チャンス》」としての「家」を、さらにその延長としての田舎を、会社員生活を描きつづけることになるのである。

そういう意味では、「澄んだ日」にはそれ以後の坂上の文学活動の殆んどすべてを暗示するものが含まれている。「すべては日常性なのであり、自分は怒りの発端や結末のなかにいるのではなかった」ことを知りつくした彼の近作が、その本来の乾いた即物性にも拘らず、不思議に静謐な一種の平穏をたたえている謎も、どうやらこの辺に理由がありそうに見える。

「おきまりの孤独の精神は瞞着」にすぎないと考える八代峻にとっては、もはや断絶を絶叫し、幸福と不幸について高らかに唱うことはあり得ない。彼は「殺さない悪」に回帰し、「それを見捨てたように拒否するわけには行かない」恐るべき二律背反の「日常性」の中で営々と生をいとなんで行くしかない。「彼等は自意識とか虚無とか、実存とかの言葉をとり混ぜて喋っていた。『実感』は合い言葉だった」という一行は、たいそう皮肉に坂上文学の世界を説明している。なぜなら、読者との間に架設された「共通感覚」によって哲学的な言辞が容易に否定される一方、「実感」によって八代峻は「世界はすべて美しく無関係に存在していて拒むことも拒まれることもありえない」ことを発見するに到るからである。

そして、ここここそ、坂上の「律気さ」、「共通感覚」、「殺さない悪」、即物性、といった彼と読者とをつなぐ橋梁が、いわばコペルニクス的転回を示す点であるというのが私の考えである。

一九六〇年、「澄んだ日」が単行本として世に現れたとき、坂上はその後書きで次のように書いた。「頼りにしていたのはイメージのリズムだけで、ここでイメージと呼ぶのはただ単に、思い浮かべる世界という程度の意味でしかないのですが、その思い浮かべる世界が、前後関係をもち、並べられ、連続して行くには、律動のようなものがあるように思われたのです。……小説を書いているものにとって最大の関心事はその男のアドリブなので、ストーリイとか構成とか言われるもの、作家の形而上学や思考のパターンとかはその男が考え出さなければ、いつか誰かが考え出すだろう。作家個人の特殊な経験などというものは、一般に思われているほど確実なものではなく、むしろそんなものはあり得ないのだ。……彼にとって意味があるのはその構成を正当化し、その思想にたどりつくまでのアドリブである。それは過程であり経過であって、彼が一度書き出したら一生小説を書き続けなければならないのも、そのためなのだ」

これが書かれてから十年後に、坂上が「実生活」には「フィクションによって浸蝕される余地がひろい」と書き、また、志賀直哉について「事実をつなげているものは、氏のなかの自己である」と書いて、ほぼ同様の主張をくり返していることには既にふれたが、してみると、これはそうとうに坂上の本音を吐いているものと考えてよいであろう。要するに、坂上はここで作家の「実生活」を否定し、「事実」信仰を拒絶し、「イメージ」を始め小説を小説たらしめるもろもろの要素について特許権を放棄して、それらはことごとく彼の「リズム」或いは「アドリブ」に奉仕する虚構であると主張しているのである。坂上にとって「事実ありのまま」はいわば彼の生き方の「リズム」を描写する技巧にすぎない。

私が先に坂上の「描写論」が「彼の生きている呼吸にぴったりと合」っているといい、それにも拘らず、彼がその作品にさほど「自分の地を出して」はいないかも知れないといったのは、このような意味である。従って、坂上が「事実」を新聞紙上の殺人事件に求めようと、幼時の田舎体験から現在に到る私生活の「断片」に求めようと、それは読者にとってさほど重要なことではない。

彼の「アドリブ」は時に「透明な文章」の間に突如として現れる破格な一節であり、時に不思議な断定力を含んだ警句めいた会話であり、時に時間の流れと競い合うかのような強力な修辞であったりするが、読者はこうして坂上の「共通感覚」のコペルニクス的転回に翻弄されつくすことになる。なぜなら、彼の「律気さ」や「殺さない悪」はその即物的な「イメージ」とともに、客観的な「事実」としてあらゆる思弁的な欺瞞を排し、ひとたび読者の「実感」との間の橋梁の役割りを果たしながら、同時に作者の生きる「リズム」に奉仕する虚構として彼の文学的行動を映し出す鏡でもあるという、あたかも八代峻が撰び取った「日常性」の二律背反のように、互いに拮抗し合う二つの異った役割りを負わされているからである。

しかも、それが「共通感覚」である以上、作者の「リズム」はふたたび普遍と客観の世界へ立ち帰ることも可能であることはいうまでもない。いわば坂上弘は私小説の美学で物語る社会派であり、非情の言葉で美しい抒情を叙し、肯定によって拒否を語り、「常識」によって虚無を創る作家なのである。彼の人物たちが限りなく「律気」でありながら反逆的であり、その世界が辟易するほど「常識」に満ちていながら絶えず強烈な背徳の香りをただよわせているのは、恐らく作者が駆使する虚構のこうした二律背反性によるのであろう。そこでは作者の個性は、例えば「日々の収拾」の父親のいう「経済原則」のような「日常性」と即物的な描写の陰に埋没してしまうかに見えながら、実は限りない文学的行動力で静かに脈打ちつづけているのである。

しかし、絶えざる二律背反の個性が営む知的作業は当然非常な精神の力学を内在させているのであって、それに対応する読者が常に極度の緊張を要求されるという意味で、ここにこそ、語り口においてラヴ・ロマンスの起承転結に優り、サスペンスにおいて血沸き肉躍る剣豪小説に劣らぬ坂上の最大の「サービス」があるというのが私の考えである。坂上の中には、どうやら乾いた即物的な眼で見るロマンティストがいるらしく、彼は縷々と浮世の慣いをかきくどく強烈な個人主義者のように見える。

坂上は「澄んだ日」の中で、「……自分達が自分達であることをやめないかぎり、もっとも重要だと思っているいくつかの観念には到達することはないだろうと思った」と書いた。以来彼は、「自分たちであることをやめ」られない「条件」の「一つの象徴」として、そして、人間がいかに観念を弄びながら生そのものと対決し得るかを描き出す彼の「アドリブ」のための「一つの機会《チャンス》」として、「家」を重要な「事実」のひとつに選ぶことになる。ここに収められた六篇は、いずれも「家」をそれぞれの方法で扱っているものだが、ほぼ十年の年月に亙って書かれたそれらの「家」のなかに、坂上という作家の円熟を見ることは容易であろう。

「澄んだ日」の八代峻にとって、「家」とは先ずなによりも「親子四人が庭先に向かい合って、写真でも撮るように近々といるのが、……我慢が」ならないものであり、彼はいわば「自分たちであることをやめ」られないことに苛立って、父親の金品を騙し取り、女を妊娠させる反逆児である。「ある秋の出来事」の主人公にとっても、「家」は「ぼくはもうこの家庭というしくみが恥かしいんですよ、各々がごまかしあうよりほかに方法がない間柄なんだ、そしてその責任はあちらだ、こちらじゃない、というまるでばかげた騒ぎしかできないんですよ、ぼくたちは」という意味あいであることは変らないが、結局作者は「殺さない悪」を選び、主人公は彼の家出の決意が「……一つの思想や一つの愛のようにこだますることが」ないことを知るに到る。

「春の埋葬」では、「自分たちであることをやめられない」日本人の最後に帰趨する場所のひとつとして田舎が描かれるが、それは「……誰もが自分達の間柄について口に出したりしてなにも云」わないのに、実は「なにごとかが終りふたたび始められ、おそらくは誰も解決などというものを求めていない争いが続けられて行く人々」の集団である。坂上はここで「ある秋の出来事」のあのきらびやかな技巧を敢えて惜し気もなく捨て去り、それに代わって、「夜の樹々のざわめきの下で灯りも洩れずに閉ざされ動ぜずに立っている」農家と、「人々は争うものだということ」の「絶望のような」衝動をあざやかに対比させる沈潜した描写力を誇示してみせる。

そして、それ以後の三篇では、坂上は今や人工的な技巧の冴えを誇らし気に見せつける必要もない「常識」の仮面を着けた虚構派として立ち現れ、「家」のなかでは人々ももはや明らさまに争うことはない。こうして、「野菜売りの声」で坂上は彼の短篇の美学を完成し、「日々の収拾」で彼が十年来書きつづけて来た「事実」である少年もの、田舎もの、サラリーマンものを統合する和解の物語りを書き、「田舎の眼」では淡々とした語り口で「争い」を描く坂上文学独特の世界を現出して見せる。

坂上の和解の物語りが彼の文学的行動の和解を意味しないことを、ここであらためて強調する必要はないであろう。志賀直哉の「和解」が、家長の絶対的な権威を抜きにしては成立し得ない秩序の美であるのに反して、坂上のそれはもはや血肉の対立すら超越した「ただ日常の会話をしてみたかった」無秩序との和解なのである。「日々の収拾」の修二は「会社の仕事の帰り、一杯飲屋にさそわれたりすると、先輩の表情の翳りに、父と同じような、分別と照れくささの入り混った、たけだけしさを見つけてどぎまぎ」し、「父の示すぬきさしならない常識に屈しながら、自分は依然として父を裏切る」という坂上の二律背反の「アドリブ」がここでもふたたび繰り返される。安岡章太郎氏はかつて『早春の記憶』の書評で「架空な犯罪を探る推理小説の手口とは逆に、ここでは現実の日常生活が架空になってくるような恐ろしさが……滲み出して来る」と書いたが、坂上の少年ものから田舎ものを経てサラリーマンものに到る素材が、彼の生きる「リズム」の同じ発現である以上、その文学はなお無限の可能性を秘めているというべきであろう。

現に、「春の埋葬」と「日々の収拾」のあいだに、「同棲」(『文藝』昭和三十七年九月号)など日常の激情の無表情さを描く作品が書かれていること、「コスモスの咲く町」(『新潮』昭和四十四年九月号)のようなサラリーマンものの秀作があること、最近では「遅い帰りの道で」(『群像』昭和四十七年新年号)のようにこうした素材を坂上の現在の「リズム」で「アドリブ」し直す努力がなされつつあること、そして、すでに八年も以前に、それらと多少系列を異にする「暖かい日」(『文芸』昭和三十八年六月号)のような短篇が、坂上弘の新しい可能性を示唆するものとして発表されていることをつけ加えて置かねばなるまい。

宝石の文学――詩の地位について

㈠、死んだ人々はどこへ死んで行つたのだ
　眼をつぶると
　ぞろぞろ　ぞろぞろ（と）
　草履をひきずるやうな音（が聞こえてくる）
　（また）
　どさ　どさ　どさ（と）
　重い軍靴を引きずつて
　暗い冥府を　暗い海の底を
　不規則な足音を立てて行く（足音が聞こえてくる）

　亜細亜の南海の陸と海との隅々から

死んで行つた若い人たち（が）
死んだときの
殺されたときの形相《ぎょうそう》そのままで
ぞろぞろ
…………
ぞろぞろ
…………
どさ　どさ　どさ
…………
どさ　どさ　どさ
…………
死んだときの　殺されたときの形相《ぎょうそう》のままで
天の奥処《おくが》を限りなく
いまも歩いている

㈡、
アーアーアーアー
われらの歌声は死を持たず

擴りとてもない擴りに
全體的黒死病の如く擴つてゆく
かつてこの聲のうち
ひときは激しく渺茫たる擴りに
アーアーアーアーを貫いて
「言葉」を語つたものがゐた
その言葉の韻《ひび》きはまだ中空に漂つてゐる
その言葉に和せんとするものもゐた……
言葉はわれらのアーアーを吸ひ寄せる
しかし黒死病は癒えずアーアーは
重く霧の如く漂ふのみ
奥處のきはまらぬ洞窟に
アーアーアーアー

大変長い引用であるが、㈠は堀田善衛氏の小説『記念碑』の最後の部分を私が勝手に行分けしたものであり、㈡は『一九五二年荒地詩集』所載の、同氏の「沈黙」と題された詩の一部である。同様な例は堀田氏の他の作品の中にも、あるいは高見順氏や井上靖氏の詩作品と小説を読み較べる時容易に発見できるのであるが、今私はいくつかのごく粗樸な疑問を改めて感じないわけにはゆかない。

㈠は詩として書かれたものではないにもか拘らず、私が一寸した操作を加えるだけで、その良し悪しは別として一篇の詩らしいものになってしまうとしたら、ずいぶんおかしなことではないか。もしこれが最初から一篇の詩として発表されたとしたら、本来単なる部分であるにすぎないものがひとつの完成品として評価を受けるようなことになりかねないのではないか。堀田氏の作品に少しでも通じている者なら、「沈黙」で作者が提出している問題は、『記念碑』に繋る一連の小説に於て彼が執拗に繰り返しているテーマと同質のものであることは推察がつくが、それならば「記念碑」で「ぞろぞろ、どさどさ」や「重い軍靴」や「殺されたときの形相」などの内容を数百頁に渡って転回したように、何故「沈黙」では「言葉」や「アーアー」や「黒死病」をそのまま投り出してしまわずに、更に究明しようとしないのか。読者はこれらの言葉から、少くとも『記念碑』や『奇妙な青春』や『歴史』や『広場の孤独』などと同量の内容を汲み取らなくてはならないのか。㈠と㈡の差異は、あるいは㈠に見られる「——である」といった語法や接続詞の使用が㈡には見られず、反対に「漂ふのみ」のような㈡に用いられている助詞を省いた語法が㈠には用いられていないという、実はごくささいな点にあるのではないか。その証拠に、㈠の括弧に入れた部分を無視すると、㈠と㈡は更に表面上類似してくるのではないか。つまり㈠と㈡の差異は無視しようと思えば無視できるようなごくささいなものなのに、行分けして書かれているかいないかだけで、㈠は散文であり㈡は詩であるということになってしまうのではないか。

私は既に何百回となく繰り返されて来た原則論を、ここに敢えてふたたび持ち出そうと思うのである。感動するしないを別としても、ある一つのグループ以外にはどうしても理解できないような詩が数多く書かれ、そして、小説が画期的な数の読者を獲得しているのに反して詩が殆んど読まれない事実が問題にされる今日、その原因が詩人の世界観や人間観の問題にあるのでなく、詩として通用している形態の文学の中の何か本来的な呪われた運命にあるのではないかを、改めて検討する必要があると思われるからである。

しかしそのためには先ず、ここで対象とする詩がどのような文学形式であるかを明らかにしなくてはならない。

山本健吉氏は「詩について」と題したエッセイで「便宜上漠然とした定義をわれわれが下して置くとすれば、それは短い詩であるということと、詩人の思想や感情を直接に表現しているものだということが挙げられよう」といって、今日書かれている大部分の詩を、形態に於て「ハムレット」や「オネーギン」などと区別し、内容に於てフィクションが介在しないという点を以て、抒情詩であることを余儀なくされているものであるとしている。もちろんこの場合の抒情詩という語は叙事詩や劇詩に対するものであって、必ずしもリリカルな内容を意味するのでなく、対象と作者との間に第三者の存在を許さない、エリオットのいわゆる「第三の声」を拒否したものを意味している。換言すれば作者が対象に向って出てゆくのではなく、対象を作者の中に包含することによって、そこに究極的には第三者を拒否するに至るようなものである。そして山本氏はこの結論から、短かい抒情詩である現代の詩が必然的に機会詩であり、「わたくし詩」や左翼的な生活詩やサークル詩のようにそのモチーフを日常生活の中に求める詩はもちろん、いわゆる象徴詩や純粋詩にしても、「自分の脳髄の中で」日常生活の感情的、思想的衝動を表現するのではないが、「もっと内観的な、その場その場の閃きともいうべきものを継ぎ合わせて、一つの詩を作ろうとする」ものとして、機会詩以外の何物でもないことを指摘している。

私はこの際山本氏の定義に従って、ここで対象として取り上げる詩は「短かい機会詩」であると一応規定しようと思う。何故なら山本氏の指摘する通り、私たちが日常詩と呼んでいるものは長くて二、三十行の文学であり、劇詩などの試みは第三の視点やプロットなどの導入によってドラマティックなカタルシスを狙うものであって、いわゆる詩とは明らかに範疇を異にするものであり、又大部分の長詩は二、三十行の短詩の反復か複合によって構成されていると考えられるからである。

昭和三十年の七月、『文學界』は「現代詩をどう読むか」と題する特集を行っているが、そこに詩壇から寄せられた各派の主張を見ると、「人間性の解放」(日本未来派)や「世界との同時性を意識し、主體的創造の立場に立つて、それに參與する」(時間)ために、何故「短かい機会詩」

を撰ぶのかという点に触れているものは一つもなく、詩を子供が母親を信じるように、自明な形式として受け取っている様子が感じられる。むしろ「歴程」のように、「純粋に詩を信じ詩を愛する意識以外に」詩について何もいうことはないとして、その疑問から故意に眼をそむける風すら観取できる。しかし、読者にとって重要なのは詩人が詩を書くことが詩人自身にどんな意味を持っているか、又は詩人が何のために詩を書くかではなく、独立した文学作品としての詩が読者にとってどのような価値を持つか、あるいは持ち得るかという問題であるから、詩人が詩を愛したり信じたりしている度合などは、作者から独立した詩作品そのものから帰納的に感じられる場合以外は、読者には何の意義もない。しかも、もし私がある作品を通じて作者の詩に対する愛情の強さを感じ得たとしても、作者の提出する問題や文学作品としてのカタルシスが詩という形式の中に充分表現されていなかったり、作者の意図が詩という隠れ蓑のために直截に訴えて来なかったとしたら、私は作者の詩に対する愛や信頼自体を疑わずにはいられないのである。

加藤周一氏はかつて、「強いて詩人と小説家とを比較すれば……詩人の人間に關する知識は小説家の上であつても決して下ではないが、それにも拘らず、詩は小説に比べてつまらないのではないか。このつまらなさは、大ざつぱな云い方だが詩人の人間の問題ではなく、詩の美學の問題である」（現代詩第二藝術論）といって、同様の疑問を提出したことがあるが、詩壇ではその発言も殆んど無視され、この疑問から出発したと思われるマチネ・ポエティクの運動は一概に失敗として片づけられてしまった。確かに詩はつまらないのであり、少くともジョイスやプルーストのような読みにくい翻訳小説すら、ひと頃その信条によって多くの読者を獲得したといわれる荒地派の詩に較べても、現在広く読まれているといえるのではなかろうか。そしてそれは、加藤氏のいう通り詩の作者の世界観の問題でなく、詩の美学、短い機会詩という詩の形式の問題に違いない。何故なら堀田善衛氏の詩がその小説に較べて遙かに訴える力の弱いのは、詩人としての作者と小説家としての作者との間に人間的な優劣が存在するためでないことは明らかだからである。このことは、高見順氏の詩集『樹木派』があれだけ多くの詩篇から成っているにも拘らず、『いかなる星の下に』や『この神のへど』などの一篇の小説に較べても普遍性に乏しいばかりでなく、小説よりも本来強く作者と結びついている筈の『樹木派』の各詩篇からよりも、一篇の小説からの方が明確な作者像を摑み得る場合も同様である。しかし、詩への愛情を唯一の依り所とする詩人達は、この形式自体を疑ってみることができない。もちろん、この場合彼らが愛する「詩」なるものは、いわゆる「詩的」なものを指すのではなく、詩の形式を指していることは明瞭である。詩のつまらなさが詩人の人間の問題でないことが明らかである以上、詩的なものを愛し信頼しているのなら、彼らは「短かい機会詩」という形式に固執する必要がないからである。

詩が小説に較べて広く読まれていない事実は、あるいはそのまま詩の非力さや価値の有無にはつながらないかも知れない。能楽は歌謡曲ほど現在広く普及していないが、無数の歌謡曲の愛好者がマドロスを歌った短調の曲から受ける感動よりも、ごく限られた能楽の愛好者が羽衣や鉢木から受ける感動の方が大きいとしたら、能楽はマス・コミに乗らず、又乗らないからこそ真の感動を与えているといい得るかも知れない。しかし、現代の詩人達が世の中の他の仕事に携わっている人々と同様の苦悩や使命を認識しているのなら、何故自分達の問題を訴え表現するに際して、ことさら詩という形式を採用しなくてはならないのか、繰り返して反省してみる必要がありそうに思われる。その結果、もし現代の詩が普遍性を失った原因がマス・コミの側にあるのでなく詩の側にあるとしたら、詩人達は自らの使命に忠実であればある程、いさぎよく詩を棄てて他のものを探す努力をしなくてはならないであろう。もし普遍性こそ失なわれたが、撰ばれた少数者のみには真の感動を与えることができ、そしてそれが詩の持つ運命であるなら、少くとも詩人達は詩によって自らの主張を、一般大衆に訴えることができるという妄想を棄てなくてはならない。

私はここで扱う詩を「短かい機会詩」と一応定義したが、問題が詩人の人間の問題でなく詩の形式にあるのだということが明らかになった今、更にその範囲を狭めようと思う。短歌、俳句と訣別して以来のわが国の詩に於て、唯一の定形と考えられる七五調、五七調を主とした新体詩、及び佐藤春夫氏や三好達治氏などのある種の作品に見られる擬古文やいわゆるみやびことばから構成された「短かい機会詩」には、いう迄もなくその文体の必然性やその散文と異なる機能が明瞭だからである。

七五調や五七調は日本人の耳には一種の名調子として響くから、言葉の意味が明瞭に理解されない場合でさえ、変形された歌謡のようなものとして口の端に上ることは容易であり、まして意味が充分理解された際には、意味と音楽的な拍子とが一体となって、散文にない効果を上げることができる。又擬古文やみやびことばは、日常生活の中に見出し得ないものであるから、七五調のような拍子は持たなくとも、読者の視点を現実からそむけさせ、ロマンティックな架空の世界へ逃避させるための恰好な武器であるという点で、口語散文の持たない機能を持っていると考えられる。

従って形式上その機能や美学が曖昧なまま残されているのは「口語散文で書かれた短かい機会詩」のみとなる。私が詩に関する考察の対象としなくてはならないのはそれに他ならず、疑問はもっぱら二、三十行に行分けされた口語散文そのものに向けられねばならない。

昭和三年、萩原朔太郎は「自由詩原理への入門」に於ていわゆる民衆詩などを指し、「かの奇怪なる行ワケ文學、卽ち何等の詩的表現を持たない普通の散文を、單に句點で行を分ける事からして、書式上詩らしき見得を與える類の怪文學」と非難しているが、この言葉は、わが国の口語詩が始まった当初に於て、既に口語詩の機能や美学の問題が存在していたことを示している。もちろん、詩人がその世界観に適する形式として口語自由詩が、詩自身の通路を狭め、難解にしてしまった現象はわが国だけのものではないであろう。例えば英国について見ても、ハーバード・リードが『英詩の諸相』の現代詩の章で、「自由詩の使用は多数のインチキ詩人のため余地を残し、そして彼らを習慣的な方法で試すことができないために、皮相的な芸術に対して払う多くの詩の読者によって、インチキ詩人達が安易な成功に甘んじる危険がある。現代詩の評価には常ならぬ程度の注意力と識別力が必要である。現代詩は人が友人を試すときのように、信頼と親しみ及び完全な知識によって試されなくてはならない」といわねばならない現象が指摘できるかも知れない。しかし、ミルトンもダンもブラウニングも現代詩の過去に持っていないわが国に於いては、一見同様に思われる自由詩の問題も同列に論じることはできないと考える。何故なら、ミルトンもダンもブラウニングも持たなかったということは、ソネットもオードもブランク・ヴァースもヒロイック・カプレットも持たなかったということであるから、英詩で自由詩《フリー・ヴァース》という時はミーターやライムの上に成立する定形詩に対比して用いられるのに反し、わが国での口語自由詩は単に一般の口語散文に対して用いられるに過ぎないからである。もちろん、ブランク・ヴァースはライムを持つものに対してそう呼ばれるのであって、新体詩の七五調などはライムもアリタレイションも存在したことのないわが国のブランク・ヴァースでは決してなく、むしろその点では拍子を持った擬古文の一種と考えられる。従って私達は「完全な知識の対象」を持たないのであるから、如何に「信頼と親しみ」を持っていても、口語自由詩に対して一定の基準に基づいた「注意力」も「識別力」も持つことができず、その場合は千差万別の一般散文との比較に於いて考える外はないわけである。

萩原朔太郎は自由詩が散文であるという前提の下に、「程度上の比較からして、より文章としての強き魅力、音律の肉感性、語調のキビキビしさ等のものを、特に強く響かすものと、それの平坦で魅力のない文章とがある」（「自由詩原理への入門」）といって、詩の散文を詩でない散文と対比して考え、前者が一般に詩として感じられるものであるとしている。この際彼ははっきりというわゆる「詩的」なものと「詩」そのものとを区別し、もちろん詩は「詩的」の中に含まれるわけであるが、「詩的」は文学一般についていえるのに反し、その中から詩を峻別させるものは、音律感、象徴手法のどちらかの効果の有無にあるといい、更に「詩は描くものでなくて訴えるものである」という理由で、「描寫は小説に属して詩に属さない」という結論を導き出している。つまり「詩の特色は實に音律感の强き魅力に存在する」ものであって、「音律感なきすべての詩は虚偽」であり（「自由詩の本道はどこにあるか」）、詩的な散文と散文の詩との区別は、「散文としての音律の創造」が見られるかどうか、「プロゼイックの中に新しい詩美と音律」があるかどうか（「自由詩原理への入門」）にあるというのである。これを散文で書かれた詩独特の機能という現在の問題に当てはめていい代えると、詩人が詩の形式を自ら撰び取ることの必然性は散文の中にある音律感にあり、これこそ詩人が詩的な散文でなく散文の詩を書く重要な理由に他ならないということになるであろう。

萩原朔太郎のいわゆる散文に於ける音楽性、内韻律のようなものを詩の重要な要素であるとする考え方を確かめるためには、第一に詩が散文として欠点を持っていないか、第二に散文に於ける音律とは具体的にどのようなものであるかを、詩の中に用いられている言葉の側から検討してみなくてはならない。

きみがぼくの眼の中で探しているもの
または　掠めとろうとしているものは
ぼくが未來に描いている
きみの　誰かから拜跪された裸體
だから　きみの挑みかかる視線は
剝製動物のそれに似ていて
ぼくを無關心につらぬき
遠のいて行くぼくたちの　暗い今日の
しかし取返しのつかない背景に
鋭く　むなしく　突き刺つている
ぼくは眼をひらいたまま
盲目となり
影のない石となり
碎かれた鏡となり
きみがいつ　秘かに傷ついて
ぼくの前に戻つてくるのかを知らない

これは『文學界』二月号の特集で「現代詩の展望」所載の、清岡卓行氏の作品前半であるが、この作品を一つの散文としてみた時、私には極めて変則な文章であるとしか思われない。当り前なことのようであるが、現代の殆んどすべての詩と同様、この作品には句読点が全く用いられていないし、又第四行の「裸体」の後には助詞が省かれていると考えられる。しかしこの作品が口語散文で書かれている以上、私達は少くとも第四行、第十行及び第十六行の最後に小さなマルを、第四行の後には何か断定の助詞を無意識裡に頭で補って、始めて意味が取れるわけである。それに、第十一行は意味上からは、三行の挿入文を抜かして、第十五行、第十六行に繋るのであるが、口語散文には「——したまま——を知らない」といういい方はないのではあるまいか。

同じ「文學界」の中村稔氏の作品第三連、

眼を閉じれば瞼の裏を雪がふりしきる
泥靴に蹴ちらされた野の果て
樹々の枝が天に磔になつている

について見ても、句読点が用いられていないために、中央の行の副詞節は前後のいずれの行につくのか判然とせず、従ってこの連全体は散文としては不具となっている。もし前後双方を修飾するなら「野の果てで——眼を閉じれば」「野の果てに——樹々の枝が」のように何かを無意識に補いながら、私達はこの連の意味を理解するのである。

萩原朔太郎のいう「プロゼイックなものの中の音律」とは、具体的にはどのようなものであるか結局判然としないのであるが、「青猫スタイルの用意について」と題するエッセイの中で「——のような」という語法を何故用いるかを説明するに際して、単語を並列しても良いけれども「詩というものは、連辭のてにをはや言語の音律の響きによって、主観のデリケートな情操を傳えるもので、そこに真の複雑な意味と情趣とがあるのだから、単にボツボツの単語を並べたのでは不完全だ」といっている言葉から僅かにそれを察するとすれば、前記の清岡氏や中村氏の作品に於て私が散文としての欠点として数え上げたことがそのまま、いわゆる「プロゼイックなものの中の音律感」の要素ということになるのではなかろうか。

しかし、これらが詩の一般散文と異なる機能であるとしたら、断定の助詞の省略や耳なれぬ語法や語順の倒置の使用によって生ずる意味の曖昧化が、果して作者の意図を明確に訴えかけるために益するかどうかという疑問を感ずると同時に、この程度の文章のニュアンスの違いが詩の本命なら、程度の差こそあれ詩以外の散文の中でもしばしば、しかもそれが詩にとって本命であるに較べて単なる部分的なテクニックとして用いられていることを指摘しなくてはならない。例えば太宰治の「櫻桃」の中などでも

「この、お乳とお乳のあひだに、……涙の谷……」

涙の谷。
父は黙して、食事をつづけた。

のような語法が数多く見受けられる。この傍点を附した部分は、清岡氏の作品について指摘したものと同質の用法に他ならず、このような用法は単に小説に於てのみではなく、福田恆存氏の評論の中の「――です」調と、「――だ」調の併用などについても観取できることである。

つまり、オーソドックスな散文としての欠点を、視点を変えてある種の独特なニュアンスをかもし出すための手段であると見なすとすれば、今やそれらは詩独自の機能ではなく、一般散文に於ては作者の文体に微妙な特徴を与える要素の一つにすぎないものに全的にもたれかかることによって、詩は散文より非力になっているといえるのではなかろうか。

萩原朔太郎にとって、「詩はただ病める魂の所有者と孤獨者との寂しいなぐさめ」（「月に吠える序文」）に過ぎなかった。「寂しいなぐさめ」を与えるためだけならば、先述した詩の微妙な語法によってもある程度の効果を生み得るかも知れない。あらゆる個々の人生を包含するところの巨大な社会機構に比して、孤独者の寂しいなぐさめそのものがごく微妙な存在でしかないからである。それは人間にとって退嬰的な意味しか持たず、常に過去や幻想の理想郷に視点を合わせて、決して未来を志向しようとはしない。しかし、かつての『文學界』現代詩特集に於ける各派の主張を眺めても、現代の詩人達の姿勢は他のジャンルに属する文学者と同様常に未来を向き、その視点は多く私達を取り囲む現実に焦点を合わせている筈である。少くとも、彼等の巨大な問題意識に較べて、ささいな語のニュアンスに頼っている詩は、その荷を背負って歩くにはあまりに弱々しすぎるように思われないであろうか。冒頭に挙げた堀田善衛氏の詩にしても、その「アーアーアーアー」と「記念碑」の「ぞろぞろ、どさどさ」は語法的には同様であっても、数百頁の「記念碑」の内容を、「アーアー」はとうてい背負い切れないといわなくてはならない。

私は今まで、「散文で書かれた短かい機会詩」のいわば音楽的な要素について論を進めて来た。しかし現代詩を単に音楽的な視点からのみ診断する事はできない。何故なら、やはり詩人の人間の問題でなく散文の詩の機能の問題であり、言葉の問題であるに変りはないのだが、詩の中で用いられている語が一般散文中に用いられている語に較べてその重さが異なるという、いわば詩に於ける語が凝縮された意味を持っているという考え方が一方にあるからである。例えば鮎川信夫氏は「なぜ詩人は自己確認の場として、散文によらず詩をえらぶかという疑問に対して、詩は詩以外のどんな言語形式にもまして、観念と映像を極度に凝縮せしめ得るものであり、言葉の價値を最高度に発揮せしめ得るものであるということが證明されねばならない」(「現代詩とは何か」)。といい、山本健吉氏も「詩を批評しないことが批評家に及ぼす悪い結果について」の中で、小説の批評に関連して、詩の批評は一行一行に即した精密作業である技術批評を抜きにしては考えられないといって、暗に詩に於ける言葉の意味の重要さを指摘している。

この考え方は、詩が政治や自然、又は宗教的な権力から離れて、題材を詩人自らの内心の世界に見出すようになった象徴主義以来のものであると、大ざっぱにいえると思うが、わが国に於ては象徴主義から超現実主義や純粋詩などのいわゆるモダニズム、ノイエ・ザハリヒカイト運動を経て、現代の殆んどすべての詩人達に、それを意識するとしないとを問わず影響を与えていると思われる。VOU派の詩はいうをまたず、「時間」のネオ・リアリズムにしても、イメージの重要視はつまり言葉の持つ意味と切り離しては考えられないという点でそれに含まれるであろうし、「ポオやボードレールから、マラルメ、ヴァレリーに至る象徴主義の詩人によって作られた詩の概念を……棚上げにしたい」(鮎川信夫『現代詩とは何か』)という荒地の人々にしても、それは純粋詩の無償性に対して社会的経験的な有償性を詩に求めるという点についてであって、言葉の意味を重要視するという点では、先に挙げた鮎川氏の言葉に見られる通りである。私は現代口語詩の音楽的な要素のみを抽出して考察を加えたが、それもむしろこの視点からの関連に於て始めて意義あるものになるといえるであろう。

詩の中の語が日常の言葉や一般散文中の語と次元を異にするというい方は、それが一般散文中では一つの意味しか持たない時も、いくつかの複数の意味をもち得るということを意味し、具体的にはある詩に於てその語に触れた時、読者が心に喚起するイメージの問題と繫ると思われる。そしてイメージの問題は、技法的には隠喩の使用の問題と関わりがあると考えられる。語の凝縮性について論ずるに際しては、結局この点について考えてみる他はない。

イメージの問題については、村野四郎氏がいくつかのエッセイで繰り返しその重要性を主張し、詳細な考察を加えている。村野氏はエズラ・パウンドのいう詩の言葉の三つの種類 Melopoeia, Phanopoeia, Logopoeia の考えを導入して、これが詩の発展の三段階であるとする。即ち、音楽的詩的美であるメロポエイアは詩が韻律の過重な束縛を棄て去った時に、わが国の詩でいえば七五、七五調などを棄て去った時に、詩にとって不必要なものとなり、映像的詩的美であるファノポエイアは、読者が詩に接して思い浮べる平面的で写実的なイメージであるから、詩的イメージとしては原始的ないわば象徴以前の段階に属するものであり、第三のロゴポエイアこそ、現代詩にとって最も重要な要素であるとするのである。これは論理的詩的美であって、それ自体は詩の美に関してははなはだ曖昧な役割をしか果さないが、ロゴポエイアがファノポエイアの特殊な場合としてイメージを形成する時、その語は詩中にあって一般散文中に置かれた時とはっきり異なる重さを持つに至るのであり、従って隠喩の問題、超現実主義的な手法の問題はここに発生し、始めて詩中の語は日常語と異なる効果を生じるわけである。

隠喩はある一つの事物を表現するに際して、その事物を表す語と、その言語社会では決してその語と語内容《セマンティック》が一致《コンコード》することのない一つ以上の他の語とを結びつけることによって、特殊な効果をあげる方法であるから、「もののとものとの関係」の「新しい結合が、現実には存在しないが、詩の現実として存在する一つの世界を創造して、それが詩美となる」（木下常太郎『比較詩論』）ためには、隠喩の使用は不可欠の方法であり、又隠喩の巧みな使用によって容易に可能となるであろうことは疑いをいれない。超現実主義も、技法的にはこの方法の上に成立するものであると考えられる。

換言すれば一般散文と明らかに峻別される詩独得の機能は、ひとえに隠喩やファノポエイア化されたロゴポエイアの存在にあり、それ故に詩人達は表現の形式として詩を撰ぶということになる。従って詩がこのように立派な機能を持っているなら、詩の普及し得ないことの責任は読者やジャーナリズムの側にあると一応いえそうである。

例えば、村野四郎氏の「春の時間」と題された初期の作品に、以上の論理がかなり具体的に例示されていると思われる。

鍬形蟲があるく
机がかがやいてゐる
算術をかく弟
倒れる影　おき上る時間

私の室には陽があたる灰皿
ひかる手紙
瞠め入る私

ああ、にはかに鼻血――
なにがこんなに紅い花を採むのだらう
私の胸の中で

最初から最後の行まで、この詩は一行一行に一つずつの明確なイメージを持ち、しかもファノポエイアとロゴポエイア化されたファノポエイアが互いに交錯している。この詩はモチーフを家の中に捕えているが、作者の眼が外に向いているこの種の成功した例としては、先述した中村稔氏の「冬」などが挙げられよう。

しかし、私は清岡氏や中村氏の作品について述べた詩の非力の原因を今改めて感じないわけにはゆかず、更に今まで触れないで来た詩の行分けの問題について、ことさら言及しないではいられない。何故なら、語がいかに非常な比重を持った詩であっても、助詞の省略や体言止めや倒《インヴァー》置《ジョン》などによるあるかないかの微妙な言葉のニュアンスに頼らざるを得ないこと、そして詩の行分けがあまり重要な役割を持っていないことを、この例さえも示しているからである。

一般散文と比較した時、詩に於ける助詞の省略などの語法がいかにささいなものにすぎないかは既に述べた。

では、詩に於ける行分けの根拠はどこにあると考えられるのか。窪川鶴次郎氏は「短歌論（岩波講座文学）」に於て、短歌には上の三句と下の二句への従属関係が原則として成立することを指摘しているが、これをちょうど裏返しにしたいい方、つまり互いに何らの従属関係に立っていない句や節を横に並べてゆくといえば、ごく一般的な詩の行分けの主張になるであろう。そしてある句と句を対等なものと見なす根拠については、村野四郎氏が一見きわめて合理的な説明を加え、「そこで、われわれは一応……心象構成の上にその理由を求めようとする。……そして詩人によって配置された多くの言葉は、この心象をのせて進展してゆく水面のようなものである。詩の行はこの水面の一部であり、一つのうねりであり、波であると見ることもできる」(「詩の行切りについて」)といって、イメージの有無に句間の対等関係の根拠を求めようとしている。

しかし、それは飽くまで句間の関係にすぎないのであって実は行分けの理由にはなり得ず、それだけなら句読点を附して一般散文のように続けて書かれても何らさしつかえなく、対等関係にある句を横に並列する必然性は、視覚的な問題を除いてはない筈である。だが、主として意味で読ませる現代詩の場合、読者の視覚を重要視するのは自己矛盾に他ならない。従って多くの詩人達は、単に行分けをして横に長く書くものが詩であるといった先入観に患わされているだけのために、私達が日頃眼にするような形の詩を書きつづけているのではないかと思われる。

私はいかに凝縮された語を用いた詩作品も、行分けや何らかの意味で非力な語法上のニュアンスから逃れられないことを述べ、それが一般散文に対して何ら独立性を主張し得るものではないことを述べた。その結果、詩が一般散文から独立した文章であるために残された唯一の根拠は、隠喩の使用とそれによるロゴポエイア、ファノポエイアが導入されているかどうかの一事のみであることになるが、私は敢えてそれすら、今や詩独特の機能ではなくなっているといわねばならないと考える。何故なら、島尾敏雄氏や堀田善衛氏や石上玄一郎氏のような特殊な傾向の作家を持ち出すまでもなく、冒頭の例で明らかなように堀田善衛氏や、美的で修辞に富んだ文体をもつ三島由紀夫氏のような、私達のごく身近な作家達の作品中に、この種の言葉の用法は容易に見出し得るからである。これらの作品の中では、一般的に詩の特徴と考えられていたものがかなりしばしば現れ、小説全体の秩序と効果のための一手段として有効に用いられている。もちろん言葉の凝縮度という点では、小説中の部分として書かれているものに比し、二、三十行の行分け文学の全体として書かれているものの方が、その濃度は濃いかも知れない。しかし、小説のような詩以外の一般散文にあっては、それらの語の凝縮度が高くなればなるほど、ある場合は作品全体としての完成度が高くなることもあろうが、逆に詩に於ては、いくら凝縮度が高くなっても、一つの完成品として見る時には、その機能に於て、やはり一つの完成品としての一般散文の文学作品に対して主位に立ち得ないことは明らかであろう。

ハーバード・リードは「英語散文の文体」の中でヴァースとポエトリイとを区別し、ヴァースは形式でポエトリイは本質的な問題であるという意味のことをいっているが、このことは逆にいえば、外形的には詩《ポエトリ》と散文の区別がつかず、構成的な散文の中に創造的な詩が遍在し得ることを意味するであろう。わが国に於いてはヴァースは存在しなかったのであるから、私達が詩という時はポエトリイに他ならず、この事実は詩の機能とされているものが散文の中で有効に用いられ得るのみでなく、散文に於いてのみ存在し、散文の詩型が独立の存在を主張し得ないのではないかという私の結論と一致しているように感じられる。

私は冒頭に堀田善衛氏の二つの作品を較べて、本来部分であるものが全体のような恰好に容易に変貌し得るのは何故か、作者の人間や問題意識が同一であるのに、詩と小説の読者に与える感銘度が異るのは何故か、無視すればできないこともなさそうな語法上の差異が詩と一般散文の唯一の差なのではないか、という疑問を提出したが、今私はこれらの疑問にすべて答を得たわけである。それは一言で敢えていうなら「口語散文で書かれた短かい機会詩」の大部分が、機能の点に於て一般散文の一パッセージに過ぎないという運命を余儀なく荷っているからに他ならない。

その最も良い例として、私達は原民喜の「夏の花」という適当な作品を持っている。この作品の半ばに書かれている片カナの詩は、隠喩の使用やロゴポエイアの影も観取できるそれだけで充分立派な詩であるが、「夏の花」の部分となって作品全体に奉仕することによって更に自分自身の価値を高め、かつ作品全体に対して重要な役割を果たしている。

『文學界』二月号の特集「現代詩の展望」の座談会で、安西均氏は「僕みたいに……詩だけしか書けないのは自分でも精神薄弱兒だと思っています。自分の希望としては、詩以外のものでなにかやれそうな氣がしても、技術としては詩だけしか知らないのですよ。」という発言をしているが、安西氏も散文の部分に堕してしまった口語の詩の空しさを感じておられるのではなかろうか。詩の非力さが詩人の側の責任でなく詩の機能の限界にある以上、詩人たちは部分でしかないものに甘んじて一生を賭ける決意をするか、あるいは自分たちの問題意識をより強く訴えることのできる何らかの形式を探し求めに出発する必要があると思われる。少くとも、現在数多く書かれているような詩の力についての、無意味な妄想を捨て去らなくてはならないであろう。

私は自分には「ない」と思われるものを「ない」といって、かなりドグマティックで乱暴な結論を導き出した。しかし私とても詩を軽蔑したり憎んだりしているわけではないのであって、詩が仲間うちにしか理解されず、しかもそのグループ自体が短歌や俳句の場合のように大きくもなく、読者と作者を兼ねたそのごく小さな社会という袋小路に入り込んでしまった現状の原因が、最も素樸な点にひそんでいることを明らかにしたかったに過ぎない。だから詩劇やシャンソンなどを問題にする以前に、以上のような否定的な認識の上に立って、もし「散文で書かれた短かい機会」詩自体の中に多少でも活路が見出せるのならば、その芽を発見したいと願うのである。

第一に私は、作者の純粋無垢な魂が耐え切れなくて、思わず吐き出したような短詩の中に、そのかすかな活路を見出せるように思う。

むなしいことばをいふな
もしもさうしてゐたがために

おまへの肺がよわるといふなら
さざん花のしろい花にむかつてうたつてをりなさい

これは八木重吉の「貧しきもののうた」と題されたいくつかの短詩の一つであるが、何ら技巧を感じさせないこの短かい言葉の中に、胸を病んで白い花の前に座っている作者の美しい魂が、そのまま結晶しているように思われる。この種の珠玉のように光った詩は、もし散文の中に投げ込まれたら珠玉の輝きが薄れてしまう危険があるという点で、一般散文から独立したカテゴリーと考えられるのではあるまいか。

しかし、これらの作品といえども行分けの必然性は理論的にはないのであるから、これを詩でなくて、短かい一種のアフォリズムのようなものとして定義することもできるであろう。そして更に危険なことにはこの種の作品はその純粋さが読者の心を打つのであるから、例え最少のものであっても、人工的な技巧が感じられるものは、既に何らの力も持ち得ないのである。従って、作者の側からいえば、その作品の効果はいわば愚者の智ともいうべきものに基づいているわけであり、もし詩人達が意識的に純粋無垢な結晶を生むことを志したとしたら、加藤周一氏の「現代詩第二芸術論」の言葉をかりれば、「詩的なものを探してうろうろしている」人生の落伍者とならねばならない。

横光利一はある友人に宛てた手紙の中で戯れに西鶴について「西鶴さんは何も考えない男なん

だ。……その考えない良さが西鶴ものである。考えないということは強い。西鶴がびっくりさせるのは、つまり阿呆だからだ」などといっているが、いわば八木重吉の詩が私達を打つものは、西鶴が横光をびっくりさせたやり方にある点で共通していると考えられる。この種の作品は粗樸な用語が作者の世にも稀な清純な精神と一致しているために、特殊な形式として成立し得ると考えられ、サークル詩などから同様のものが現れる可能性はあるが、よほど稀な人格の持ち主か、あるいはよほど特殊な社会環境に置かれている人による以外は生み出されることはないであろう。

第二に、口語散文の中から、何か新しい定型を生む要素を発見することである。亀井勝一郎氏は昭和三十一年一月の『文學界』で、「しらべの抹殺と、朗読から縁遠くなつたといふことは一の危機ではないか。詩に關心のない人でも、思はず愛誦したくなるやうな詩、云はゞ日本人の心琴に直接ふれてくるやうな詩の消滅したことはどういふことだらうか」（民族性の恢復）といって、詩壇外の現代詩に対する代表的な要望とも見なされる警告を発しているし、山本健吉氏も「現代詩の活路」と題したエッセイでこの点に触れて、福田恆存氏の試みた日本語へのフット・シラブルの概念の導入の中に、新らしい韻律の可能性を見出している。口語の中に、口語として不自然でない何らかの韻律の要素を発見し、そこから萩原朔太郎のいったような曖昧なものでなく、正真正銘の散文中に於ける音律感を持った詩文や、新らしい定形が生れるとすれば、それは散文と明確に異なる機能を持つ散文の詩が出現するであろう。マチネ・ポエティク派の実験は、少くともその方向に於ては正当な試みであったと考えられる。

しかし、言語に於ける韻律感や拍子は作り出すものでなくて生まれるものであり、感じさせるものでなくて感じるものである筈であるから、この点に関してあまり楽観はできないであろう。それに、もしそのような試みが成功して新らしい定形が生れるとしても、定形にあてはめて音律感を有効に作り出すための技巧的な制約が生じることが当然予想され、詩人達は自らのモチーフと定形との不一致に再び悩むという、逆コースをたどることになりかねないであろう。

第三に、単語の凝縮された意味性を重要視し、単語と単語のイメージの関連に於いて新らしい世界を作り出す方法が考えられる。これはある意味で「意味によって詩を書くのではなく、詩によって意味の世界を創る」というVOU派の主張と繋るものであると思われる。そのための具体的な方法について、北園克衛氏は「貝殻とタイプライターと百合の花、というライン」が「作像《イメジヤリ》に關する蒐集と分類と結合」によって結合された時に、「一つのエセティックス」が発生し、更に同種のラインの複合から成るスタンザ、スタンザの複合から成る一篇の詩ができた時に「応化作用《イデオプラスティ》」が成立するといっている（「所謂イミジリィとイデオプラスティに関する簡単なる試論」）。私流にいい代えれば、本来単語が持つイメージを重要視していくつかの単語を綜合するが、それらが結合された時に、本来のイメージはより混沌とした複数にして単数のイメージを作り出し、そこに新たな世界秩序を生み出すということになるであろうか。そこには当然、村野四郎氏のいうロゴポエイア、ファノポエイア、の考え方が介在し得るわけである。

だが、第一の八木重吉的な詩が技法的には無限に一般散文に近づいて行ったのに反して、この試みに於ては、単語を重要視して文法的な規則をあまりに無視してしまうために、もはや口語とはいい難い程散文から遠のいてしまい、新たな詩の機能に関する暗示は与え得るかも知れないが、ここで対象としている「散文で書かれた短かい機会詩」のカテゴリーの外にはみ出してしまうであろう。それに加えて、この種の作品を鑑賞するためには、よほどその美学に通じていなくてはならず、従って過度の偶然性が支配する危険と同時に、社会性を喪失して特殊な撰ばれた読者の手なぐさみになってしまう危険は避けることができない。

現行の詩の中に一般散文から独立を主張し得るような要素を探し求めるとすれば、以上のような三つの方法が考えられると思うのだが、これらのそれぞれ全く異った僅かにうかがい得る詩の活路と思われる方法について、私はただ一つ共通な点があるように考える。それはこれら三つがすべて、宝石のようなものだということである。第一の種類の詩は、作品の清浄さ、透明さと作者の稀少性に於て、第二の種類は、散文中の韻律発見の困難さ、もし実現すれば精密な技巧が必要となるであろうから、その構成や詩型の緻密さ、きめの細かさに於て、第三の種類は、作者に要求される綿密な知的作業の結果としての精巧さと、それを理解し得る読者の稀少性に於て、それぞれ宝石と同じ性質を頒ち持っているといえないであろうか。

宝石というものはその稀少性故に価値があるものとされる。しかし、宝石は現金ではないから、そのままでは事業に投資することも銀行に預金することもできず、従って利潤も利子も生むことはない。もちろん、ある意味では宝石は希少価値、人を魅する輝きといった何物にも代え難い存在意義を持っているといえるかも知れない。しかし、現代詩に於て僅かにその独立を主張し得る三つのものが、もしすべてその通りの宝石にすぎないのであったら、詩人達は自らの使命感や美意識と照合して、改めて「散文で書かれた短かい機会詩」を己れの唯一の表現手段として撰ぶことの当否を、粗樸に反省してみる必要がありそうに思う。

中野重治氏はファッショと侵略戦争の下にある自らの青春に眼醒めた時、「歌のわかれ」をしなくてはならなかった。現在詩を書き綴っている多くの詩人達も、ファシズムや青春ならぬ詩の機能の限界について、もし例え僅かでも粗樸な疑問を感ぜずにはいられない人々がいるとしたら、彼らは潔く過去の自分の作品をすべて否定し、「詩のわかれ」をしなくてはならないのであろうか。

あとがき

一九九八年の夏、私の体内でも人並みに癌が発見され、大小三回の手術を体験するはめになった。このごろではあまりにもありふれた話題で、面白くもおかしくもなく、口にするのもはばかられるほどだが、それでも本人には大事件だったことに変わりはない。以来少し気弱になったのか、許されることなら、長年の間方々に書き散らしてきたものを、どこかにまとめておきたいと考えるようになった。

今回慶應義塾大学出版会の協力が得られたことは、私にとってまたとない僥倖だった。このような雑文集の出版をこころよく引き受けてくださった坂上弘社長、さまざまな雑用を取り仕切ってくださった同会編集部の佐藤聖氏、仲介の労を取ってくださった元『新潮』編集長の坂本忠雄氏には、ほんとうに感謝の言葉もない。

こうして、いわゆる紀要論文、書評、翻訳、作品解説、詩篇などを除き、それ以外の比較的一般的な内容で、自分にとっても思い出深い雑多な文章から編まれたのが本書である。『雑記帖のアメリカ』という書名にもかかわらず、アメリカと直接関係のないものも若干含まれていて、その乱雑さ加減にはわれながら恥じ入らざるを得ない。今では時代錯誤と感じられる部分も多いだろうが、編集部の意向もあって、できるかぎり発表当時のかたちのまま収めることにした。

ここに集められた拙文は、これまで私のような者に執筆の機会を与えてくださった多くの編集者の方々のご厚意の賜物である。いちいちお名前はあげないが、記して心からお礼申し上げたい。これを踏み台として、与えられた時間の許すかぎり、次の仕事に邁進したいというのが、現在の私の正直な心境である。

足立　康

初出一覧

I

ロイ・ビーンのこと　書き下ろし
ラッセルとウェスタン・アート　高村宏子・飯野正子・久米井輝子編『アメリカ合衆国とは何か』雄山閣出版、一九九九年三月刊
丘の上の墓　「潮」一九九七年九月号、に加筆
シンシア・パーカーの砦　「青山学報」一九九三年五月号
クーパーのアメリカ　J・F・クーパー『モヒカン族の最後』足立康訳、福音館書店、一九九三年三月刊
ホークアイとダニエル・ブーン　「あのね——福音館だより」一九九三年三月号
I ♡ TEXAS　「三田文学」一九九二年八月号
テキサスのドラえもん　「新潮」一九九二年五月号
『人物アメリカ史』のこと　「波」一九八九年四月号
ヴィクトリア・ウッドハル　「歴史読本」一九八九年一月号
大統領夫人——もうひとりの大統領　「歴史読本」一九八八年四月号
マウンテン・マン　「学芸」一九八六年一月号

II

ダリが愛した時間　「月刊スパイ」一九九〇年九月号
ダリ自伝の魔術　「新潮」一九八九年四月号
天才ども　「学芸」一九八〇年一二月号

「先生」のこと　「泉」一九八〇年二月号
日本語抄　「文学界」一九七七年六月号
タイヤキ工学　「新潮」一九七六年六月号
猫と快適　「新潮」一九七一年八月号
猫と近眼　「銀座百点」一九七七年七月号

III

メリケン屋敷　「新潮」一九七六年五月号
ストリート・パーティー　「新潮」一九七三年一二月号
かわあそび　「新潮」一九七二年八月号
庭園にて　「新潮」一九七一年一二月号

IV

常識の仮面　河出新鋭文学叢書『坂上弘集』一九七二年三月号
宝石の文学——詩の地位について　「群像」一九五八年八月号

足立 康（あだち　やすし）
1936年、東京生まれ。慶應義塾大学文学部英文科卒。同大学院修士課程修了。テキサス大学大学院（アメリカ文明）修士課程修了、博士課程単位取得退学。慶應義塾大学経済学部助手を経て、青山学院女子短期大学教養学科専任講師、現在同教授。傍ら、慶應義塾大学、早稲田大学、津田塾大学等で非常勤講師。主としてアメリカ史関係の科目を担当。訳書にサルバドール・ダリ『我が秘められた生涯』（新潮社）、ロデリック・ナッシュ『人物アメリカ史』上下（新潮社）、ジェイムズ・フェニモア・クーパー『モヒカン族の最後』（福音館書店）等。

雑記帖のアメリカ

2001年4月25日初版第1刷発行

著者――――　足立　康
発行者―――　坂上　弘
発行所―――　慶應義塾大学出版会株式会社
郵便番号　108-8346　東京都港区三田 2-19-30
TEL〔編集部〕03-3451-0931
〔営業部〕03-3451-3584〈ご注文〉
〃　03-3451-6926
FAX〔営業部〕03-3451-3122
振替　00190-8-155497
装丁――――　巖谷純介
印刷・製本――　総　印

Printed in Japan　ISBN 4-7664-0848-9